JN065538

私の戦争体験記

我が町にも戦争があった

椎名仁
Shiina Jin

二度と悲惨な戦争を
繰り返さないために
戦争体験を
記録し合いましょう

あけび書房

序

戦争はダメ

戦争は絶対に駄目だ。
戦争は悪だ。最悪だ。極悪だ。
戦争はやってはならない。何が何でも、してはならない。
この世で一番恐ろしくて怖いのは戦争だ。
だから、だから絶対に戦争はしてはならぬのだ。

戦争絶対反対

戦争は人々を鬼にする。悪魔にする。そして、罪なき人を殺す。戦争は人々を狂わせ、極悪非道の行為に走らせる。危ない話になる。

戦争は人類最大の凶悪凶暴行為だ。人の心も体も財産もすべてを無差別に破壊しつくす。何にも残らず、無くなってしまう。死と貧苦と懺悔が待つのみだ。

そんな戦争が我が町にもあった。

私が生まれ育ったのは、千葉県匝瑳郡東陽村（現千葉県山武郡横芝光町）である。何の変哲も無い九十九里浜平野の小さな村である。この草深い平和な田舎の村にも戦争があったのだ。

題して『我が町にも戦争があった』のこの本は、そこでの少年時代の戦争体験記である。私は昭和八年（一九三三年）の生まれだから、太平洋戦争は小学校二年生から六年生にかけての多感な少年時代のことであった。

怖かった。苦しかった。辛かった。今思えばゾッとする。はらわたが煮えくり返り、身の毛がよだつ。憎んでも憎みきれない体験。

読者のみなさんにも同じ思いをした人が大勢いらっしゃることだろう。共通体験で同感同感と共鳴しながら、私の村や町はこうだったと思い返し、忌まわしい記憶を蘇らす人もいよう。

それを一緒になって子や孫に語り、文章はまずくても、一事でも多く書き留めて後世に残そう。「あなたの町や村の戦争体験」を書こうではないか。

それは立派な生き証文による歴史になる。それだけでなく、人類が未来永劫絶対にしてはならない戦争を未然に防ぐ、草の根での抑止力となり、身近な所から戦争を防止できる。

これは戦争を体験し、戦争に苦しみもがき、やっとの思いで生き残った人間の義務ではなかろうか。日本中の名も無き私のような大勢の人がこぞって戦争体験記を語り、書き残せば、山のような記録が村や町に残り、後世に役立つこと間違いないと思う。

そんな思いで書いたのがこの本である。よわい八十六歳、喜寿や傘寿を記念し、今、書き残さねばの思いに駆られての執筆である。

遠い記憶。それも七十年余りもの昔の小学生時代のものである。子供の目や体、体感主体の記憶故、過ちや誤謬、思い違いや忘却失念も多々あろう。加えて、加齢の上に闘病中とあって、もとより正確さは保証の限りではない。その点を断り、深謝しておきたい。

沖縄での地獄のような戦いの惨状、広島・長崎の筆舌に尽くし得ぬ原爆体験、東京を始めとする多くの都市で、一木一草まで焼き払われた大空襲。加えて、南に北に炎暑や酷寒の中で戦い、傷つき死んでいった人々の戦場での惨たらしい体験記にはほど遠いものである。

しかし、日本中到る所にそれぞれ違った形で悲惨な戦争があったのも事実である。『我が町にも戦争があった』は、それを綴ったものである。

願うことなら、多くの人に読んでいただき、小国民（小学生）があの戦争をどのように戦ったかを知った上で、後世の戦争反対の糧にしてもらえたら、これに過ぐる喜びはない。

結びに、本書出版にあたり、あけび書房社長久保則之様に特段の御高配を賜り、上梓することができた点に対し深甚の謝意を表す次第である。

令和元年（二〇一九年）盛夏

著者

もくじ

1　栗山飛行場

飛行場造成

軍隊を持つと国家は軍事費で疲弊する。ただでさえ貧しかった日本が強大な軍備を持とうとしたからたまらない。

日本中が飛行場だらけになった。正確には大都市や工業地帯、重要港湾や軍事施設の周辺に密集させたのだろうが、とにかく陸海軍の飛行場だらけでやたらに多かった。

九十九里浜平野だけでも、茂原、豊成、横芝、干潟、銚子と、わずか六十キロメートルの所に五つもの飛行場があった。

軍備は飛行場ばかりではない。戦車や軍艦、大砲、飛行機、弾薬、隊員の食料、装備、給料等々、あげればきりのないことで、その予算たるや莫大なものとなる。

それを少しでも軽減しようということで、国家総動員法に基づいたり、自主的に参加したりする勤労奉仕が盛んに行われた。横芝飛行場の造成でも近隣の住民が動員され、それによって造られたのだ。

追いはぎの出る暗く寂しい森や林がどこまでも続き、所々に田畑が散在する広大な土地に目をつけたのが、軍部だった。

横芝町栗山地先がそれである。当時はブルドーザーもショベルカーも無い。すべて人力と畜力でやるしかない。当然のことながら人海作戦だ。近隣町村からの応援の勤労奉仕に頼らざるを得ない。

すべてはお国の為、人々は重労働をいとわず、実によく協力し、立派な飛行場を造成したのだった。今はその跡形もなく住宅地や農地になっていて、ここに飛行場があったとは想像もできなくなっている。おそらく、全国各地に同様な歴史を持つ土地があるはずである。忘れられないように、記録に留めておきたいと思う。


戦前は栗山集落から北清水までの広い区域は森林に蔽われ、寂しくて怖い所であった。昼なお暗い森の中の道がどこまでも続く、人っ子一人いない山道である。怖いのなんの、誰もが通行上恐怖を感じる区域であった。

俗名「追いはぎ通り」ともいわれ、一人では通ってはいけないと、何人かで連れ立って歩いたものだ。

北清水に嫁入りした伯母が、何度か追いはぎその他の怖い目にあった話を聞かせてくれていた。それがあってか、伯母は家人を連れて生家に来る。日の高いうちに帰らねばと、用を足したらそそくさと帰っていったものである。

そんな森林地帯や田畑が、軍に目をつけられ、陸軍の飛行場、それも航空兵養成の練習用の飛行場に様変わりすることになった。確か太平洋戦争が始まる前のことだったと思う。

田畑は潰されて平らにされ、さしもの広い森林は伐採されて、滑走路にされてしまった。見渡す限り、一望の広野原となり、北清水の灯火の点滅が見えるほどになってしまった。

古くからあった栗山集落に近い所に、飛行機の格納庫が二〜三棟建てられ、兵舎等は栗山川沿いに集結して造営されていた。戦時色が強まるにつれ、掩体壕(えんたいごう)、つまり、飛行機を隠す防護施設が飛行場の隅や松林の中にいくつも造られた。同時に対空射撃用の陣地や防空壕等の施設がたくさん造られていった。

強制的に移転させられた民家もあったらしく、付近の様相は一変してしまった。たった一本あった横芝から上堺方面への道は、廃道になり、清水や新島方面に行く道を新しく造った。それが〝なべづる道路〟といわれた新道だった。

栗山集落から西に迂回し、鳥喰下集落を目指し、集落の入り口あたりから、急カーブして南に折れ、あとは一直線で北清水を目指すというものである。なべづる、鍋のつるのような形をした迂回路という意味で、その道路は今も使われ残っているが、かなり遠回りし、飛行場の施設がスパイされないように造られたのだ。徒歩で歩いたり自転車で通ってみると、遠くに赤白の吹き流しがへんぽんとひるがえり、格納庫が陽に映えて光り、離着陸する飛行機が遠望でき、飛行場とすぐわかる光景だった。

水戸、熊谷、入間、太刀洗等の部隊と関係が深く、交流があったらしいが、航空隊と一緒に落下傘部隊も駐屯しており、時々降下訓練で大空に真白き花が咲くのを見ることができた。後に、日本のキッシンジャーと異名をつけられ、戦後大活躍した熊本県は天草下島一町田付近の出身と思われる園田直元外務大臣もこの部隊にいた。九州四国出身者で固めた部隊だった。我家に下宿していた人は四国の徳島県の出身だった。

徹底的に破壊しつくされた横芝飛行場だったが、付近のその頃からの住民には、建設のために払った重労働の勤労奉仕の苦い思い出が残る。

また、戦後は九州出身兵の落下傘降下による婿入りが多く、話題を残した部隊だった。

過酷な重労働だった。もっこで土を担ぎ、木を切り根を掘り草を刈る。それらの運搬も力仕事の手作業だ。ブルドーザーもクレーン車もない時代。すべては手作業の肉体労働だ。

近隣の町村住民は突貫工事完遂のため、幾度となく駆り出され、飛行場建設の勤労奉仕に従事させられた。男も女も老いも若きも、みなお国のためだといって働きに出たのだった。

あの広い飛行場である。それに道路も造り直さなければならなかった。大仕事である。体一つでの過酷な土木作業、一日が終わる頃には心身共にヘトヘトに疲れ果て、朦朧としながらやっとの思いで家に辿り着くという有様。

そうして造った飛行場だったが、戦争となり敵機の爆弾やロケット攻撃を受けるようになったら、あっという間に破壊されてしまい、使用不能となってしまった。

戦争のバカバカしさ、戦争の忌まわしさを、嫌というほど思い知らされたのは、自分ばかりではなかったはずだ。戦争はしてはならぬ。

軍事に、協力した思い出を書きましょう◆

戦後、日本のキッシンジャーと呼ばれるほどに活躍した園田元外務大臣も、戦争中は横芝の飛行場にいた人です。ある時、熊本県の天草下島を一人で旅をしている道中で、一町田という辺鄙（へんぴ）な所で乗換えバスを待つ折に、停留所前の小学校に立寄ってみたら、そこに園田厚生大臣が植樹された木が目につき、ここの出身だったのかと思ったことがあります。

ことほど左様に、横芝飛行場には、日本中の遠い所から軍人さんが集まっていました。軍の異動は日本中ばかりではなく、大東亜共栄圏を目指した、ほぼアジア全域でしたから大変なことでした。横芝飛行場に思い出のある旧軍人さんは、全国に多く散らばっています。

横芝時代を思い出し、当時の体験記をお寄せ頂ければ幸いです。また、全国各地では、横芝飛行場造成のような、勤労奉仕がたくさんあったことでしょう。それらの思い出話を残し、みんなで戦争反対の糧にしてまいりましょう。

2 神社掃除

黎明の神社掃除

あの頃は神は絶対だった。背いたり逆らったり、無視して拝まなかったりしたら、罰が当たると恐れられた。周囲の大人たちも、みなそう思っていたので、誰一人として不信心な行動は取れなかった時代だった。したがって、人々の暮らしはすべてといってよいほどに、神様と結びついていた。

大人たちがそうなら、子供たちもそうで、神社掃除は、子供たちの長い間の集団奉納作業になっていた。いつ頃に始められたかは定かではないが、自分は小学校一年生の時だから、昭和十五年には盛んに行われていて、かなり歴史は古いようだった。

上級生の指導で、役割分担が決められていて、そのノルマをこなすのだが、早いものは遅い子を助け、下手な子には先輩が親切に教えてくれて、上手にしてくれた。

和気藹々（わきあいあい）の統制がとれていて、気持ちがよかった。したがって、上級生や先輩には一目を置き、心から尊敬をしていた。

集落にはいろいろの神様を祭る行事があり、大人のものには「お伊勢講」といって、伊勢参りの同行者の集まりで、江戸時代から続いているものがあった。子供たちには、天神講などがあって、子供のいる家が持ち回りで宿になって講を開き、神様にお供物をして、御馳走をみんなで食べる楽しい集会があった。この日ばかりは男の子も女の子も、こざっぱりした着物を着て集まり、仲良く講を楽しんだものだ。

この他にも、かまどの神の荒神様や、商売の神を祭る恵比須講や、農業関係のいろいろの神事や祭事があって、神様との御縁は切っても切れないものだった。小さな頃に拝み祈った信仰の習慣は、身について離れず、今もって氏神詣はしている。

橋場区は上宮川とも呼ばれていた。戦時中は多くの場合、上宮川を使っていたように思う。それが戦後になって、橋場という元々の名に戻って、今ではそれが正式区名である。

この集落には、「本郷地区」に、玉崎神社という守護神が祭られた社（やしろ）がある。本郷地区は橋場区の成り立ち、つまり、橋場発祥の地という意味らしい。

橋場は、元々は鎌倉時代に虫生地区や芝崎地区の南条の庄から、千葉氏一族の椎名家が出てきて開いた集落らしく、その後、長きに亘って、椎名一族が住みつき発展させたという。

その椎名の元祖が重郎右衛門と源五左衛門の兄弟で、その両家の末裔は現存している。玉崎神社はこの両家、特に、兄であったといわれている重郎右衛門の家の目前に鎮座していることからみても、椎名一族の守護神として祭られた社ではないかと想像される。

　この玉崎神社の所在地が本郷地区故、橋場区はその名からしても、本郷地区から始まり、やがて交通事情や商業関係から、中心部が現在の十字路や橋場目抜き通りへと移っていったのではないかと推察される。それを裏付けるものに、放光院という橋場区の共同墓地が本郷区にあり、浄善寺という先祖代々の位牌を祭る菩提寺は、今は谷中区に移ってしまっているが、当時は長い間、源五左衛門の住居の近くにあったという。兄が神社を弟が仏閣を擁して、この集落を治めていたのではないかと、見做すことができるのではなかろうか。

　話が大変に遠廻りして、橋場区の成り立ちや歴史に踏み込んでしまったが、この玉崎神社は、そういういわれから、人々に参拝されてきた社である。特に、戦時中は、戦勝祈願と出征兵士の武運長久を祈る参詣者が引きも切らさずの社となっていた。何せ科学より神頼みや迷信にすがる人々の多かった時代だけに、朝夕参拝する者は、かなりの数に上っていたのである。

　この橋場の人々の心の拠り所の玉崎神社は、いつの頃からか子供たちの清掃の場になっていた。勿論、きちんとした清掃は、大人たちがやってくれていたのだが、子供たちも、自分たちの行事として、受け継ぎ引き継いできたものだった。

　思えば、清掃もさることながら、一種の神道崇拝教育の一環として、慣習化されてきたものではなかったたか。また一方では、子供たちの結束や親善活動の場として活用された節がないでもない。どれが本当かは、詳らかではないが、どれもそれなりの目的や理由をもっていたと、考えるのが自然ではなかろうか。

神社掃除は毎日曜日の早朝、それも暗いうちから集まって、朝飯前に行われるのだった。高等科二年生が親方で、小学校一年生までが参加した。みんなでワイワイ楽しくやった。

春夏秋はさほど辛くも厳しくも感じなかったが、さすがにしばれる真冬の厳寒の朝はきつかった。寒さで手足は震え体はガチガチだ。

小学一年（満七歳）の冬。午前三時になると、近所の高等科の生徒が迎えにくる。厚着をして出掛ける。表には上級生たちが、ガヤガヤいいながら待っている。

満天の星空だ。流れ星がいくつも飛ぶ。木枯らしが時折吹く。その度に首を縮める。足と手の指の先が真っ赤になり、やがて感覚が無くなる。誰もが吐く息は真っ白である。

とにかく寒い。温暖化された今の冬の寒さとは格段に違って、零下何度かの世界だった。全員集合したところで、荷物や携行品の配分が始まる。一年生は、箒や熊手を担いでいく分担だ。鉄砲担ぎで先頭に立ち、寒いので駆け足で玉崎神社まで走って行く。

真っ暗闇、灯り一つ無い。時折、犬の遠吠えが悲しげに聞こえる。人っ子一人いない。いよいよ県道から分かれて、境内へと向かう参道に入る。重郎右衛門宅を過ぎれば、完全な森の中である。

今でこそ神木を切り、公園やグランド、住宅が出来て、賑やかになっているが、昭和十五年頃は、森閑とした薄気味の悪い森や竹藪の続く参道で、とても子供たちだけでは、通れるような所ではなかった。

神が守ってくれる。神へお礼参りをし、清掃して報恩する神童たちに危害を加えるものあれば、立ち所に神が罰を与えて、懲らしめてくれる。というような安心感の支えで、子供たちは、歌ったり騒いだりしながら神域に入り、神殿に近づいて行くのであった。

到着後は、みんなで脱帽し、襟巻きを取って二礼二拍一礼の参拝をする。その後、高等科生から有難い話などを聞かされ、作業分担と手順の説明を受ける。

一年生は杉の葉集めである。背丈以上もある箒や熊手は使えない。中高学年が掃き掃除、高等科が社の拭き掃除や竹木伐採、枯枝始末等の力仕事をする。

不思議にも、その頃になると目が慣れてくる。二年生と共に山のように杉の葉や竹の枝を集めて積む。段々とあたりが白んでくる。夜明けだ。

不思議なものだ。明るくなるにつれて、元気が出て嬉しくなる。人間は太陽の子だ、はたまた自然の子であることを実感する。

目映いばかりの朝日の美しさ暖かさ、みんなで手を合わせ拝む。そして万歳をする。こうして作業終了である。後片付け中に、高等科生たちが、一、二年生が集めた杉の葉と、自分たちが切ったりした枯木枯枝を積んで焚火を始める。

まだ暗がりの中、真っ赤な炎が子供たちの顔を照らす。どの顔もどの顔も満ち足りた喜びに溢れている。一仕事をみんなで共同作業して仕上げた満足感である。ワイワイと話がはずむ、子供のかん高い声が境内に響き渡る頃には、夜はすっかり明けて、朝日が神々しく社殿を照らして輝いている。

焚火も下火になった頃、みんなで火を掻き起こし、焼き芋を探し出す。腹の虫がぐうぐうと鳴く。急に空腹感を覚える。高等科生の肝入りで持ち込んださつま芋が、ホカホカに焼ける。あの嬉しさ、あのおいしさは生涯忘れられない。みんなで働きみんなで食べた芋のうまさ。戦時中にも、そうした善行の楽しみがあったのだ。

橋場の子供たちは、上級生に守られ、いろいろなことを教えてもらいながら、元気に育っていったのだった。暗く不幸な時代だったが、子供は子供で、それを撥ね除けながら、自分たちでできることを見付け、社会のために働きながら、幸せの日々を作っていたのである。

そんな神社掃除も、長くは続けられなくなってしまった。自分たちが五、六年生の頃は、身の危険が切迫し、逃げるが精一杯で、止めざるを得なくなってしまったのだ。

戦後、二、三十年もの長きに亘って、重郎右衛門系の椎名一族の親類が相寄って、正月の元旦に集まり、勢揃いしたところで柏手を打って参拝する。焚火を囲み冷酒を飲んで新年を寿(ことほ)ぐ行事も、今は途絶えて久しい。その代りに区の有志が後を引き継いでいる。風景や行事は変わっても、守護神には違いはない。

戦争に神様を使ってはいけません◆

神様が結びつける連帯意識といいましょうか、共同体意識が強固な時代でした。神には逆らえませんから、一心同体などといわれますと、従わざるを得ません。一億総特攻や一億総玉砕などの連帯感は、うまく神を使い、巧みに暗示に掛けて、形成していったものでした。

神と天皇は絶対ですから、平身低頭して、何事もいわれるがままに、従わなければなりません。軍国主義は、そこを巧妙に利用しました。

騙されていると知りつつも、従わざるを得ませんでした。神州のため、国家のため、公共のための錦の御旗に、どれほど泣かされ困窮したか。こりごりしました。戦争は絶対御免です。

しかし、戦争と結びつきが弱かった頃の神事や奉納活動は、楽しくもあり有意義でした。明神様と敬われ慕われた、橋場区の守護神である玉崎神社への奉納作業には、強い思い入れと御利益を感じて、今もって懐しみ感謝をしているものです。同様の思いはございませんか。

3　兵隊ごっこ

兵隊ごっこから学んだこと

草食系動物は温和で弱々しい。それに比して、肉食系動物は荒々しくて強い。自然界は、太古から、強いものが弱いものをいじめたり、食べたりして存続してきた。いわゆる弱肉強食の世界だ。それは本能か。

雄は武を好む。餌を得るためには、強くなければならない。雌は武を好まず憎む。子を産み育てなければならないからだ。武に殺されたら、繁殖は跡絶え、種族は絶滅するので、必死に守ろうとする。

男は武勇を尊び攻撃的に生き、女は優しく生命を尊び、平和的に生きようとする。大雑把にいって、そんな見方や考え方が長い間、世界を支配していて、その延長線上に争いや戦争が起こったり、平和が希求されたりしてきたのではなかろうか。

そうした断ち難い本能ともいうべき性(さが)を、近代に至って、人間は知恵と経験から改めようと苦しみもがき、多くの犠牲を払いながら、戦争防止に努めてきたのだ。

戦争は思うだけでも吐き気をもよおし、嫌悪感に陥る。殺されてもいい。たとえ正当防衛の正義の戦争であっても、してはならないと、憎み、否定し、忌避する。

しかし、皮肉なことに、その戦争によって、人間も社会も進歩し発展する。戦争には、進化をもたらす力があるのだ。子供の成長に係わって、自分の体験から兵隊ごっこ一つ取ってみても、大きな恩恵を受けたことを、振り返って思い知る。

強靭な体力と意志力。捨身で大事を成す覚悟や行動努力。生きるための知略、創造力の養成等、枚挙にいとまなしである。

だがそれでも戦争は人を殺すから悪であり、絶対にしてはならない。悪から生まれる有効なものを、善に変えて生かそう。

戦雲暗くたなびく、昭和十四、五年頃、私は幼稚園から小学校入学の時期を迎えていた。

その頃、男子には「兵隊ごっこ」という遊びがはやっていた。昭和も十二、三年頃は、竹の棒を担いで、トットコトットコ歩く兵隊さんの真似事が多かった。

ところが、時代や時局を反映するのか、十四、五年になると、そんなのどかな遊びではなくなったのだ。段々に危険度を増す突撃主体の遊びに変わっていく。

竹を割ってパンパンと鳴るようにした機関銃、竹槍、木を削って作った軍刀などを使って、実戦まがいの戦争ごっこに進化する。

遊びの場所も竹薮をジャングルに見立て、匍匐前進、斥候を出したり見張りを置いたりと、本格的になっていく。最後はチャンバラの殺し合いとなる。石を弾丸に見立てて投げ合う危ない戦い方もする。

荒っぽくて危ない遊び。怪我もするし、鼻血も出す。しかし、大人も大目に見ていて止めない。一年生からみれば、親父のような髭面の高等科二年生が親方だから、絶対服従である。参加しないと仲間はずれにされたり、集団リンチを受けるので泣く泣く参加する。

その代り、親分を中心に兄たちが、自分の弟分を可愛がり、強くするために徹底的にしごく。また、必要なことを教えてくれる。手伝ってくれる。助けてくれる恩恵に浴す。

竹の切り方、削り方、割り方、草履の編み方、下駄の鼻緒のすげ方、火の燃やし方、傷の手当て、毒の見分け方等々、戦争の仕方を中心に生活万般のことを、こと細かに教えてくれ、その上に練習させられて身に付けられる。

これは今考えても随分と有難いことだった。技術的なものばかりではなく、態度、身のこなし方、目上を中心に人との接し方、礼儀作法等々、社会生活上必要なことを、実体験を通して教えてもらった。今にして思えば、軍事という面での内容面では問題があるにしても、先輩が後輩を育てる教育面では、優れたものがあった。

危ない場所での危険な戦い方の遊びは、急速にエスカレートする。誰彼大人からの、ましてや軍や学校からの命令や指導ではない。

太平洋戦争が始まり、戦争情報が刻々伝えられるようになると、それがひとりでに子供の遊びにまで変化をもたらすから不思議である。

横芝光町の芝崎地区には、二、三十メートルの丘が連なっている。その丘は大部分が森林に蔽われているのだが、所々に崖崩れがあって、森が途切れて土が丸見えの、急斜面になっている場所がある。

こういう所は二次災害の起こり易い極めて危険な場所で、戦後になっても遊びや仕事で多くの子供や大人が生き埋めになって死んでいる。

そうした恐ろしい崖、崩れることがわかっているのに、あえて危険を冒して登る遊びを生み出し、わざわざ隣村まで、ロッククライミングならぬ山崩れの斜面へ、登攀のために行く。

目指すは頂上の敵陣を、陥落させるためである。崩れないように足場を固める。身の軽い子が先に登る。あらかじめ、付近で採取した藤づるを縄に編んだものを、何人かのリレーで、担ぎ上げる。上からは石や砂の固まりが投げつけられたり、転がり落とされたりの攻撃をされる。当たれば痛いし怪我をする。しかし、転落しても、柔らかい砂だから大怪我はしない。その辺のところは、子供ながらに、知恵を働かせて計算済みの遊びになっている。

首尾よく頂上に登れた先遣隊は、背負っていった藤づるを、太い木に巻き付け、切れないように括りつける。それが終わると、合図と共に、下に待機していた階級の低い学年の子供たちが、藤づるにぶらさがり、懸垂力と足の力を使って登りだす。

この登攀技能は、学校に小規模で短い施設が麻縄で作られてあって、体育の時間や休み時間に、日頃から練習しているから、大方の子は持っているのだが、いかんせん藤づるの自前の縄で、二、三十メートルと長いから大変だ。

砂の壁を蹴りながら登れば、土砂崩れが起こるのを知らされているので、それはやりたくてもやれない。自分の腕力と足で、つるを漕ぐ力だけで登って行かなければならない荒技、冒険技である。みんな生きるか死ぬか必死だ。手を離せば、恐ろしい転落が待っているからだ。

頼るは覚悟と決意と自力を信じて苦闘するしかない。絶体絶命に追い込まれての決死行だ。子供心に自然に発生した、勝たんがための、実戦まがいの危険な冒険遊びだった。その自作の遊びの中で、生の快感を味わいながら成長していったのも事実だ。

また、遊びは様々に進化し、その逆を考え出し、リヤカーや大八車を戦車に見立て、いなご山や斜面の緩やかな崩壊現場を使って、下降する突撃遊びもした。これなどはリヤカーや大八車が、途中でひっくり返って、下敷になる子も出て、極めて危険だった。しかし、怪我をしても、骨折等の大怪我以外の打撲やすり傷等は、自分たちで処置し、親や大人には内緒にした。

遊びがいつか〝喧嘩〟になる。遊びは仲間内が二手に分かれてやるものだが、それにはあきたらなくなって、本当の真剣勝負、即ち、喧嘩、闘争が好まれ求められるようになった。仲間の仮想敵では、本気になって痛めつけられない。どうしても手心を加えてしまう。見ず知らずの子で、日頃から敵対感情を抱く相手なら、食うか食われるかの本気の戦いや闘争が挑め、緊張感もスリルも満点である。

そうしたことからか、往時は上総国、山武郡、横芝町と、下総国、匝瑳郡、東陽村は栗山川を挟んで対峙していた。文化、生活、言語、風習、しきたり等の違いから、また、町と村の優越感劣等感から、大人はともかく、子供たちはあまり仲良くなかった。

しょっちゅう集まっては、攻め込んだり攻め込まれたりして争っていた。分の悪いことは、横芝は町だから人口が多く子供の数も多い。それに比して、東陽は村だから人数が少ない。

駅も銀行も商店もみな横芝にあるので、どうしても横芝に行かねばならない。その時、待ち伏せに会い、個人や小勢は大勢に取り囲まれ、袋叩きにされる。帰ってきてボコボコにされた子は、泣きながら訴える。ここで報復攻撃、復讐の作戦会議が始まる。

戦略、戦術を必死で考える。あらゆる知恵が絞られ、工夫が凝らされる。どうしたら強大で大軍を擁す横芝勢を倒せるか。さながら日本軍が、連合軍へ立ち向かう、参謀本部の作戦会議の縮図である。お寺やリーダーの家でやるのだが、必ず見張りを立て、急襲に備えて行った。

川を挟んで石の投げ合い。これは一日何度も繰り返される。東町と橋場の決戦である。かなりのダメージを与えたが、我が方の被害は甚大である。私などは、大将ということで、目の敵にされ、随分と石をぶつけられてこぶをつくり、傷つけられて怪我をした。

川向こうに大きな畑があり、農作業で敵地に行かねばならない。買い物、親戚への用足しで、横芝へ行く度に襲われ大喧嘩をして帰る。

横芝側が形勢が悪くなったり、逆襲を受けた時などは、東町は本町、上町、栗山の強力軍団のオール横芝で攻めてくるので、手強かった。

ある時、栗山橋に主力の守備隊を置いて戦っていたら、中々攻め切れないと判断したらしく、橋が駄目なら上陸作戦とばかりに、上陸用舟艇ならぬ川舟を四、五隻集め出し、それに三、四十人乗って、攻め込むという情報が入った。

すわっと、橋の守備隊をそちらに移動させる。可能な限りの石を集めさせる。絶対的に不足する。そこで考える。田んぼの稲を刈ったあとの株を、泥のついたまま手榴弾代わりに投げつける。水際作戦で上陸を阻止する。川の真ん中から岸までの間で、舟の中で逃げられない敵を痛めつける。又、舟をひっくり返す。それでも上陸されてしまったら、川の堤防の枯草に火をつけて逃げる。そして、隠れ家に集結して、反撃の体制を整えて、逆襲に転じる。事実、戦争まがいの子供の戦いをしたのだった。

ごっこが遊びになり、遊びが訓練になり、訓練が実戦になる。今では考えられない嘘のような話である。危ないことばっかりだった。

男子、大和おのこは強くあらねばならぬ。めそめそしたり女々しかったり、なよなよしようものなら、徹底的に叩きのめされた。

男は戦う動物である。それが本能だ。生存競争に勝つためには、強くなければならない。強くなるには、泣かない、逃げない、歯向かう、危険と落命覚悟の突進をする。相手を負かす、完膚なきまで叩きのめす。容赦はしない。鉄の心と体で何が何でも勝つ。

それには燃える闘魂、鋼鉄の肉体、切れ味鋭い頭脳、そして、勇猛心、胆力等を鍛えなければならない。昔からの武芸、武士道の錬磨だ。

死して報国、それが男子の本懐と教えられ、命惜しまぬ武士(もののふ)になることを求められていた。それを誰もが信じ、そうあるべきを願った。

だから危なかろうが、怪我をしようが、意に介さず容認していた。また、子供の遊びなどには、係わってはいられなかったのも事実だ。

無謀、蛮勇野蛮、命知らず、狂人、狂暴人間、無茶、常識はずれ等々の非難が、今だったらごうごうと出るだろう。それが出ない、出せないという、想像もできない時代だったのだ。

今更、良し悪し、善悪を論じても始まらない。事実をあるがままに、事実として語るのみである。そんななかで、世のバッシングを恐れずに語るなら、我々が生きた時代を、すべて否定したら立つ瀬がない。確かに辛く不幸だった。

しかし、生き抜き生き延びられたことのなかには、自分を精神的にも肉体的にも強くしてくれたものがあったはずだ。戦争は悪だ。悪に決まっている。だが、悪ばかりではない。生きる知力や技能、生き方も、気づかせ教えてくれる。時代を進歩し発展させる力も、残念ながら戦争のなかから生まれる。

そうとでも思い、多少は肯定しなければ、我々は浮かばれない。無一物の子供たちが、生み出した創造的戦争ごっこには、それなりの価値があったと思っている。

兵隊ごっこから生き方を学びました◆

今では叱られたり、侮られたりするかもしれませんが、兵隊ごっこはスリルがあって面白かった。知恵が武力に勝る壮快さはたまらない。文民統制の必要性や大事さを、体で体験し、身につけた思いすらして痛快でした。

弱きを助け強きを挫くの正義感も。勝てば官軍、負ければ賊軍、負けたらすべてを失い無になる。勝負事も人生も負けてはならない、何が何でも歯を食いしばって勝たねばならない。死んではならない、死なないために、命懸けで戦い努力し働くことの大切さ。

幼き魂を強烈にゆさぶり、三つ子の魂百までの習い性を、植えつけてくれた兵隊ごっこは、功罪半ばするも、大きな影響を受けました。

みなさんはどんなでしたか。書いて読ませて教えてください。また、後に生きる人は、その昔、こんな生き方をして、成長していった子供たちがいた時代があったことを、知ってもらいたいと思います。

4　遊び

戦争遊びと創造性

創造性は、物事に我を忘れて夢中で取り組む、一心不乱の中から生まれてきて、育つものではなかろうか。

少年期に寝食を忘れ、親の目を盗んで、ひたすら模型飛行機作りに励む、あまりの根の詰めようから、とうとう鼻血を出してしまったことがある。

今思えば、物作りの面白さや工夫の楽しさを、本格的に知ったのは、あの時の工作活動が最初のことだったようだ。

また、各種競技会や大会に、代表となって出場する喜びを味わったのも、一番になる快感やそのための努力の大切さを身をもって体験したのもこの頃だった。

遊びには夢がある。夢は好奇心を誘う。次から次へとアイデアが浮かぶ。嬉しさとともに、進歩発展していることが実感でき、ますます意欲づく。努力が工夫や創造の喜びにかき消されて、少しも苦しくない。自然に頑張れて、物事が飛躍的に進む。考えてみれば、遊びの体験から生まれた実感が、その後の創造創作活動の原点になったように思う。

危ない騎馬戦や棒倒しでは、今風にいえばストラテジー、つまり、戦略の重要性を身につけた。すべては勝たんがために、好むと好まざるとに拘らず、戦略や戦術を修得することになったのだ。

皮肉なことに、それらはすべて戦争に係わってのことである。その点は残念だったが、平和な暮らしや民主社会の発展に、いささかなりとも活用して貢献することができた点は、評価されてもよいのではなかろうか。

どんな遊びをしながら、あの戦争下を生きただろうか。苦楽を書き残そう。


わらべ遊びは一〜二年生頃までで、その後は飛行機遊びがもっぱらだった。「いざ決戦の大空へ」と、新聞もラジオも煽るものだから、子供たちの遊びもそれにつられて、どうしてもそちらの方へ行ってしまう。

模型飛行機作りとその競技会に、夢中になったのを覚えている。三年生から四年生の頃だったと思う。学校でも工作と称して図工の時間に製作活動をさせ、出来上がった頃合いを見計らって、校内で競技会を開いていた。

自分は凝り性なところがあって、かなりこの遊びにはのめり込んだ。ひご竹をろうそくの火で曲げる技が飛行機の翼作りには欠かせず、それをあれこれと随分工夫を凝らして、身につけたものである。

プロペラのねじれの角度、翼と胴体と尾翼の釣り合い、重心の取り方も大事なポイントだった。また、翼の紙貼りもピンと張れずに、いろいろと工夫をしたものだ。

困ったのは戦争が激しくなり、負け戦になる頃には物資が急に乏しくなって、材料が容易に手に入らなくなってしまったことだ。特に、竹ひごと竹ひごを結ぶニューム管とゴム紐が入手困難になった。売っている店が無くなったのだ。

しかし、無いとなると、やみくもに欲しくなるものである。どこかにストックして売っている店はないものかと探し回る。執念である。

誰からどういうルートで聞いたかは覚えてないが、八日市場の田町の池の端にある、制空社？とかいう店に行くと、売ってくれると聞いた。まだ行ったことのない遠い八日市場だ。七〜八キロは離れていて、普通なら汽車やバスで行く所だ。

バス賃も無ければ、汽車に一人で乗ったことも無い。でも何としてでも欲しい。思い余って、無謀にも、自転車で行ってしまった。くねくね曲った遠い初めての道、やっとのことで着いて探し当てた店。最悪だった。とうに売り切れてしまって無いという。あの時の落胆消沈ぶりは、今もって鮮かである。

ここに無ければもう無い。千葉や東京ならいざしらず、この近辺では八日市場が最大の町だ。そこに無ければお手上げなのである。

ところが、物事は諦めてはならない。意外や意外、よもやの所、考えられもしない南条村の山の中の、小川台という集落の店にあるという。本当かなと、疑心暗鬼だが、居ても立ってもいられない。

隣村だが、芝崎から虫生までしか行ったことがない。山の中ということで、薄気味悪いので、弟を後に乗せて手探りで出掛けた。人家の無い所も通る。薄暗い山道や切り通しもある。人っ子一人いない。こんな山の中に、本当に店があり売っているのか。弟はしきりに帰ろうといい出す。それを励ましながら何とか辿り着く。

昔のよろず屋のような店だった。たいした商品も無い。恐る恐る入って行って、ニューム管があるかどうか聞くと、意外にもあるという。これには驚き小躍りをした。夢のようだった。帰りは意気揚々として走り帰った。

模型飛行機の大会は、地上を滑走して飛び上がり、滞空時間何分かで競われる。作っては直し、壊してはまた作る。何機作っただろうか。とにかく飛び上がるのが最大の難関で、それをクリアーしても、すぐ墜落したり、くるくるきりもみして落ちたりと、始末に負えない。根気を絶たぬ工夫が勝敗を分ける。こつを掴み、ポイントを押さえれば、後はすいすいだ。

グライダー作りにも挑戦した。これは長い太糸や紐で引っ張り上げて、空中での滑空時間を競うために作った。運動場や広い野原を使って遊ぶ競技だ。グライダーは、模型飛行機が作れれば、同じような手法なのでさほど難しくはない。したがって、こちらも何台か作った。

戦意高揚で、遊びという遊びは、飛行機に関するものが多く、プラモデルも工作遊びで作った。飛行場を庭隅や田畑の目立たぬ場所に造って、作ったプラモデルを何台も配備し、それを使って、人目を忍んだり夜陰に乗じて、敵（友人）の飛行場を襲撃して、相手方の飛行機や飛行場を破壊するという戦闘遊びもした。

まさに、国家の戦争の縮図である。破壊ごっこだから、生産が間に合わない。木を削り型を取り、胴体を彫り翼を削って取りつけ、色を塗る。戦闘機、爆撃機、偵察機と機種ごとに形が違う。それを突貫工事で製作する。出来上って喜ぶのも束の間、破壊されてしまう。戦争そのものの、生産と破壊の競争ごっこである。

そんな中で、随分と工夫力や創造力が培われた。子供もそうなんだから、実際に戦争に携わっていた大人たちは、かなり腕を上げ、工夫力や創造力を向上させ、破壊にもめげずに生産に励んだと予想される。確かに戦争は罪悪だが、科学技術の進歩や生産性の向上には、大きな貢献をしたことは否定できない。

残念ながら、爆弾に使われたから悲劇になり、憎悪の対象となってしまったが、原子力は平和に使われれば、人類に画期的な進歩と繁栄をもたらすものとなろう。その原子力の発見発明も戦争のため、戦争に勝つために発見し、開発されたものである。

荒っぽい遊びには、兵隊ごっこの外に、騎馬戦や棒倒しがあった。騎馬戦は、今でも鉢巻取りとして、危険性を排除した形で残っているが、当時はそんな生易しいものではなく、騎上での戦闘であり、叩き合い掴み合いの格闘技であり、喧嘩であった。

鼻血を出すもの、引っ掻かれて傷つくもの、落馬して骨を折ったり、怪我をしたりするものと、壮絶な戦いである。騎上の勇士がそうなら、三人で作る馬も、手は使えないから、足で蹴り合ったり、口で噛みつき合ったりする。

落馬した方が負けだから、死力を尽くす。高学年ともなると、馬の背が高くなり、真っ逆さまに落ちる時などは、首の骨を折ったりして極めて危険な遊びである。

体育の時間に正課として取り上げ、運動会で棒倒しと並んで正式競技として認められてやっていたので、当然の遊びになっていた。

五分十分の休み時間にもやった。昼休みの時間は、もっぱら騎馬戦遊びに終始していた。

棒倒しも、騎馬戦ほどではないがよくやった。これは、棒を必死になって倒されまいと囲い持つ守備隊と、倒さんと攻撃に飛び込んでくる部隊と、陣地に入れまいとして、追い払う遊撃迎撃隊の三派構成で戦闘活動をする遊びである。

さながら機動部隊同士が殴り込みをかける攻撃で、相手を撃滅する戦闘そっくりの遊びである。迎撃網を突破してくる勢いのよい攻撃部隊が、一気に守備隊の肩や背を蹴り上げながら飛び上がり、棒によじ登って倒しにかかる。

それを殴る蹴るして引きずりおろして防ぐ。元気そのもの、大歓声の中で必死の闘争が展開され、やがて棒が早く倒された方が負けて決着がつく。長びくと二～三十分もかかるのだ。

これまた危険極まりない競技で、棒の下敷になって死ぬ子も出る。人垣が一気に潰れて、一番下の子が呼吸困難になって九死に一生を得たり、気絶して救急処置をされる子が出たりと、今では考えられないほどの危ない遊びであった。これも戦争に勝つ手段遊びだった。

団体遊びがそうなら、個人遊びも戦闘モードだった。人数が揃わない場合などは、二人一組で一人が肩車をし一人が乗って、上の者同士が掴み合って、落とし合う遊びをした。

これは簡単だけにすぐ落ちる。支えも守る人もいないから、もろに地面に落下する。落ちどころが悪いと、大怪我をする危険な遊びだ。

ことほど左様に、とにかく危険なこと、死にもの狂いで戦い、相手を倒して負かす過激で野蛮な遊びが、奨励されていたのだ。これもすべて、人殺しに通ずる強い兵隊を作るための、下準備であったように思われてならない。

これほど危ない遊びではなかったが、戦前はいま少し緩やかな遊びが流行していた。それは二人一組でする馬飛びだ。一人が馬になって背をかがめる。そこを他の一人が飛び箱飛びをして越える。潰れたら、何度でも馬になる。潰れなかったら、ジャンケンをして負けた方が馬になるという遊びだ。

それを大勢でやると、十人位が数珠繋がりの馬を作り、他の十人が、一人ずつ順に飛び乗って、一番前の馬に辿り着く、続いて二人目が飛び乗ってくる。これを十人全員が下の馬に乗るまでに、必ずといってよいぐらい、下の何番目かの弱い馬が潰れてしまう。

そうすると、潰れた組は連帯責任で、また馬になるルールでやる。首尾よく持ちこたえた場合は、先頭同士が、上と下でジャンケンをして、負けた方が馬になるのだ。飛び乗る方にもペナルティーがあって、落馬した子が出たら、そちらの組が馬になる。

この遊びは、騎馬戦や棒倒しほど危険ではないが、それでも飛び乗られるので、小さな子は、体重の重い子を支えきれずに、潰れて怪我をする場合もあった。

また、城取りとか、陣取りとかいう遊びもあった。これは、城や陣を先に触れた方が勝つというもので、危険はほとんど無く、女子も一緒になってやれる遊びだった。しかし、これらも考えてみれば、戦時下の戦に勝つための訓練遊びであることには、間違いなかったのだ。

冬は今よりずっと寒かったので、走り回ったり格闘したりする遊びが多く、大体は群れ遊び、即ち、集団遊びだった。また、雪、それも大雪が年に三〜四度は降ったので雪合戦をした。氷もよく張った。林や森陰の田んぼには、一か月以上も張ったままの氷の広場ができ、そこに行って氷をなめたり食べたり、氷滑りをして遊んだのも、忘れられない思い出である。

木枯らしの吹く寒い日の休み時間は、校舎の南側に並んだり立ったりして、日なたぼっこをした。そんな時、きまって校舎の中から窓越しに、虫めがねで天日を集めて、日なたぼっこをしている子の黒髪を焼くという、悪いいたずらをする子がいた。オチチチ…と飛び上がるのを見て喜ぶという、たちの悪い遊びがはやった。

雨の日は学校でも家庭でも、もっぱら男の子は兵隊将棋に興じた。大将から歩兵、戦車や飛行機等の駒に、それぞれの役割や位があって、それをルールに、戦略を考え、勝利するゲームで、これまた戦意高揚の遊びになっていた。

子供は遊びの天才です。夢中でした◆

重苦しい時代でした。それなのに子供たちは元気でした。明るく朗らかでした。暗い時代が逆にそうさせるのでしょうか。夢も希望もいっぱい持っていました。それだけに毎日が楽しく張り合いがありました。

あんなに怖く恐ろしい毎日だったのに、それを忘れて遊び回れたのは、不幸中の幸いだったと思えてなりません。お陰でその後の長い人生に役に立ち為になることを、たくさん遊びの中から学び身に付けることができました。有難いことだったと感謝しています。

そうした有意義な遊びも全くできなくなり、逃亡に明け暮れする毎日になってしまったのは、かえすがえすも残念なことでした。戦争とは惨(むご)いものです。子供の夢や遊びまで奪ってしまうのですから、絶対にやってはなりません。

模型飛行機作りや凧上げ遊びには、大空への夢がありました。おそらく全国各地でやられたことでしょう。思い出を書きましょう。

5 狩猟

狩猟遊びから知恵をもらう

人間の子供は、原始人がしてきたことをなぞりながら成長し、大人になっていく。それが自然の姿だとすれば、戦後暫くの期間までは、そうした姿が見られた。もっと端的にいえば、食に困ったから、野鳥は格好の動物蛋白源として、捕獲の対象となっていたといえるのである。原始人がそうしていたようにである。

それがたまたま人間と野鳥の知恵比べとなり、工夫を凝らせば凝らすほど、簡単にたくさんの野鳥が捕獲できるということで、子供たちの楽しい遊びになっていたのだ。鳥だけでなく魚も対象だった。

狩猟遊びは実に面白くて楽しい。今も許される範囲で、鉄砲や空気銃を使ってこの遊びに興じる大人は多くいる。大人が面白がるのだから、子供は尚更のことである。しかも、動物性食物が全然といってよいぐらい、手に入らなかった田舎では、狩猟をして自分の手で補うしか方法が無かったからだ。

別段、動物愛護の精神が無かったわけではない。その証拠に、目白や鶯等の飼育対象の小鳥は、霞網のようなもので生きたまま捕えた。食料用や小遣い稼ぎの対象となる山鳩や赤腹等は、バッタンや針、空気銃で狩猟をしていた。

この遊びは、鳥や魚を通して自然とその理法を知る上で、物凄く有意義で勉強になった。生きた理科学習といってよい。科学の基礎や土台は、この自然体験から得たといってもよいぐらいだった。

戦争も末期になり、もっぱら防空壕暮らしになってからは、危なくて出来なくなってしまったが、それまでは最高に面白い遊びで、知恵を巡らしながら、野山や川を駆けずり回っていたのだった。

今と違ってその頃は動物愛護の精神が乏しかったのか、野山に生息する鳥や獣は、何のお咎めもなく狩猟の対象になっていた。

子供たちは、高等科や中学校の生徒たちには空気銃などの鉄砲遊びで狩猟をしていた人もいたが、小学生は大体が網や針や罠、バッタンで小鳥などを捕まえる遊びをしていた。

大人や中学生たちは、お金のかかる霞網で大量捕獲を狙っていた。これは川や沼で行う投網にも似たもので、違うところは、網の糸が細く、色が鳥の目に見えないものだった点と、夕方竹薮や森に仕掛けておき、朝や夕方の光線の弱い時間帯に、塒（ねぐら）を出入りする鳥類を捕獲する点にあったといえる。

特徴は鳥たちの通り道を突きとめ、そこに仕掛けると、色々の鳥が生きたまま捕まえられることだ。目白や鶯などの小鳥は美しく、啼き声もよく、飼育するにはもってこいの鳥で、高値で売れもした。

針もよく仕掛けた。螻蛄（けら）という体長三センチ位で、植物の根を食い荒す虫で、おけらともいう虫が餌だ。この辺ではけらばばあと呼び、その虫を棒の先に三〜四十センチほど垂らした糸の端につけた針に刺す。糸は見えないように土や草を被せ、鳥たちに気づかれないようにする。棒は土中深く刺し込み、これまた見えないようにする。これを何本も畑や田の畔（あぜ）などに仕掛けておく。はね針と同じ仕掛けである。

当時、子供たちは、確か〝ちょうまん〟と呼んでいたと記憶するが、田んぼを生息地にする、小鳩ぐらいの大きさの鳥の捕獲が目当てであった。この鳥が意外に高く売れたのだ。

その頃は、鳥屋なる商売が繁昌していたらしく、鶏の売買が主だが、鳩やこうした小鳥の売り買いもしていた。鳥籠を自転車の荷台に積んで、しょっちゅう農村を廻っていたものだ。子供たちは、この叔父さんに頼んで、捕まえた小鳥を買ってもらう。これがまた結構よい小遣い銭になり、みんな一生懸命やった。

けらに代えて蛹（さなぎ）でもやった。養蚕をしている農家が多少なりとも残っていたので、蚕の蛹が手に入った。これを一匹だけ針につけ、あとは七〜八匹をおとりに周辺に播いておく。鳥たちは、好物だからたちまち食べつくす。針が咽に刺さって、逃げられなくなるというわけである。これだとちょうまんだけでなく、山鳩や赤腹などの高級な鳥がかかることもある。

ただし、鳥もさるもので、利口で針のついた蛹は避けて食べ残して、飛び去るケースが多く、鳥と人間の知恵比べが行われることになる。自然の理法を学んで、鳥の習性等に精通すると、人間が勝つ。子供たちは知らず知らずそれを学んでいくのである。

罠もよく仕掛けた。俗称〝ブッチメ〟〝おっかぶせ〟〝バッタン〟により異なる狩猟法を用いた。目的や手段がそれぞれに違うので、そこを弁（わきま）え心得て、狩猟に当たっていた。

ブッチメは今考えると残虐で可哀想な狩猟法だった。別名ギロチンが物語るように、鳥の首を絞めたり叩き切ったりして捕まえるやり方だからである。戦時だからやれたのだ。

生えてる竹を、根のついたまま途中で切る。枝を払い、地面に向けてぎゅっとしなわせる。バネ仕掛けのバネにするためだ。竹棒の先には二本の紐で篠竹が地面に平行になるように、吊される。地面には平行にもう一本の篠竹が抜けないように固定される。先の篠竹は後の篠竹を潜らせてから、小鳥の首がやっと入るぐらいの高さまで引き上げて固定する。

その仕掛けは稲穂を刺した細い竹筒が、先の篠竹に吊され、それが二本の篠竹のかすがいになる。鳥が稲穂を突っつくと、かすがいの竹筒が外れる。すると生竹が元に戻ろうとするバネの力が働いて、上の篠竹が勢いよく下の篠竹まで降りて、鳥の首を絞め殺すという罠だ。

罠は正面だけ残して草木で囲う。筒の稲穂は内向きに差してあるので、小鳥はどうしても二本の篠竹の間から、首を突っ込まないと、稲穂を食べることは出来ない。仕方なく恐る恐る首を突っ込み、啄み引っ張った瞬間に、二本を繋いでいた筒が外れて、上の篠竹があっという間に小鳥の首を絞めるのだ。

毛は飛び散り、首はぐたぐただ。中には捥(も)げて転がっている場合もある。実にむごたらしい捕獲光景が広がるのだ。それでも子供たちは好んでやったし、自分も何回かやった。しかし、幸か不幸か一匹も捕まえることが出来なかった。今考えれば不幸中の幸いだった。

おっかぶせは、網バッタンのことである。これは生け捕りだから、さほど気にしないでやれた。これもバネを応用した罠に違いない。

細い真竹を切ってきて弓を作る。弓のつるに縄を張り、その縄を何重にもよって、元に戻る力を強くしておく。この縄の中間に、細い篠竹を半円形に曲げて網を脹みを持たせて張ったものを括りつける。網の真ん中には、ブッチメ同様の細い竹筒に稲穂を下げた仕掛けをつける。次に、網の脹みに合わせて、小鳥一羽が入れるような浅い穴を掘っておく。小鳥が警戒しないように足跡を消す。周囲は自然状態にしておき、掘った穴もひとりでに出来た窪地のように見せかけて、付近にそれとなく白米や籾殻を播いておびき寄せる。人間の臭いや形跡に敏感なので、それらをすべて払拭し、消し去っておく。

安心した小鳥が、例によって稲穂を突っつくと、仕掛けが外れて、網袋がバネの力で、文字通りおっかぶさってくる。だから「おっかぶせ」というのである。生け捕りである。

この方法はおもに野原や草地、林の中でやられた。ホオジロという小鳥がたくさんいて、その鳥がよくかかった。

自分も一匹だけこの仕掛けで捕獲した。小さな目をくりくりさせ、網の中で逃げようとバタバタしているのを見つけた時の嬉しさと、手に掴んだ時のホオジロの体の温もりが、未だに手に残っている。可愛さ余って、売るも殺すも出来ずに、昔から家にあった竹の刺し子作りの鳥籠で飼ってやったが、一週間ほどで死なれてしまい、可哀想なことをした。

これらの狩猟活動は、まだ戦火が内地に及ばない頃にしたことだった。低学年の頃は虫捕りに夢中になった。カブト虫やキリギリスを捕っては飼った。カブト虫を戦車に見立てて、戦わせる遊びも盛んにやった。また、本やんま捕りも盛んにした。棒の先の糸におとりのやんまをつけて飛ばすと、本やんまが競って集まってきて、そのうちの一匹が縋り付いたところを捕まえる。夏の夕方はよくやった。夜は夜で蛍を追いかけ、捕まえては飼育して光を見て楽しんだ。まるで自然の子で育ったのだ。

野兎や狸、穴熊、いたち等もいたが、これらの小動物を捕まえることは無かった。その代りに田んぼでタニシやイナゴを捕り、醤油で佃煮にして食べたり、夜に松明を燃やしてどじょう叩きをし、川へ行っては遡上してくるメソコ（うなぎの子）を大量捕獲して、乏しい蛋白源の補給として食べたりしていた。原始人の真似事をして人は育つの典型だった。

◆狩猟は遊びであり、蛋白源の調達でした◆

今だったらとても可哀想でできないことを、あの頃は平気でやっていました。何しろ人殺しが奨励される殺伐とした時代でしたから、小鳥や魚は因果なことでした。それに不足する食料にもってこいで、あのおいしさはたまらなく、人間の好餌にされていました。

雀の丸焼きは、骨ごとカリカリとかじって食べました。山鳩は最高の御馳走でした。何しろ牛馬は農耕用や軍馬となって働き、食用にはならず、豚は軍人や都会の金持ちの人の口に入るぐらいで、田舎では食べられませんでした。せいぜい鶏やあひるの肉や卵が年に一回か二回、卵は病気にでもならないと食べられませんでした。そんなわけで、蛋白源に魚と小鳥、それにイナゴ等の虫やタニシ等の貝類が、当てられていたのです。

自然界の法則や掟といってしまえばそれまでですが、生きるためにやられたことでした。みなさん方はどうされていましたか。

6 演芸

枯渇する文化と精神生命

戦争になると文化が停滞する。そればかりか文化が破壊されてしまう。無形有形の文化財を失ってしまう。これらのことは、人間にとって最も悲しいことであり、許し難い行為である。

古い歴史を刻んできた神社仏閣が破壊され、跡形も無く焼失してしまう。貴重な伝統文化である無形文化が失われていく。

我が横芝光町でも、鎌倉時代から続く重要無形文化財の鬼来迎が、戦争中の一時期、消失の危機にさらされたことがあった。これなどは、今でこそ復活して全国的に有名になっているが、戦時中は演じる役者がいなくなり、空襲下では宗教劇どころではなかったのである。同じように、熊野神社の御神楽も中止となり、文化的行事はすべてといってよいぐらい影を潜めてしまい、失われかかった。

昔から人間は、文化を生み文化を育て文化と共に生きてきたのだ。その文化が、人々の生活から奪われていくのだからたまらない。まさに断腸の思いである。

趣味も娯楽も奪われ、生気を失った夢遊病者のような状態に追いやられ、ただ死ね死ねと死に向かって突進させられる。これが戦争というものである。

わずかに残されていた、庶民の楽しみであった芝居やサーカス、映画や音楽は、戦争が熾烈になるにつれ廃止となり、残ったものは軍事映画や軍歌だけになってしまった。まことに息苦しい時代だった。

美を求め心洗われる生活など、到底望みうべくもない暗黒社会で、ひたすら防御防御で死の恐怖から逃げ回る毎日だった。

戦争は二度としてはならない。人間の人間たる所以の精神的生命を奪うからだ。


昔の子供にとって、紙芝居ほど楽しみなものはなかった。紙芝居の箱を積んだ自転車が、十字路の角先に停るのを、首を長くして待ったものだ。そのうちに、拍子木や笛に呼び集められた子供たちが集まってくる。

紙芝居屋さんは、子供たちの顔や人数を知っていて、大体集まったなと思うと始めるのだ。集まって来た子の一人ひとりから料金を取り、水飴やいかの足の煮つけを配る。そして、いよいよ開演である。

活動写真（映画のこと）の活劇弁士のような声色と抑揚で、一枚一枚を捲っていく。次はどんな絵でどうなるかと、胸をときめかして、食い入るように見る。楽しさ一杯である。
漫画や少年雑誌もあって、読み耽った。どれもこれも、夢があって楽しいものばかりだった。当時の子供文化では、最高のものではなかったかと思う。それが昭和十七年以降は、ぱたりと消えて無くなってしまった。すべては戦争が原因によるものだった。

人間は文化的な動物である。それが戦争になると、全く閉ざされてしまい、野蛮人となる。やたら暴力的になって、生殺与奪を思い通りにしようとする。早くいえば、人殺しをもてあそぶ気違い人間になってしまうのだ。

そうなったら最後、文化どころではない。折角育ててきた文化、とりわけ長い年月をかけて生み出し完成させた伝統文化までを、根こそぎ捨て去るのだから、話にも何もなったものではない。

それでも太平洋戦争が始まるまでは、何だかんだいっても、文化的な活動が認められ、各地で思い思いになされていた。

個人の生活にあっても、自分の場合は、幼児期に絵本や玩具を買ってもらって、読んだり遊んだりできた。カルタや双六もした覚えがある。祖母に聞かされた昔話や御伽話、はてはお化けの話など、面白くて何度もせがんで話してもらったものだった。そうしたものも、いつとはなく消えて無くなってしまったのだ。

また、その頃は芝居やサーカスがかかって、そちらの方で文化的な楽しみを享受することができた。家の隣には繭（まゆ）の集積場と乾燥場があり、そこでの仕事が一段落したり暇になると、その建物が芝居小屋になって、旅芸人の芝居や浪曲等の演芸がなされていた。

芝居がかかると、チンドン屋が旗を立てて、近隣を触れて回る。あの何ともいえないクラリネットの音色は、天然の美の曲を通して今もって耳に残っている。

出し物は、国定忠治の赤城の子守唄とか、笹川の重蔵や飯岡の助五郎の天保水滸伝等の任侠ものが多く、決して程度の高いものではなかったが、それでも人々は心満たされながら堪能していた。浪曲では、名月赤城山や森の石松等が受けていたようである。

その芝居小屋も、繭の乾燥作業の火の不始末から、火災を起こして燃えてしまった。三歳だか四歳の頃で、母親と戸板に水を掛けると、熱せられた戸から水蒸気が上るのが目に焼きついている。丸かかえしても余る程の槙の大木七、八本が身を枯らして水を噴き出し守ってくれた。また、隣町のガソリンポンプ購入時に、多額の寄附をしたということで、時折放水してくれて、それらのお陰で我家の類焼は免れた。そうしたことがあってからというものは、橋場区には芝居もこなくなってしまった。それは会場が無くなったこともあるが、それ以上に戦争が激しくなって、芝居どころではなくなってしまったのだ。

その頃、大きな町、郡の中心の八日市場には、柴田サーカス等が時々回ってきて、それを楽しみに見に行ったことがある。橋場でも、戦後になって一回だか頼んで来てもらったような気がするのだが、間違っているかもしれない。戦後になると、急にいろいろの演芸が花開き、美空ひばりまで橋場に来るという噂を聞いたような気がする。

しかし、それまでは、といっても太平洋戦争中は、それも後半はまったくといってよいほどに演芸活動は閉ざされ、伝統文化のお祭までも、中止せざるを得ない状況に追いやられてしまったのだ。

それでも唯一、映画だけは時々回ってきて見ることができた。しかし、それも昭和十八年頃までで、それ以降は全然来なくなってしまった。空襲空襲で映画どころではなかった。

映画は戦記物ばかりで、これがまた戦意高揚と戦争遂行の手段に使われていたのである。映画館があるわけではないので、昼間の上映は出来ない。もっぱら夜である。それも大勢を収容できる体育館のようなものは田舎にはどこにも無かったので、運動場や広場に白い幕を立てて、そこに映したものを露天で見た。

東陽地区では、大方は小学校の校庭で開かれた。それでも楽しみの無い村人たちは大喜びで、大勢の人が集まった。囲いも天井も無い運動場だから夜露に濡れる。冬は寒いので余り開かれなかった。映画は最初にニュースから始まる。これがまた大本営発表の勝ち戦の話ばかりだった。戦果のオンパレードといったところである。

ジージー、ガーガーと雑音ばかり、風にスクリーンが揺れるので、画面が波打ったり歪んだりする。白黒画像だが、何度も使い古すせいか、画面が暗くその上に雨が降ったように、やたら多くの線が入っていて極めて見辛い。

メインの映画も同様で、今からみたらとても見られた代物ではない。映画とは名ばかりのものだったのだ。それでも娯楽が無かった当時は、大喜びで大騒ぎして見に行ったものだ。

決戦の大空へ、爆弾三勇士、等々、出るもの見るものは、すべて戦争賛美のものばかり。明らかに洗脳意図が見え見えのものばかりで、今なら鼻もちならぬ不快感に怒りを覚えることだろうが、往時はそうではなかった。喜んで洗脳されその気にさせられて、戦争へ戦争へと意識が高揚していった。うまく導かれてしまったのだ。いってみれば、娯楽がとんだことに利用されてしまったというわけである。だから戦争ほど怖いものはないのだ。文化がとんでもないことに、まんまと利用されてしまった典型例である。

◆戦争は人々から文化を奪ってしまいます◆

秋の夜、月の光の下に、どこからともなく聞えてくる笛太鼓の音色は美しく、何ともいえぬ感慨に浸って、郷愁をそそらされるものです。何故か心が洗われ、しみじみとした気分にさせられます。

あの忌わしい戦時下でも、初めの頃は、そうした文化的な環境や慣習、気風が残っていました。お小遣いをもらって夜祭に行くのが楽しみでした。賑かなお囃子を聞いたり、面白可笑しく舞う踊りを見ては、楽しんだものでした。

庶民の間に、そうしてわずかばかり残っていた娯楽が、みんな取り上げられてしまったのですからがっかりです。泣きたいくらいでした。

戦争は厭です。趣味も娯楽も、みんなもっていってしまうのですから悲劇です。文化から遠ざけられた人間は哀れです。

皆さんの所の状況は、いかばかりでしたか。辛く悲しい文化生活の想い出を交換しながら、二度と戦争をさせないようにしましょう。

7 地主

内なる戦争

貧富の差が確かにあった。歴（れっき）とした家柄の人。乞食と称された人、即ち、金銭・食物をもらって生活する人。大尽（だいじん）といわれた大金持ち。格差社会であったことは間違いない。それが何によるものだったのか。

一つには、水呑百姓と蔑視された、土地を持たない貧しい農民をたくさん生み出した、土地の所有制度にあったようだ。

地主と小作の問題がそれだ。一方に少数の土地持ちの地主がいて、他方に多勢の土地を持たない小作人がいた。小作とは地主から土地を借りて耕作し、生産した米の何割かを、年貢として地主に支払って、生計を立てる、貧しい農民のことをいう。

当然のことながら、両者の関係には主従関係ができる。土地を召し上げられたら終わりだ。そこでどんな無理難題も聞かざるを得ない弱い立場に追いやられてしまう。こうしてどんどん落ちぶれていく。

恨みは溜まる。不満の捌け口は無く、心は捻くれ荒んでいく。面従腹背の欝積した境遇に、じっと耐えていかねばならない。当然のことながら、敵対感情は募る。

内に爆弾を抱えるとはこのことで、封建時代この方、農村にはこうした状態が続いていた。それが時々一揆になったり、暴動になったりして露呈したが、軍事政権になってからは、鎮圧されるので表に出ないでいた。これでは戦争に勝てない。

潜在意識の中に、対立感情があって、どうして一億一心同体になれようか。表向きは日本人同士と民族意識を煽っても、裏では腹の底でいがみ合っているのだから、真の意味で一つにはなれなかったと思う。

戦争は負けるべくして負けたのだ。負けて小作が無くなり、本当によかった。


昭和十四、五年頃は鉄砲玉の飴が、一銭で二個買えた。一個五厘（一銭の半分）ということだが、厘というお金は無く、一番小さな単位が一銭なので、一銭出すと二つきたというわけである。

当時、我が家の近くに、二軒の駄菓子屋が並んであった。どちらも叔母さんが、同じような子供向けの品を商っていた。

お小遣いは毎日二銭と決められていた。友だちの多くは一銭の子が多かった。それなのに、我が家では二銭くれたのには、或種の見栄や格式を重んじる面があったようだ。

それに気づいたのは、或時、二軒の駄菓子屋を一銭ずつ遣ってはしごをした時のことだった。家人にこっぴどく叱られた。つまり、二銭を同一店で遣えというのだ。幼稚園から小学一年生の頃だから、どういう意味かよくわからなかったが、それからはいわれた通りにして、今日はこちらの店で二銭、明日は別の隣の店で二銭を遣うようにした。

まだ地主だ、家柄だ、旧家だという、ランク付けみたいなものが、暗黙のうちに隠然として残っていた。それが、子供の小遣いにまで、影を落としていたのだと思われる。

表立っては、直接聞いたわけではないが、陰口では御大家のお坊ちゃまなんて、揶揄されていた節が無くも無かった。

幼児の頃に肌で感じたことだから、どこまで当たっているかわからないが、服装一つとっても洋服やシャツを着せられ、みんなとは違った格好をさせられていた。

たぶんに東京かぶれ、洋風趣味の家風が影響してのことだったのだろうが、それに加えて、封建時代の身分制度の残滓みたいなものが残っていて、それらが後押しをしていたようにも思われる。

本人はそれが嫌で、みんなと同じにしてくれと頼んだが、聞き入れてもらえなかった。そこで小学校に入学してからは、抵抗戦術に出て、新しい下駄や衣服を着けて出校する時は、わざわざ泥や砂をつけて、目立たないようにしてから、友だちの前に出るようにしていたほどだ。

もうその頃は、我が家は貧乏世盛りで、一般の家庭と同じだったのだが、江戸時代に本家が米源と名乗る関東有数の米問屋で、江戸や大阪の米相場を仕切る大富豪だった幻影が残っていた。それが旧家だ御大家だになっていたらしい。

迷惑な話だが、他人の口には戸は立てられず、甘んじるほかなかった。しかし、それを肯定していた幕末から明治の頃に暮らした祖父母や父母、伯母たちには、そうした変な優越感が潜在意識の中にあって、それが孫子の生活に影響を与えていたのではないかとも思われる。

我が家ばかりではなく、大地主、中地主等の財産家、素封家は近隣町村に多くあり、そうした家の中には、戦時中まで何十町歩の田畑や山林を有し、それを小作人に耕させて、左団扇で殿様暮らしをしていたものもあった。

そうしたことから、身分制というか階級制度が家毎に影を落とし、暗黙の上下関係を生んでは、無用の対立や確執を起こしていた。小作と地主の関係が、その典型であったのだ。

それが戦争に負けたことによって、主客転倒し、日本の民主化を推進する切り札として、農地解放が強制的に行われて、地主制度は崩壊させられてしまった。

土地が無くなり、残念にも思うが、民主化のためには仕方のないことであった。働く者が虐げられ、土地持ちが威張りくさって、遊んで暮らす世の中は、どう考えても理不尽である。

財閥も地主も、特権階級の地位を追われ、文字通り四民平等になった。自由競争による民主国家になって、日本は再生するのだが、それまでは軍部と財閥が結託して、国民を散々苦しめ疲弊させてきたのだった。

それが皮肉にも墓穴を掘ったとでもいおうか、戦争を起こしたばっかりに、自分たちの体制が崩壊してしまった。戦争は悪であり忌むべきことだが、負けたお陰で、民主化というプラス面がもらえた点も忘れてはならない。

土地争いに戦争の芽があるのです◆

人間は、立派な面と浅ましい面の、両面をもった生きものといったら、叱られましょうか。昔、地主や金持ちであったからといって、今もって憎まれいびられるのも困りものです。ましてや跡形もなく貧乏になったものに、ざまあみろいい気味だと、仇を取ったような蔑視感情で、悪口や嫌味をいわれるのも辛いことです。

遠い昔の制度や先人たちのなした言動が、何も知らないで生まれた、罪科の無い子供にまで、禍として降りかかるのですから、恐ろしいことです。そこに国を越えて、人間同士に、そうした戦争の火種になるものがあるのです。

地主にも小作人にも善人や悪人がいて、一概には決めつけられませんが、制度がそうさせることですから、どうしようもありません。

地主側もいい思いだけしたわけではないでしょう。粒々辛苦して得た土地を失う苦しさ辛さ悲しさもわかります。しかし、大義は四民平等の民主化です。ご苦労を綴ってください。

8　家事

忙しかった農事と家事

野面を渡る初夏の風は涼しく爽かだった。小昼に食べた「いり米御飯」のおいしさが忘れられない。ほのかな小豆の匂いと甘さが、疲れた体の疲労を消してくれる。空には燕がすいすいと飛びかい、畔にはれんげを初め様々な野の花が咲き乱れて美しかった。戦争を忘れさせてくれる自然がいっぱいに広がっていた。

農作業が終わって家に帰れば、家事の雑用が山のように溜まって待っていた。炊事、水汲み、清掃、戸締まり、鶏の世話、風呂作り、食器洗い、布団敷き、次から次への仕事をこなさなければならない。

これが日曜、祭日の小学生の家業、家事のあらかたの仕事であった。野良仕事は土曜の午後と日曜日、祝日にやった。学校のある平日は、下校後暗くなるまで農作業をし、帰宅してからノルマの家事労働に従事した。いってみれば働き詰めの毎日だったのだ。大人は母が一人で頑張っていて、猫の手も借りたいほどの忙しさだったので、手伝わずにはいられなかった。こうした状況はどこも同じで、その頃は親子ぐるみでよく働いたものだ。

それも本土に敵が近づく頃には出来なくなった。上陸阻止の緊迫感が優先して、母は竹槍訓練や消防演習等で、駆り出される日が多くなったからだ。それに空襲が激しくなると、危なくて農作業などはしていられない。空には一日中といってよいぐらい、敵機が乱舞していたからだ。

農作業は、敵機を避けながら、朝夕を中心に進めねばならず、大変に苦労をした。母と共に兄弟よく働いた。戦争ともなれば一朝にして、国民はこうした毎日に追いやられるのだ。戦争はしてはならない。

その頃の子供たちは実によく働いた。働いて働いて働きまくった。家事はほとんどの子供がやった。一つだけでなく、五つも六つもの分担割り当てを持ち、その上、兄弟や老人、病人の分まで、引き受けさせられてやった。

今の子供が何もやらない、やっても一つか二つぐらいなのに比して、雲泥の差である。そればかりか、家業も手伝ったのだから大変だった。ほとんどの家が農業をしていたので、家業といえば農作業である。

学校ではこうした事情を見越して、「農繁期休業」を設けていたほどである。田植え時期と稲刈りの時期、つまり、春秋一回ずつ一週間ぐらい休校し、子供たちを農作業に従事させたのだ。農業以外の家業の子は、主に農家に手伝いに行かされた。親戚は勿論、近所に出掛けた。また、援農隊を組んで、出張作業をするケースもあった。こうして、とにかく、毎日働き詰めの生活を送っていたのである。

家事は今と違って、全部手作業の肉体労働だ。洗濯一つとっても、水は井戸から自力で汲み上げ、乏しい配給石鹸を後生大事につけて、洗濯板でゴシゴシと擦ったり、叩いたり絞ったりしてやった。当時は七人もの大家族だ。干すだけでも幾棹にもなる。それを担いで干場まで持って行って、天日にかけるのだ。取り入れがまた大変だ。全部力仕事だ。

炊事も手伝う。米を研ぐ、御飯を炊く、へっつい釜に焚き付けの杉の枯葉や松葉をくべ、燃え上がったところで、稲わら麦わら、その上に枯竹や薪を乗せて燃やしていく。煙がもうもうと出てむせる。涙が出て目が痛い。

火加減が悪いとガンダになる。白米だったらわら火がよいが、戦時下は麦、芋、人参、大根、トウモロコシ、コーリャン、大豆等々、何でも米代りに炊き込んだので、火力や時間調整が難しくて苦労した。また、炊き上がってからのむらし方も、工夫しなくてはならない。

おかずや味噌汁は、母と姉が主になって作った。自分と弟はお膳の出し入れである。当時は昔風に一人ひとりが、自分のお膳と茶碗、箸で食べていたので、その始末が大変であった。

食事についでの分担は、風呂作りで、これがまた力仕事で容易でなかった。清掃をする。つるべ井戸で何杯も水を汲んで、それをいちいち運んで風呂桶に入れる。そして、罐焚き（かまた）きである。その前に薪割りをしておかねばならない。これがまた危険をともなう力仕事なのだ。汗だくになる。

風呂が出来てからも仕事は残る。入っている人が温いといえば、罐焚きをして熱くしてやらねばならない。熱過ぎれば、井戸端へ行き水を汲んで、丁度よい湯加減になるまで、何杯も入れてやらねばならない。冬の寒い夜などは、泣きたくなるほど辛い仕事になるのだ。

家が旧家で昔の馬鹿でかい家であったので、掃除や戸締まりが一仕事で、それがまた男の兄弟の仕事である。雨戸の開閉箇所が十四~五か所。江戸時代に建てた家だから、どこもかしこもガタピシで、戸の開け閉めには大汗を流した。毎日のことだから容易ではない。今思うと、よくやったものと、感心するばかりである。

さすがに掃除は広過ぎて毎日は出来ず、今日はこちらの廊下、明日はあちらの床の間というように分けて、日割で掃き掃除や雑巾掛け、窓拭き等をさせられていた。時々、ずるけてサボったり、手を抜いて叱られたこともあった。考えてみれば、掃除器も無い時代だから、全部が力仕事の肉体労働である。よくやったものだ。当時は子供は立派な労働力だったのだ。

この他にも、鶏の世話や管理、布団干し、たくわん大根や乾燥芋、梅干等を、裏山越えの草地に、天日干しのために運ぶ。この出し入れが容易でなかった。怠ければ「働かざるもの食うべからず」と怒られる。食を抜かれる。二言めには「泥水すすり草を噛みながら戦っている兵隊さんを思え」「罰があたる」と叱られる。猫の手も借りたいほどの時代で、無理からぬこととはいえ、本当に容易なことではなかった。

水道も排水溝もない。必要な水や排水は、自分の力で用意をし捨てねばならない。この仕事は毎日のことだから、うんざりするほど辛く過酷なものだった。雨の日、雪の日は特に大変で、その苦労たるや言語に絶するものだ。

炊事用の流し台の脇に、大きな水がめがあり、そのかめに、常時きれいな水が入っていなければならない。三度の炊事と食器洗いで、すぐ無くなってしまう。一日にどうしても二回は、離れている井戸まで水を汲みに行き、何杯も運び込んで溜めておかねばならないのだ。

洗い物や炊事で使った排水は、これまた流し台の下に溜めておくかめがあり、そこに流すのだが、これがまたすぐ溢れ出してしまう。不衛生で伝染病の発生源になるので、常時、汲み出さねばならない。

弟が前、自分が後になって、天秤棒で肥桶に汲み込んだ流し水（汚水）を担いで行く。裏山には堆肥を作る場所があり、そこには庭掃きで集められた落葉や生ごみ、除草した草が積まれている。そこへこの流し水（汚水）をかけるのだ。それによって、落葉や生ごみが腐って、ボロと俗称されていた良質の堆肥、有機肥料が出来る。しかし、やる方は雨が降ろうが風が吹こうが毎日だから、それも朝夕二回だから死の苦しみである。

さすがに石鹸を使う風呂水や洗濯水はかけることができず、地中に滲み込ませて捨てる方法を採っていたので、そちらは運ばなくてよかったので助かった。

あの頃は自然に適合する生活で、すべては自然に返す循環生活をしていたので、今でいうリサイクル活動が自然に行われていた。そのお陰でゴミも貴重な肥料、人間の排泄物も立派な肥料として活用され、無駄が無かったのだ。したがって、環境破壊は起こらず、むしろ環境保全が立派になされていたといえよう。

広い屋敷の落葉掃きや除草も、子供たちの仕事であった。広い庭と屋敷森、とりわけ庭掃除は、門先から始めて玄関前、奥庭裏庭は念入りに行い、打水までしておかねばならない。

それが終わってから、方々に散らばる庭園まがいの植え込みの手入れや掃除、最後は農作業用の広場の掃き掃除や除草である。さすがに一日や二日ではやりきれず、一週間十日と間隔を置いての仕事となる。それも空襲が激しくなる頃には、やっていられなくなってしまった。

ただ、人様が訪れる門先や玄関前は、格式を重んじてか、空襲の合い間を縫って毎日やらされたので、常に小ざっぱりとしていた。

冬は清掃後の落葉焚きが楽しみで、一生懸命やった。焚火に温まりながら、ガヤガヤワイワイ、そのうちに入れてあった芋がよい匂いを発し出す。そうなると空腹の虫が唸り出し、待ち切れなくなって取り出し、土の上を転がしながら冷まし、灰をはたいてかぶりつく。真っ黄色に焼けた芋が湯気を出しているところを、フウフウと息を掛けて冷ましながら食べる。労働終了後の、何ともいえぬ快感、それに相俟（あいま）つ芋のうまさ、まさに至福の時である。

「危ない、逃げろ」と叫んで、弟を引きずるように堀に飛び込んだ。超低空の敵機が来たからだ。弟が後を押し自分が前で、大八車を引いて精米所に行く道中だった。

二人が荷車を放り出して、弾けるように逃げた所は、放光院という墓地の手前を流れている放水路（みよ）である。この水路は通ってきた道路の下を潜って、栗山川に流れていく。その道路の下のトンネルに飛び込んだのだ。ここなら撃たれても安全。子供ながらにとっさに判断したもので、今では驚きだが、これも戦争が教えた保身術だったのだろう。

危機一発で難を逃れたが、そうした危険を冒しながらも、小学生の兄弟は、家のため家族のために俵二〜三個を積んで、米麦を精米精麦に行かなければならなかったのである。

川向こうの横芝地先や南条地区の芝崎に農地があり、母親が米や麦、さつま芋など、一家の食料を自給するために作っていた。これを手伝うのが子供たちの仕事で、田植えをし、それが終わると麦刈りとその運搬、脱穀、そして秋には稲刈り運搬、脱穀、芋掘りと運搬、やれやれと思う間もなく麦蒔き、麦踏みと、次から次へと農作業は続くのである。

冬は冬で、薪作りや松葉掃きの山仕事が待っている。枝下ろしをした薪や、松葉、杉の葉を掃いたものを、大八車に積んで何回も家まで運ぶのだ。これがまた大変だった。

考えてみれば働き詰めの毎日だった。それも敵と戦いながらの農作業であるから、容易ではなかった。特に、芝崎地区の田畑は広くて隠れる場所が無い。一番遠い所は一キロ近くもあって、道中も危険だった。よく殺されなかった。そこには、相手を知り攻撃時間を避けながらの、農事や運搬作業をするという、知恵が働いていたからだった。

追い詰められると、人間は不可能を可能にしたり、危機を脱する知恵や技を生み出すものである。また、慣れが怖さ恐ろしさを払拭して、やるべきことをやらねばならぬことをしたのだった。危機的場面は人を強く利口にするのだ。

お使いもよくさせられた。昭和十九年の夏頃までは、届け物や伝言を持って、親戚や知人宅によく行った。戦争が激しくなるにつれ、バスも無くなり、自転車か歩くしか行く方法は無かった。無ければ無いで仕方なく、別に不便だとか大変だとかとは思わなかった。今だったら不平や不満で大変だろう。いやその前に、どだい無理な話だと一蹴されてしまうだろう。人間は変われば変わるものである。

小学校の四年生五年生の子が、北清水や新島までの四〜五キロを、橋場から一人でお使いに行く。それも電話やメールの無い時代だから、度々行かねばならない。

もっと遠くは、母の生家の東谷（現匝瑳市）である。ここまでは十一〜二キロはあろうか。八日市場を過ぎてその先まだ数キロある。十歳位の子の一人での徒歩や自転車によるお使いは、かなり過酷なものだったが、平気だったし、当然のことと思って、何度も往復した。

さすがに空襲が始まってからは、清水や新島には横芝飛行場、東谷には近くに東洋一と称されていた香取海軍航空隊の飛行場があったので、危なくて行けなくなってしまった。

父母が夜陰に乗じて行っていた。その代りに子供たちは近場の親戚や知人宅へのお使いを引受けて、隣接集落や近所回りをした。また、買い物は橋場には店が少なかったので、横芝町の東町によく出掛けた。そうしたお使いは、毎日のようにやらされたのだった。

昭和十六〜七年頃は、まだ戦時下でものんびりムードなところがあって、明治大正から続いていたお祭の招待や、ご馳走届けの風習が残っていた。集落ごとに祭日が異なり、お互いに呼んだり呼ばれたりして、ご馳走を食べながら、祭を祝い、親交を交わす習わしがあった。

祭の朝、赤飯やあんころ餅を重箱に詰めて、それを親戚の家に届け、今日は家の祭だから来てくださいと、口上を告げに行くお使いもあった。これなどはお駄賃がもらえて嬉しかった。

戦時下の子供たちは、こうして実によく働いた。働かされたというより働かざるを得なかったのだ。それだけにそれが当然なことであり、文句をいっても始まらないことだった。黙って働くことが務めだったのだ。

また、今のようにそれはおかしい、子供には無理だ無謀だといってる暇も余裕も無かった。敵はすぐそこまで来ている。昼夜を分かたず襲いかかってくる。死は四六時中身につきまとい、いつ殺されてもおかしくない状態で生きねばならない。そうした状況下で、それは子供の領分ではないから可哀想だ、無理難題だといってはいられない。だれも助けてくれない。自分のことは、子供といえども自分でして、自分で身を守り、自分で働いて食べねば生きていけないし、生きられなかったのである。

大人がいない、男の働き手がない。だったら老人も女も子供も働かねばならない。そうしなければ生きられない。切羽詰まった時代がそうした非常事態を生んでいたのだった。

苦しみながらいくつもの家事をしました◆

戦争も勝ち戦の頃は、太平でのどかな毎日が過せていました。倉の後から拍子木でパンキパンキと三回鳴らすと、川向こうの畑で働いていた家族が、それを聞きつけて、お昼になったんだ、御飯を食べに帰ろうと、戻ってくるのです。何とも微笑しいのんびりした労働光景でした。それだけに安心して仕事も出来て、楽しい思い出も結構ありました。

ところが、昭和十八年後半頃になると、日を追って厳しくなり、戦場のような危険をともなった忙しさに変わっていきました。つんのめるまでへとへとになって働きました。まさに銃後の守りは僕等の手での活躍ぶりでした。危険はごろごろ転がっていました。その中で必死で家のため家族のために、身を粉にして働き、役に立っていたのです。

子供に特権はありませんでした。立派な働き手になっていたのです。みなさんの子供時代はいかがでしたか、情報交換をしましょう。

9　家畜

家族ぐるみでの家畜の世話

家畜はどこの家でも飼っていた。飼育目的は今と違って、ペットではなく、人間の用立てのためのものであった。

たとえば、猫は、大切な米びつや物置の米俵を狙って住みついていた鼠を捕えて食べてくれるので、どこの家でも大切にしていた。御飯に味噌汁をかけて食べさせたり、魚の骨を与えたりしていた。

昼間は寝ていて、夜になると鼠を獲りに出掛ける。見事捕獲に成功すると、首根っ子を食わえて見せにくる。人間に褒めてもらいたいのである。首や頭をなでてよくやったというと喜ぶ。

評価をもらうと、次は半殺しの状態の鼠をもて遊んだり、じゃれたりして、骨や肉を柔かくしてから食べ出す。猫ほど人間の様子見の上手な、利口な動物はいないといってよいぐらいだ。人間に恩を売った後は、きまって炬燵で大威張りして寝たり、寝ている足下に潜り込んでくる。温かいので湯たんぽ代りに抱いて寝る。

犬やガチョウは泥棒避けである。番犬もガチョウも、どちらも不審な人間や動物が接近してくると、大声を上げてけたたましく吠えたり啼いたりする。そのお陰で、盗難に遭わずにすむというわけだ。

牛馬は農耕用や運搬用に飼うものが多かった。東北のように、同じ屋根の下での同居ではなく、この辺では牛小屋や馬小屋を別棟で建て、そこで世話をしていた。

乳牛はほとんど見掛けず、乳は山羊を飼ってそこからもらっていた。兎は毛皮と肉用、鶏やあひるは卵や肉用に飼育していた。いずれも餌の心配で苦労し、日々の世話に忙殺されていた。それでも家族のような愛着があって、世話が楽しかった。

雀を捕えては、丸焼きにして、醤油をつけて食べた。小骨ががちがちして、肉はいくらもないのだが、ご馳走だった。山鳩などは超高級品で、一、二度しか食べたことがない。

お祭や都会からお客が来た時は、鶏を潰すといって、生きている鶏を首を絞めて殺す。毛をむしり取って、裸にしてから、丸ごと焼いたり肉片にして煮て食べたりした。これは大御馳走であった。内臓はもつ煮で食した。忘れられないのは、卵は大きな方から小さな方へと、数珠繋ぎで並んでいて、それが毎日一つずつ、完全に育ったものから、順次産み出されるのを知ったことである。殺す時は、羽をバタつかせて可哀想だなと思うのだが、食べてしまうとうまくて、またもっと食べたくなる。これって何だろう。人間のエゴか。それとも動物的本能か。食べなければこちらが死ぬ。弱肉強食だ。

戦時下だけではない。今だって、人間は他の動物の生命をもらってだか、奪ってだかして生きている。何ら昔と変わるところ無しである。

そのようなわけで、当時は、どこの家でも鶏やあひるを、卵と肉食用に放し飼いしていた。追い込み場所を作り、そこで水や餌を与え、卵を産ませる。トートートートッと呼ぶと、遊んでいた鶏たちが集まってきて中に入る。卵を産む間は、中で餌を食べながら、遊んだり休んだりしている。

夕方には二時間位、外に放してやる。竹薮や森の中で、落葉を掻き分けて、虫やみみずを食べる。はこべなどの野草も食べる。貝殻などの、卵の殻になるものも食べる。羽ばたきながら自由に遊び回る。だから黄身の大きくて高い、栄養価たっぷりの卵ができるのだ。

満腹になると、鶏たちはおんどりの合図で、一羽二羽と、今度は外敵防禦用の屋根付き小屋に入り、止り木に飛び上がり、うずくまって寝る。全部入ったのを見届け、扉を締め、鍵を掛ける。盗人やいたち、野犬に襲われないためである。こうして多い時はおんどり一羽、白色レグホン二十羽、雛を孵すのが上手なチャボを五〜六羽飼っていた。子供が世話係だ。

この他に兎や山羊も飼った。兎は毛皮用、肉はハム用として、子供の小遣いには過ぎたる高値で売れる時もあって、みんな夢中で飼った。

兎箱をいくつも作り、夕方に夜と朝の分の草摘みに行って、兎の好物の草を採ってくる。雨を見越して、余分に採らねばならない日もある。兎は多尿だから、箱の中のわらは毎日のように取り替えてやらねばならない。これが汚くて臭くて大変だった。また、兎は多産だから、子供がたくさん生まれ、それをくれて喜ばれるのが、楽しみの一つでもあった。

山羊は草原に繋ぎ飼いし、夕方に連れて帰る。たまに忘れてしまい、野犬に襲われて、可哀想なことをしてしまった家もあったようだ。

また、猫は鼠捕り用に、どこの家でも家人同様に家の中で飼い、番犬は外で飼った。人間とほぼ同じ御飯を食べさせ、家族同様だった。この外に農家では、牛馬を農耕用に飼い、豚を肉用に何頭か飼っていた。動物との共生の世界で育ったのが、当時の子供たちだった。

家畜と共に過した生活は楽しかった◆

犬馬の労をとる、という比喩的な言葉がありますが、あの頃は家畜の力を利用しないでは、生きていけなかったといってよいほどに、人間は畜力に頼っていました。

特に、戦争と係わっていえば、軍馬が代表的な例で、騎兵隊は馬に跨がって突進して、敵を蹴散らす部隊でした。織田信長の戦国時代からの戦法が引き継がれていたのです。

それ以上に今次の戦争では、運送運搬の面で、牛馬は大きな働きをしました。あの重くて厄介な大砲や各種兵器、弾薬、食糧等々、ありとあらゆる物資の運搬に携って、活躍してくれました。何せ道なき所や山また山を、前進するのですから、トラックは使えず、軍馬に頼るしかなかったのです。

「愛馬行進曲」等、軍馬の手柄や活躍を称える軍歌がたくさんあったのも、そのせいでした。戦時中は、特に、切っても切れない関係でした。家畜にまつわる話を書き残しましょう。

10 供出

大きな政府による供出の怖さ

雨の中で腰まで泥田につかっての代かき、田植え、数回の除草、炎天下の作業、稲刈り、脱穀、籾摺り、耕耘等、戦時下の米作りは、すべて人力でやったので、死ぬ苦しみの重労働だった。子供も手伝った。

それでも、肥料も少なく、作り方や品種が悪かったので、一反歩四~五俵しか収穫は無い。

今の半分ぐらいであった。腰が曲がり、平均寿命五十歳代は、この過酷な重労働からくるものだった。

こうした女子供主体の生産活動で、やっとの思いで収穫したわずかばかりの米は、大半が供出として国に召し上げられる。

自分や家族が食べる分さえ無くなる。それでも国家のため、兵隊さんのためにとの大義名分で、厳しい検査の中で、有無もいわせずに持って行かれてしまう。

牛馬を使う大きな農家はともかく、零細農家は身ぐるみ剝がされる思いだった。戦争は人々を非情にするから恐ろしい。

米麦ばかりかあらゆるものが、供出の対象になった。鉄製品は、日用品以外すべて持っていかれた。金、銀等財宝品も供出させられた。庶民の財貨はからっからだ。

先進国フランス等は、民衆一人ひとりに、金の椅子や銀のスプーンを持たせる政策をとり、民を裕福にすることが国家の繁栄と考えるのに、日本は全く逆である。

民が富めば国は栄えるのに、民を富ましめず、苦しめまき上げる。なけなしのお金は、国債を買わされ、多少の蓄財は無となる。そして、国債は暴落して国民が泣く。

戦時ばかりか、平時だってこの構図に変わりはない。政府が肥大化し強権発動すれば、いつか来た道に舞い戻ってしまう。

供出の苦い思いは、貴重な教訓となる。

供出とは、国家非常時に際し、国のために国民が有する物品を提供することである。もともとは、農家が生産した米麦を、自分で食べる分を残して、国に差し出す制度に端を発したものと思われる。米や麦という主食は、兵隊さんを食べさせるために、必要量は優先的に確保しなければならない事情があって、このような制度が作られたのではなかろうか。

それが、戦局悪化し、物資が乏しくなると、あらゆるものに波及するようになった。例えば、代表的なものは鉄製品である。鍋や釜まで、鉄で作られているものは根こそぎ持っていかれた。その勢いたるやすさまじいものだった。

軍艦、戦車、大砲や鉄砲、爆弾や弾丸にする鉄が不足し、それを補うために、国民の有する鉄製品を掻き集めたというわけである。

それは鉄ばかりではなかった。銅も亜鉛もあらゆる金属が、供出と称して回収されたのだ。金も銀も供出させられた。金盃や銀製品、小さなものでも、出せ出せ、勝つためだと、脅し文句まがいのキャッチフレーズで、強制的に出させられたのだった。

我が家にも、先祖が残したいくばくかの金銀や、金製品銀製品があったが、煙草盆やスプーンまで、すべて供出させられてしまった。

鉄製品に至っては、農耕用の鍬鎌を残して、ほとんど持っていかれた。味噌や醤油を作るため、また、正月の餅つき用の大釜、防火用水用の鉄製大桶三個等々、全部供出をした。

火災や強盗への警報用に備えてあった、吊鐘（半鐘）も持っていかれてしまった。

母が女手で慣れぬ農作業で、やっとのことで生産したわずかばかりの米も、自家用にも足らない量なのに、それでも容赦なく何俵かを供出させられる始末であった。

おそらく、日本中がこんな状態であっただろう。それでもみんな我慢をし、お国のためだ、勝つまでは、と笑って協力し供出したものだった。

その陰には、拒めば「非国民」「国賊」というレッテルが付き、犯罪行為として、警察や憲兵、特高に連れて行かれるという、恐ろしい背景があったことにもよる。

国民があって、国家があるのではなかった。国家があって、国民があるという考え方で、今とは全く逆であったのだ。国家至上主義で、国民は国家のために奉仕する。「滅私奉公」という言葉が、その意味するところをいい当てているが、国民は国のために、命も財産も捧げるのが義務だった。

人権なんて認めてもらえなかった。犠牲なんて言葉は、使えない時代だったのだ。国やお上に文句をいおうものなら、ハンチング姿の特別高等警察官（俗称特高）が飛んできて、有無もいわせずに投獄されてしまう。

そうした恐ろしい背景の中での「供出活動」で、面従腹背も一部の人にはあったかもしれないが、多くの人は仕方なく、半ば諦め顔の作り笑いで、協力していたのだった。

供出制度の苦しい体験記を書きましょう◆

働くべき人、働いて富を稼いでもらう人が、人殺しや富を奪う非生産的な兵隊さんになって、無駄飯を食べる。その米を老人、女、子供が作って賄う。これほど馬鹿馬鹿しい話はありません。こんなことをしていれば、国民共倒れになるのは、わかりきった話です。

供出とはそういうものでした。しかし、もの言えぬ時代で、誰だって、殺されたり牢屋へ入れられるのは厭ですから、泣き寝入りしました。強い者、声の高い人、威張った輩が出ると、国民は寄らば大樹の陰にと擦り寄っていいなりになり、泣かされてしまうのです。

今でいえば、供出は税金や国債と考えればよいのでしょうか。お上や政府はご都合主義で、何をするかわかりません。戦時下の供出は、ただ苦しかった理不尽だったですまされることではありません。これからだって要注意です。

供出にまつわる苦い体験を、税金の無駄使い防止に役立てるために、書いておきましょう。

11 勤労奉仕

少年少女の勤労奉仕

その頃、学校では春と秋に、一週間から二週間ほどの農繁期休業日を設けていた。田植え期と稲刈りの時期に合わせての休暇であった。

大きな農家では牛馬を使うところもあったが、大方の農家は人力に頼る作業故、猫の手も借りたいほどの忙しさだった。

草刈り、草取り、うね立て、堆肥播き、種蒔き、各種収穫、運搬等々、畑作業は何でもした。それ以上にやったのは水田耕作だった。農繁期休暇はもっぱら田んぼの仕事で明け暮れた。農村だから大体は自分の家の農作業だったが、援農と称する勤労奉仕で、大百姓の家に手伝いに行かされることもあった。

高等科や高学年の上級生は、力も強く一人前の仕事が課せられていたようだったが、中学年生は苗運びや弁当運び、庭清掃や片付けもの等の軽労働が多かった。

女子は炊事や洗濯、掃除等の家事万般、子守り、使い、その他雑用を受持っての手伝いに従事してよく働いた。

「お国のために」の殺し文句は効きがよく、みんな骨惜しみせず夢中になって手伝った。そのかいがあってか、どこの家からも喜ばれ褒められて嬉しかった。

昼御飯に、白米が混じった御飯をご馳走になって驚いたり、おやつに塩むすびや味噌をつけた青じそ巻きの焼きおにぎりをもらって、食べたおいしさが忘れられない。農家なればこそできたことだったのかもしれない。最高のご褒美だったのだ。

たかが子供じゃないかと思うかもしれないが、それは見当違いも甚しく、当時の子供たちの勤労奉仕は、人手不足の農村にあっては大戦力になっていたのだった。

子供たちも勤労奉仕に従事した。大方は「援農」と称して、農家の手伝いや応援作業が多かった。夏休み、冬休み、春休みに行うことが多かったが、日曜日や土曜日の午後にくまれることもあった。その頃は、土曜日の午前中は学校の日で授業があり、午後からは休みになるので、昼から勤労奉仕に行った。

高学年や高等科の生徒は、本格的な農作業に従事した。田起こし、代掻き、田植え、除草、稲刈り、おだ掛け、運搬、脱穀、籾摺り、俵詰め等々、何でも半人前ながら一通りのことを、大人たちと一緒になってやった。

畑仕事も小麦や大麦作り、桑作り、芋作り等、これまた何でも手伝った。その上で、牛馬や山羊、鶏、あひる等の家畜の世話までした。

女子はこの他に炊事や洗濯、子守り、清掃など家事万般の手伝いをして喜ばれていた。猫の手も借りたいほど人手が足りないから、子供といえども農家にとっては大助かりだ。

低学年でもやった。中学年の兄や姉たちと一緒に、教わりながらやった。一番多くやって、未だに覚えているのは「麦踏み」である。

その頃は、このあたりでも麦を盛んに作った。夏の間、芋や南瓜、野菜を作り、秋に収穫が終わると、今のように空畑（からばたけ）にしないで、十一月初めに小麦や大麦の種を蒔く。うね立ては大人や高等科の生徒がやる。その後の種蒔きを、自分たちがやる。やがて青い芽が出る。十二月から一月の北風の中を、麦は青々とたくましく育っていく。

霜が降りたり、雨が降って凍ったりすると、霜柱や氷柱ができて、麦の根が浮き上がったり枯れたりしてしまう。それを防ぐために、上から大地を踏み固めてやらなければならない。草履や足袋はだしで、踏み固めてやる仕事が、麦踏みという作業である。

真冬の木枯らしの吹き荒ぶ厳寒の中を、一月から三月にかけて、子供たちは日本中どこでも二回三回と麦踏み作業をやったのだった。

当時は冬の風物詩だった。姉さん被りの女の子たちは、ねんこ（赤児）をおんぶし、男の子たちは手拭で頬被りして、ピューピュー吹きつける、寒い寒い吹きっさらしの中を、顔を真っ赤にしながら、せっせと麦踏みをしたものだ。勿論、援農による他家のものばかりではなく、自分の家の麦踏みもよくやった。

麦は踏めば踏むほど、踏まれれば踏まれるほど丈夫に育ち、収穫が多くなるので、子供たちは格好の働き手にさせられていたのだ。

男の働き手たちは、出征兵士で戦地へ行ってしまい、銃後は女子供に老人ばかりなので、機械のない当時は、子供たちの勤労奉仕は大変な労力になって、有難がられていたのだった。

勤労奉仕は援農ばかりではなかった。小さな機械や縫製の工場などへも、大きな子たちは出向いていたし、道普請や側溝造り等の公共工事にも携わっていた。働かざるもの国賊なりの時代である。少国民といえども、国家のため勝利のために、必死で勤労奉仕をしたのだった。

子守りはもっぱら子供たちの仕事でした◆

戦時中は産めよ増やせよの時代だった。どこの家も子沢山で兄妹が多く、必ずといってよいぐらい、赤ん坊や幼児がいたものでした。

戦争に勝つためには、男の子が沢山必要です。どこの家でも、競争で産まされたといっても過言ではないぐらい、多くの子がいました。

ところが、赤ん坊や幼児がいる家では、その子たちが、農作業の足手まといになるのです。老人も動ける人はみな農事に携わっていましたから、放って置かれる子も多くいました。時間を見て、母親が田んぼから上がってきて、おっぱいを飲ませるのがやっとのことでした。

そこで出番となったのが、少年少女たちです。子守りは誰もがさせられました。背中がポッと温かくなったと思ったら、ポタポタとおしっこが垂れ出し、あわてておむつを取り替えてやったのを、昨日のように思い出します。

重労働有り、家事や子守り有りの勤労奉仕、皆さんの所はどんなことをしておりましたか。

12　兵隊送り

赤紙（召集令状）

ある日、突然赤い紙に綴られた召集令状が来る。遂にきたかと心震える。待ってましたと喜ぶ。受け止め方は人さまざまである。

本人は無論のこと、両親や家族にとっては、心境は穏やかではなく複雑だ。一家の働き手や大黒柱を失うからだ。それ以上に、生きて帰れるかどうか保障の限りでない。

そうなったら、愛する子を亡くすという塗炭の苦しみに苛まれる。そればかりか、相続人を失って一家が滅亡するかもしれない。悲劇は目に見えているからだ。

しかし、そんなことは曖気にも口には出せない。顔や態度にも表せない。出ようものなら、官憲や憲兵の耳に入り、即座に連れて行かれてしまう。

もっと怖いのは、村人からの白い眼であり、「非国民」呼ばわりされて、村八分にされてしまうことである。

兵役の義務は、納税の義務と並んで、国民の大事な義務で、男子にとっては避けられないことだった。これが徴兵制度というもので、大日本帝国憲法の規定になっていた。逃げたり隠れたりしようものなら、それこそ国家反逆罪で、銃殺ものとなった。それもこれも軍国主義がもたらしたことで、当時の人々にとっては大変なことであり、大きな悩みや苦しみになっていた。

顔で笑って心で泣いて、出征兵士やその家族は、一銭五厘の召集令状を受け取ったのだと思われる。

しかし、多くの人が「男子これに勝る本懐なし」と喜び、「おめでとう。これでお国のために尽くせる」と、自慢し、名誉なことだと狂喜したのも事実であり、戦争の恐ろしさはそんなところにも出ていた。

祝出征の幟旗(のぼりばた)、日の丸や軍艦旗の小旗が揺れて波打つ中に、若者は襷掛けで立っている。親戚代表、村や近所の有志が、次々と祝辞や激励の言葉を贈る。やがて祝盃ならぬ別れの盃の時間となる。

ごまめ、きんぴら、勝ち栗等、戦勝にかかわる粗末な料理が、戸板の上の皿に盛られている。それをつまみに、冷酒がふるまわれ、二、三杯あおったところで出発となる。

いざ出陣にあたって、赤紙の召集令状をもらった若者は、紅潮した顔で挨拶に立つ。練習もままならなかったのか、しどろもどろで大方はつっかえたり忘れたりで絶句する。

「挨拶なんぞいいや」の声が掛かる。「そうだそうだ」の助け舟。そのうちに○○△△君万歳の声と共に万歳万歳の大合唱となる。

そうこうするうちに、兵隊送り用の小さな楽隊が、軍歌を演奏し始める。「勝って来るぞと勇ましく」や「天に代りて不義を討つ」の大合唱となる。こうして懐しい我家を出立する。

駅までの見慣れた風景の広がる道を歩む。出征兵士はどんな思いだろう。街道の所々には、見送りの人々がいて、激励の言葉を掛けてくれる。懐しい故郷の人々の顔だ。

勇壮なマーチに元気づけられるも、足取りは重い。必死で作り笑いし、敬礼してみても様にならない。自分一人がみんなと別れ、戦地に行かなければならない。生きて帰れるかどうかもさだかではない。さりとて、帝国軍人女々しい姿など見せられない。複雑な思いが胸を去来するなか、駅に辿り着く。

駅頭は、こうして各地から集まった出征兵士と、その見送り人でごったがえしている。鳴り物入りの軍歌や、万歳万歳の大合唱が響き渡る。

やがてホームへ出る。まさに歓呼の声に送られるラストシーンの到来だ。列車が入ってくる。いよいよだ。最後の別れの敬礼をしてデッキに立つ。そして、車内に入った兵士は、窓から半身乗り出す。発車の汽笛と共にガッタンと動き出す。万歳万歳の旗の波だ。顔をくしゃくしゃにして手を振り敬礼する。段々スピードを増していく。ホームの木陰で、涙を堪えながら見送る娘さんや女たちもいる。

遠ざかる列車。曲がって見えなくなるまで手を振っている。見送る方も声を限りに叫ぶ。最後尾のテールランプが見えなくなる。列車の吐く黒煙のみが、空に棚引いている。駅頭やホームには、ついさっきまでの光景とはまるで違った寂寥（せきりょう）感が漂い、人々は急に無口になり、下を向きうなだれて家路を辿る。

兵隊送りは、近所や集落の大事な行事であり、小学校でも大切な日課になっていたのだ。一週間に二〜三度はあった。多い時は連日のこともあった。

「ああ、あの顔であの声で、手柄頼むと妻や子が、ちぎれるほどに振った旗、遠い雲間にまた浮かぶ」「ああ、堂々の輸送船、さらば祖国よ栄あれ、遙かに拝む宮城の、空に誓ったこの決意」（暁に祈る）の歌詞が物語るように、出征兵士は戦地へと赴いて行ったのだ。

召集令状と出征兵士の心境を綴ろう◆

みなさんのところでの〝兵隊送り〟はどんなことでしたか。熱狂的で派手な見送りはどこども同じだったのでしょうか。士気を鼓舞するためにああしたのでしょうが、その蔭にどこか一抹の淋しさがあったのではないでしょうか。その辺のことも知りたいですね。

見送る人の側には、自分も早くああなりたい。かっこうよく出征し、みんなに喜び見送ってもらいたい。そして、大きな手柄を立ててお国の役に立ちたい。郷土の誉（ほまれ）になりたいという思いはみなさんお持ちではなかったかと思われますがどうでしょうか。

それに引きかえ、本人たちはどんな心境だったのでしょうか。本当に名誉の戦死を望んでいたのでしょうか。そのあたりのところを書き残しておきませんと、いつか来た道への徴兵制復活に反対する理由が無くなってしまいます。戦争は国民を煽動し、その気にさせてしまうから怖いのです。真実を語りましょう。

13 熊野神社

戦勝祈願と熊野神社

天皇は神である。神州日本は神々が国引きをして造ったとか、天孫降臨して治めたとか、神話がまことしやかに教えられ、それを信じることを強要された。

かつて元との戦で、たまたま台風がきて、それによって攻めてきた元の大軍が海に沈んだ古事を、神風と称し、国難に際しては最後に神が必ず救い助けてくれると教え込まれた。神頼みの思想である。

神には武門の神もいて、鹿島神宮や香取神宮は戦の神様を祭る社とされてきた。そこで出征兵士や若い男子は、武運長久を祈願するために、これらの神社をよくお参りしたものである。

ことほど左様にあらゆることが軍国主義と結びつき、国民生活は絶対神に守られていると称され、神に心が縛られていて身動きがとれなかった。

運動会の応援歌にまで「熊野の宮の……」というように神社や神様が出てくるほどだった。

我々は熊野神社の氏子だった。お社は東陽村の中央に鎮座ましましていて、小学校や役場からは指呼の間だった。

立派な神主さんがいて、よくお払いなどをしてもらった。秋の村祭はこの神宮の大祭でもあったように記憶している。

どこの家庭も子供が生まれると、産土参りに連れて行き、長じては七五三等で何度も参拝に行くというしきたりになっていて、神とは切っても切れない関係だった。

小学生時代は境内で体操したり遊んだり、度胸だめしをしたりした忘れ得ぬ思い出づくりの社であった。それより何より戦時下だけに、心の拠り所や安らぎをもらう憩の場でもあって懐しさ一入である。日本の伝統文化の一つであった。

熊野神社は小学校の真裏にあった。歩いてほんの二〜三分のところである。格式の高い由緒あるお社で、荘厳な感じが漂っていた。思うにその昔、かつお漁師たちが黒潮に乗ってきて、房総半島沿岸に住みついた際に、熊野本宮からの分神を頂いて祭った社ではないか。

境内や神域は古木が鬱蒼としており、森閑とした佇まいは、参拝者の心を洗い、思わず身の引き締まる心境に誘われ、知らず知らず、敬虔な思いに包まれて、頭を垂れるという社であった。

振り返ってみれば、その頃の学校はこの神社と共にあったようなもので、熊野神社からの影響は計り知れないものがあったように思われる。

何せ当時は戦時中、神国日本を豊葦原の瑞穂の国と称え、いざという時は神風が吹いて国難を救ってくれる神の国だと信じていた。その崇高な神から教えを賜わるは、最高の教育と考え、熊野神社へは頻繁に参拝に行かされた。

神官による、威厳に満ちた格調高い詔（みことのり）の奏上にまつわる、儀式への参列等の公式行事が多かった。それ以外にも授業や遊びでよく行った。

一年生から三年生までには何度行ったことか。体操の時間になるとお宮の境内で徒手体操をしたのを覚えている。先生はまず御神体を拝ませることから始め、体操をやり、その後で鬼ごっこ等をさせて楽しませてくれた。

また、修身や理科の時間にもよく連れて行ってくれた。さまざまな草や虫の採集に楽しい思い出が残っている。特に、秋はいろいろの実が稔り、あけび、栗、からすうり、どんぐり、椎の実が採れた。男の子は競争で木登りをして、これらの実を採ってみんなで分けて食べたのを覚えている。

子供は正直で、詔の内容など馬耳東風、左の耳から入って右の耳へ抜ける受け止め方で、何のことだか一つも覚えていない。ただ「かしこみかしこみものもうす」だけは、この口上になると終わることを知って覚えていた。

熊野神社の西隣に通称「いなご山」があった。いなごとは方言で乾いた砂山のことである。正確にはどうしてそういう場所ができたかは不明だが、多分砂帯地帯の切れ目というか端にあたる場所か。さもなくば栗山川の小さな河岸段丘か、いずれかと想像される。

山というより二十メートルほどの砂の傾斜地である。乾いたサラサラの砂ばかりだから危なくない。学校の砂場よりはるかに広く、頂上は丘になっていて見晴らしがよい。

栗山川やその流域の田畑や松原が、絵のように俯瞰できる。晴れた日には、一年に数回遠く富士山が見える、景色のよい場所だった。

急斜面を駆けおりたり転がり落ちたり、いろいろの冒険遊びができた。乾いた砂だから、はたけば落ちるし、何よりきれいなので気持ちのよい砂場遊びが、スケール大きくできた。

傾斜地の先端には、きれいな清水が流れる小川があって、芹がたくさん生えていた。小鮒や蟹もいた。芹摘み、小鮒捕りもした。砂遊びの後は、きまって裾まくりをして、この小川に入り、小鮒を追い掛けたり、芹を摘んだりして楽しんだものだ。

関東平野の外れの平地から、静岡県の富士山が見え、「頭を雲の上に出し……富士は日本一の山」と元気よく歌いながら、仰ぎ見て育つことができたのは、最高の情操教育になり、幸せなことであった。

お神楽も楽しい思い出になっている。毎年三月十五日に開かれる、熊野神社最大の神事である。宮内の人々が、早くから練習や準備をしてこの日を迎える。境内には舞台が造られ、露店商が所狭しと立ち並ぶ。

当時は、運動会や琴平様と共に、付近の人々を集める最大のお祭といってもよいぐらい、人が集まった。学校は半日で、午後からは休みにしてくれた。午前中、先生に引率されて見学し、家に帰って御飯を食べ、お小遣いをもらってまた見物に行ったものだった。お面を被った白装束の役者方の踊りが目に残っている。

昭和十五年から十六年頃はのどかであった。神社参拝も穏やかなものだったし、神事が人々の楽しみと結びついて生活化していた。

それが戦争が激しくなるにつれ、軍との結びつきが強くなり、神への厳しい忠誠心を、誓ったり祈ったりする場に変わっていった。

武運長久を祈る出征兵士で溢れるようになった。神風特別攻撃隊の成功祈願の場にもされていった。日本中の神社という神社がみなそうした様変わりをしていったのだった。

四年生から五年生になっても、学校から熊野神社にはよく行ったが、その内容は大きく変わってしまった。

例えば、「度胸だめし」のような活動の場になった。学校を帰ってから、夕飯を食べて、再度学校に集められる。夜の更けるのを待って、真っ暗闇の中で、先生からお化けや幽霊の気味の悪い話を聞かされる。

ゾクゾクブルブルとする。それこそ草木も眠るうしみつの頃、学校から草履を履いてスタスタと出掛ける。いつもの通い慣れた裏参道ではなく、遠回りしてやっと辿り着く正式参道がコースである。人家を抜け田畑の広がる道を歩くまではよかったが、その辺りから草履の音が、後から人がついてくるように聞こえて、何度も振り返る。だんだん怖くなる。ワナワナと震え出し、足が竦(すく)んでくる。

仕方なく遠くを見る。忘れもしない、飛行場の灯が、北清水の方角に点滅している。これで元気が出る。空は満天の星だ。よしこれなら大丈夫、行けるぞと覚悟を固める。同時に正式参道の大鳥居をくぐる。こんもりとした大きな森の中の参道は、一寸先が見えない。又々薄気味悪さがつのってくる。軍歌を歌い出す。

どのくらい歩いたろうか。首筋に冷たいものが当てられた。思わず声が出かかったが堪えた。瞬間は肝が潰れる思いだったが、卒倒はしなかった。逃げもしなかった。暫くして付近から先生の声がした。やっぱりそうだったのかと思うと、参拝後の帰り道は怖いもの知らずで、意気揚々として帰校することができた。

肝だめし終了後、先生から一人ひとりの評価と指導があった。度胸満点とまではいかなかったが、褒められたのを思い出す。

気の毒だったのは、腰を抜かしたり、大声をあげたり、逃げ帰ったり、近道やルール違反をした子は、こっぴどく怒られ、やり直しをさせられた者もいた。

肝だめしは、学校教育ばかりでなく、自分たち子供同士でも、お宮やお墓を利用してよくやった。大体は高等科の生徒が親方でやった。

根性と度胸のある人間が所望された戦争の時代だけあって、こうした活動や遊びは盛んに行われたのだった。

軍事、兵士、戦闘、神崇拝等のマイナス目的からの強制教育は、二度とご免であるが、平和目的で、自然を愛し自然から学ぶ教育や人間を鍛える教育は、楽しくもあり有益で、これからの教育に取り入れる面が多々あるように思われる。以上が熊野神社との思い出である。

熊野神社に育てられました◆

熊野神社の神主さんの家のことを、伊勢どんと呼んでいたが、今思うと何故か不思議に思います。熊野大社本宮の分神を祭る社を司る神主家が、伊勢どんとはどうしてなのか。伊勢神宮との神様同士のかかわりがあってのことかと、勝手に想像してみてもいますが、それほど神々が大勢日本の隅々にまで出向いて、各地を治めていたということなのでしょうか。

戦争と神々の関係は葬り去られましたが、熊野神社を始め多くの神社は日本各地に存続し、今もって大勢の信心する人を集めています。日本人の精神文化の拠り所が、そこにあることを示しているといっては過言でしょうか。

科学と宗教は、ウェートづけの問題で、両立するものではないでしょうか。科学で律しきれないと、人は信仰の世界に入ります。難しいことはわかりませんが、鎮守の森は、懐しく癒やしの場として、有難さが甦ってきます。いかがでしょうか。

14 運動会

軍事一色の運動会

姉が小学生になった昭和十二年頃の運動会は、村のお祭りのような賑やかさと楽しさのあるものであった。家族ぐるみで早くから楽しみにし、てるてる坊主などを作って待った。豆腐屋などは、普段の二倍から三倍の油揚げが売れたという。

当日はどこの家でも海苔巻き寿司やお稲荷さんを作り、農家では餡転餅までついて、いろいろのご馳走と共に、幾重ねもの重箱を持って見物に行った。

校門前には、ずらりと露店商が店を開いていて、早くも黒山の人だかりができている。いか焼の匂いがあたり一面に漂う。お面やお飾り屋も出ていて賑やかだ。義士焼、にっ木水、柿や蜜柑は、戸板に山盛りだ。お昼休みや帰りにそれらを買ってもらうのが、運動会の一つの楽しみでもあった。

ところが、自分が小学校に入った昭和十五年頃になると、少しずつ様相が変わってきた。それでもまだ露店は出ていたが、砂糖が入らなくなった昭和十七年頃からは、商品ががらりと変わっていった。

同じように運動会の種目も大きく様変わりして、軍事色一色になった。勇しい進軍ラッパや太鼓の音が鳴り響いて、突撃や玉砕戦を演じる種目が多くなる。女子も凛々しい袴やもんぺ姿に白鉢巻で、なぎなたや竹槍による武闘ダンスを行う。

楽しかった家族での昼御飯も、味気無い芋や大麦飯弁当などの粗末なものとなり、「贅沢は敵」の合い言葉の下に、我慢の運動会になってしまった。

それでも開催されているうちはよかったが、昭和十九年頃はできなくなってしまい、今もって記憶に無い。戦争は庶民の唯一の楽しみまで奪うから怖いのだ。


学校生活の中で楽しいものは、運動会と修学旅行。それは昔から今に至るまで、変わることのない、学校行事の定番である。

ところが、戦争の時代ともなると、贅沢は敵だということで、修学旅行は取り止めにされてしまう。残るはたった一つ運動会だけだ。だから熱も入れれば力も加わる。楽しみは一点に集中して、運動会は華やぎ賑わう。村をあげて年一回のお祭り騒ぎとなる。

まだ、戦争の始まらない昭和十五年と十六年の運動会は、一年生と二年生だった。赤勝て白勝ての盛り上がり、特に、最後を飾る紅白リレーは圧巻で、運動場が熱気と興奮に包まれた。

今年の運動会は赤か白か。どちらが勝つか、一か月も前から村内の話題になり、スター的存在の紅白リレーの選手は、誰になるだろうかと、噂でもちきりとなる。それだけに選ばれた子供は名誉なことで、たちまち評判となる。

真新しいパンツや運動服に身を包み、紅白いずれかの鉢巻をきりりとしめて、晩秋の県道を裸足で学校へと向かう。あの浮き浮きした興奮に満ちた気持ちは忘れられない。

校門の前には何軒もの屋台店が出ている。戸板の上には渋を抜いた柿が山盛りだ。にっ木の根を洗って干して赤い紙テープで束ねたものや、ニッキ水も売られている。綿飴や義士焼き屋さんも出ている。お面や風船売りもいる。大変な賑わいだ。

気の早い父兄は、お寿司を入れた何段も重ねた重箱を抱えながら、用意したござを敷いて、早いもの勝ちに陣取っている。見る見るうちに人が集まってきて、校庭は黒山になってしまう。みんな楽しそうに挨拶し話し合っている。

この幸せな運動会も、昭和十七年の三年生までであった。さいわいなことに、三年生の時の運動会では、姉弟三人が揃って終尾を飾る全校紅白リレーの選手になれた。

自慢にはならないが、内心誇りに思い嬉しかった。弟が一年生でスタートを切る。どこの子かすぐわかる。三年生の自分が真ん中を走る。そして、六年生の姉がアンカーでテープを切り、大観衆の注目を浴びたのだ。後先、我家には無いことだろう。

誰よりも母が喜んだ。学校のことや外回りの仕事は伯母たちの仕事で、母はもっぱら農事に励み、一人黙々と田畑を耕し、七人家族の食料の生産に励んでいた。それがこの時ばかりは周囲に勧められ、やっとの思いで親の権利を手にして、自分の子供たちの運動会に出席できたのだった。

それだけでも嬉しかっただろうに、その上、姉弟三人の紅白リレー揃い踏みが見られるとあって、大喜びであった。観戦中、「あらよ、あらよ、見て、姉弟三人が三人共選手だよ。すごいわね。たいしたものだ」の声がそちこちから聞こえてきて、天にも昇る気持ちだったらしい。日頃、苦労ばかり掛けていた母親への思わぬ形での喜びのプレゼントになった。

もう一つは、今にして思うことだが、東陽尋常高等小学校の初代校長は、祖父の椎名村之助で応接室には大きな肖像画が掲げられていた。祖父は二十数年も校長をしながらこの学校の発展に尽くした人だった。

その孫たちが、韋駄天走りに運動場を駆け巡る姿を天国から見ていて、喜び、かつ、満足してくれたんではないかと思っている。

こうした思い出を残した楽しい運動会も、長続きはせず、翌年からは、軍事色一色のものにがらりと様変わりしてしまった。

気合いと号令の怒号渦巻く戦場さながらの、およそ運動会らしくない運動会となった。小学生の出しものもがらりと変わり、「爆弾三勇士」や「騎馬戦」等の戦闘競技となる。三人で作る馬の上で、取っ組み合って、落馬させた方が勝ちとなる競技など、真っ逆さまに落下して骨を折るものもかなり出る危険なものだった。棒倒しなども、殴る蹴るの喧嘩だ。棒の下敷きになって、気絶をする子も出るほど激しかった。

女子も遊戯は剣舞のようなものになって、凛々しさと勇しさのみを表現するものに変わっていた。大人たちは、わら人形を竹槍で突き刺すリレーや、一俵六十キロの米俵を担いで競走するリレーなど、戦争そのものを競技化したものが多くやられた。

青年団や当時小学校に併設していた青年学校も一緒にやったので、そちらはそちらで、校庭いっぱいに煙幕を張り、突撃ラッパで両軍がバンザイ突撃して敵を倒すという、物凄くも壮烈な競技を展開して、戦意高揚を図っていた。恐ろしくて怖いような、戦慄を覚えるものが多く出された。時節柄、仕方がなかったのだろう。

そんな運動会も昭和十九年になると、戦局の悪化、運動場での食料増産、かてて加えて空襲のおそれ等で、止める学校が多くなった。

運動会がそうなら授業も同じで、ほとんどまともな勉強はしないまま、勤労奉仕や戦事訓練で明け暮れる毎日だった。戦争の悲惨さ苦しさに打ちひしがれた学校生活だった。

◆運動会まで模擬戦争競技会になりました◆

運動会は楽しいものです。その運動会が楽しくなくなるから戦争は駄目です。運動会が兵隊作りに利用され、戦争の真似事ショーになったり、苦役を強いられたりしますから、面白くないどころか、厭になってしまいます。

高等科の生徒や青年学校の生徒が、校庭いっぱいに煙幕を張ったりして、本物の戦闘場面を演出するプログラムが、必ず最後の方に入っていました。戦意高揚と戦闘訓練のためのもので、それをやらないと運動会にならないし、運動会をやってはいけなかったのです。

より勇ましく、より雄々しく、より荒々しく、より危なく。思わず目をつぶったり、顔をそむけたりするほどの、場面を創出しました。空砲ながら、ドンパチしたり、木刀や竹槍を振りかざして、絶叫しながら突撃して殺し合うシーンを演じます。勇壮で圧巻といえばそれまでですが、どこか空しさが漂う演技でもありました。各校でやりましたでしょう。思い出しませんか。

15 喧嘩

喧嘩の黙認、奨励教育

戦争に正当性は通用しない。強くて勝った方が正当化される。負ければ領土を始めすべて有無をいわせずに奪い取られる。それが戦争であり、戦争の恐ろしさだ。

平和な時にどんなに立派なことをいい、理論的に正しく整合性のある主張をしていても、一旦戦争になってしまえば、残念ながらそんなものは通用しなくなる。

殺されてしまったら正義もなにもない。すべて無に帰し、やられ損で泣き寝入りするしかない。報復しようにも死んでしまってはできない。それを知っているから、止(とどめ)を刺して殺してしまうのだ。

暴力やテロの怖いのは、その点にあるのだ。だから暴力には暴力しか対抗手段がなく、公権力の強大な実力組織の警察や軍隊をもって阻止し屈服させるのだ。

国家間の争いも個人の間の争いも、原因は利害関係の欲得感情の対立や民族、宗教、思想、体制、文化等の違いで起こる。

当然のことながら、強い軍隊、強い兵隊を持たなければ生き延びられない。国家がそうなら個人も同じで、強くなければいじめられたり殺されたりしてしまう。

その考え方は、平時戦時を問わず、古今東西にわたって、長い間人々の心の奥深くにあり、それが戦時となると、堰を切ったように溢れ出し、教育まで毒してしまう。

学校で、それも教室の中で、先生が主導で、血みどろの大喧嘩をさせられた。おそらく強くあれ、強い兵隊になれ、弱けりゃ殺されてすべて終わってしまう。生きものすべて、強くなければ生きられない。だから喧嘩を、強くなる為に使った。

戦争に負けてよかった。それは弱い者も生きられる世の中に変わったからだ。

喧嘩も学校で先生立ち合いの下でやらされた。本気で殴り合い傷つけ合った。決着のつくまで、教室の中で血まみれになりながらやらされた。嘘ではない、まことの話である。

まさか、いくら戦時中のこととはいえ、そこまで学校がやるとは信じられないと思うだろうが、戦争とはそこまで狂ってしまうのだ。

四年生の時である。初めて男の先生になった。中学出の若い血気盛んな猛烈先生だった。やることなすこと一番にならないと気に入らない。校内に体育の先輩教師がいて、ライバルとして張り合っていたからたまらない。

気合いの教育、しごきの指導、スパルタ教育、激情型、熱血漢で徹底していた。暴力もしばしばで鉄拳や平手で、時には海軍の精神バッターと称した棍棒で腰を思い切り殴られた。

恐ろしかったが、何故か殺されるような気はしなかった。それは生一本の真面目さや、思い込んだらまっしぐらの青年の純なる気概に、少年の気持ちが引かれていたからだろう。

学校は村の中央にあたる宮内地区にあった。私の住む橋場は約二キロ程離れていた。学校まで行く間には古屋という集落があって、そこを通らないと学校には行けない。

東陽村は純農村地域だが、橋場だけは町がかっていて、他の集落とは違っていた。それは歴史的にみて橋場は銚子街道に沿っており、栗山川の舟運とあいまって、物資の集産地として栄え、古くから商業が盛んであった。

そんなわけで、橋場は他と毛色の違った面を持っていた。これが潜在的な対立意識になるのか。学校でも生徒間に、どこかしっくりしないものがあった。

橋場の野郎等は洋服を着ていて生意気だ。昔の江戸時代からの農民の卑屈感情が、子供たちにも乗り移っての意識なのだろう。そうしたことからの、感情のもつれや対立は、随所に出るものである。横芝町と東陽村、上総国と下総国の対立の縮図が、橋場と古屋にもあった。

橋場は大勢で垢抜けをしている。古屋は寡勢で地味である。馬鹿にした見くびったとの応酬が常につきまとう。

まともにぶつかってはかなわないから、弱いところや隙を突いて、鬱憤晴らしをする。それがある時、学校帰りに橋場の低学年が犠牲になって、いじめられてしまった。

それを聞いた橋場の四年生はおさまらない。早速、仕返しに出る。学校帰りに古屋のいじめっ子を家から連れ出し、大喧嘩を仕掛けた。彼等の本拠地での報復戦争なので、大人の目もあれば注意や加勢もあって、決着がつかぬまま終わった。

翌日、学校へ行ってみると、先生が入ってくるなりいきなり、「机と椅子を廊下に出せ」という。朝から何事が始まるのかと思いつつ、いわれるままに廊下に出して積み上げた。

終わると先生は、橋場と古屋以外の生徒は、教室のまわりにしゃがめと指示する。そこでハッとする。昨日のことがバレたか。散々油を絞られるなと、青くなりながら覚悟をする。

先生からのいつもの説教と鉄拳制裁は免れない。絶体絶命、と思いきや先生は意外に冷静でにやにやしている。けげんに思いながらいつ鬼の形相に変わるかと、油断なく身構えていると、おもむろに「おまえたち昨日何をした」と聞いてくる。往生して白状すると、「もう一度ここで決着のつくまでやってみろ」という。冗談か、からかいかと本気にしないでいると、段々顔色が険しくなってくる。そして、いつもの鬼の顔になって、長身が仁王立ちとなる。「やらなければ俺が両方を徹底的に痛めつける」といって拳を握りしめる。

「やれ」と何度も命令される。恐ろしいけど従うわけにはいかない。子供心にも喧嘩はやってはいけないとの規範意識は持っていた。いかに戦争中とはいえ、たとえ報復や正義がこちらにあっても、おいそれと喧嘩はできない。しかし、先生は「やれ」と厳命し続ける。

仕方なく始める。最初は手心を加えたり、急所をはずしたり、要領よく背後に回って攻めたりの手ぬるい喧嘩だった。ところが、何度も本気ではないと制止させられ叱られ、やり直しをさせられた。折角残っていた良心や常識をかなぐり捨てるしかない。

遂に本気にさせられてしまった。痛い苦しいが憎悪の炎となって燃え上がり、めらめらと攻撃精神がたぎり、顔面であろうと急所であろうと、容赦なく攻めたてる。

パンチがはずれてガラス窓を突き破る。手は血で真っ赤になる。その手で相手の顔面や頭を殴る。鼻血が飛び出す。ガラスの飛び散る上へ、くんずほぐれずに倒れ、両者血だらけになる。それでも降参するまでは止めさせてくれない。両者へとへとでコブだらけ、足も手も血だらけ青あざだらけ。顔は腫れ上がる。

勝負は喧嘩両成敗、本当は橋場が優勢で勝ったのだが、先生は判定しなかった。憎しみは消えて晴れていたが、喧嘩をさせられたことに対しては腑に落ちなかった。しかし、やらされる前に、自分たちが始めてやったことだから、文句はいえなかった。

落ち着いてみると、体中が痛み傷がうずいた。何故か、してはいけないことをしたことへの、良心の呵責と反省が湧いていた。

それを、この先生は、痛みという苦痛から実感を伴って、捉えさせようとしたのか。もしそうだったら、余りにも大きな代償を払っての反省で、その方法がよかったかどうか。しかし、一生涯心に規範として定着したのは間違いない。

それよりも、戦時下の教育かくあるべしの、徹底した攻撃精神と人殺しの戦いの実感を授け、戦闘意識高揚と実戦体験を積ませる教育手段として、この喧嘩を実際にやらせ、また、見物させたのか、真意のほどは不明だ。

現在の価値感からすれば、生命尊重に反する最たるもので、全面否定されることだが、当時は暴力的強さ、肉体的精神的強さが、戦争に勝つために絶対的に必要だったので、肯定されていたのだろう。善かれ悪かれ、そんな育て方をされたという事実を伝えておきたい。

◆戦争は喧嘩まで教育手段にしました◆

猫のたわむれのようなじゃれ遊びが、いつか爪を立てて相手に危害を与える喧嘩になり、はては本格的な取っ組み合いの殴る蹴るの喧嘩になっていくのは、誰もが知り承知し、大方の人が経験して成長することです。

喧嘩には口喧嘩もあります。戦争には冷戦というのもあります。対立感情、憎悪感情が激化して言動に出たものが喧嘩です。

ここに示した例示は、毒をもって毒を制す方法で用いられた教育方法だったのかもしれません。害悪の大きさ、心身へのダメージの強さは、想像を絶するものでした。しかし、その反面で戦争や喧嘩、弱い者いじめは、絶対にしまいとの決意や行動力が生まれました。また、暴力団やあらゆる脅しや暴力に、ひるんだり負けたりしない、強い心が生まれました。
それらが長い人生に、大いに役立ったのも事実です。しかし、だからといって、喧嘩を教育の手段にするのは間違いです。

16 体操

戦時下の体操

目を見張るばかりの流線美、回転美、曲線美が運動場いっぱいに展開される。まるでサーカスだ。仕込めば四年生五年生の子供でもそうなるのだ。

軍国少年は強くなければならない。美の追求や技の競い合いではない。とにかく強くてよく動く体を作ること。丈夫で病気や怪我に負けない体を作ること。それ以上に強靱な精神、不撓不屈の闘志を身につけることが、当時の体操の時間には課せられていた。

その結果が、見事な足並揃った集団行進や、曲芸ともおぼしき体操競技になって結実していたのだ。

来る日も来る日も、徒手体操に鉄棒、跳箱、マット運動だ。加えて、荒っぽい棒倒しや騎馬戦が入る。指導はすべて怒号と気合い、それに体罰だ。出来なければ出来るまで何度でもやらされる。逃げたり諦めたりズルをしたりしたら半殺しにされる。今と違って、体育は楽しいスポーツなどといった甘っちょろいものではなく、白い歯を見せたり笑ったりしたら大目玉を食う難行苦行だった。

今、各国の軍事パレード等で見られる、流れるような一糸乱れぬ行進や集団行動を見るにつけ、私たちはそれを小学生の時にやらされ、既にできるようになっていたのを思い出し、懐しさが込み上げる。

それにしても、人間はしぶとくしたたかで、あの過酷な教練鍛錬に耐えるのだから、凄いものである。まさにあれはしごきであって教育ではない。

戦時教育は追い詰められると、何をやりだすかわからない。殺されないでよかったの思いとともに、戦争反対を叫びたい。

昭和十七年は三年生だった。戦争はまだ勝ち戦が続いていたので、学校もそれほど厳しくはなかった。体操も激しいものではなく、みんな喜んでやっていた。

それが四年生になったら、がらりと変わってしまった。戦争が負け戦になったからだ。加えて、男の生きのよい、バリバリの若い先生だから尚更である。慣れるまでは、怖いし激しいし、恐ろしくてついて行くのがやっとであった。

軍事色一色。鍛え抜くスパルタ教育が、体操に覿面に出た。容赦はしない。這いつくばって、血へどを吐くまでやらされた。倒れたらバケツで気がつくまで水を浴びせられる。たまったものではない。牛馬以上の仕打ちである。

特に、飛行機乗りを目指しての器械体操が、激しさを増し、鉄棒、跳箱、マットその他の体操を猛烈にさせられた。出来なければ出来るまで、殴られながら、猛練習の特訓が待っていた。怖いの危ないのと思ったら、鉄拳が飛んでくる。泣き泣きやった。家に竹竿で鉄棒を作ったり、箱や布団を積み上げて、毎日練習した。

手は豆だらけ、腕も顔も傷だらけ。鉄棒や跳箱から落ちて気を失う。大車輪、蹴上がり、空転、バック転、台上転回、倒立行、倒立転回等々、首の骨や頭蓋骨の骨折、腕や足の骨折ものかは、猛特訓で油を絞られた。半殺しにされる思いだが、誰も恨みや憎しみなど抱くものはいない。体操が生きるか死ぬかの戦争だからである。進むしかないのだ。

正直、子供心に、厭だなまた俺の番か。早く鐘が鳴らないかな、終わりにしてくれよ、と思ったことが何度あったことか。

足の速さや運動能力には自信があり、運動は好きだったが、器械体操ばかりは上手に出来ず、いつか苦手意識が生まれて嫌いになった。

それというのは、大きくなってわかったことだが、後の世での鉄腕エースが、何故、器械体操がすいすい出来なかったかといえば、二度の左腕の骨折にあった。入学前の幼児の頃、子守り中に親の目を盗んで、乳母車からこっそり弟を降ろし、自分が乗って弟に押させたら、側溝に転落して腕を折ってしまった。二度目は入学後、一年生のくせに、いじめられている仲間を救うために、三年生に向かって行った折に、一度目の骨折場所が再度折れてしまった。

大人になって専門医に指摘されたことだが、仮に間違った方法で、いい加減に接骨してしまっているから、腕が曲がり、手の長さが違って、そのために力が入らず、バランスが取れないのだと知らされた。考えてみれば、専門医がおらず、柔道家上がりか何かの、仮免医師の応急処置だった。

これが災いして、左手が力も入らなければ、うまく使えもしない。そのために、どうしてもバランスが取れない。懸垂運動では致命的であり、跳箱や転回運動も、左手の支えが弱くて形が取れない。出来てもやっとであり美しくない。

それこそ悔し涙にくれながら、なにくそ根性で猛特訓をして、何とか人並の域には追いついたが、そんなわけで好きにはなれなかった。

来る日も来る日も器械体操だ。すいすいと出来る友だちが羨しい。級長や副級長を務めるものは、何でも一番でなければならない。教師からの叱責と、友だちからの非難の矢面に立たされる。おまえが出来ないから、クラス全体が駄目なんだと、責任を被せられる。また、出来たら出来たで、出来ない子がいると、級長の責任だ、連帯責任だと怒られる。

必死だった。無我夢中だった。意地にかかってやった。真っ暗闇になるまで死にものぐるいでやった。考えてみれば、やらせる方の教師も、やらされる側の生徒も狂気の沙汰だった。

どうせ砲弾代りに死なせる子等だ。立派に死なせなければ、天皇陛下に申し訳ない。それにはしごいてしごいて、身も心も強くして、戦場で多くの敵を倒し、花と散る忠君愛国の赤子にしなければ、の考えによるものだった。皇国民錬成の教育の真髄がそこにあった。

少年航空兵を、各校が競争で育てようとしていた。空中戦で、目が回るようでは敵に勝てない。ぐるぐる回しの器具で、上下左右四方に回転させられる体操等、とにかく回転運動を、あらゆる器械を使って多くやらされた。また、筋肉強化、筋骨隆々を目指しての鉄棒、跳箱等の強化運動。ぶらさがりやよじ登り運動も、随分とさせられた。

はんとう棒や肋木(ろくぼく)のてっぺんからの宙吊り。手のしびれを耐える我慢体操。逆落としやよじ登り競走。吊り輪代わりの綱に、しがみついての懸垂登り等々、サーカスまがいの、危険極まりない体操競技が、日常茶飯事であった。

すべては恐怖心を取り除き、勇猛果敢な精神を培うためだった。臆病者は容赦なく叩きのめされた。メソメソしようものなら、半殺しにされるまでのリンチを受ける。

「腕は黒鉄(くろがね)、心は火玉」の歌の文句にあるように、火の中、水の中を、ものともせずに、決死の覚悟で戦う兵士を育てるためのものだった。焦りに焦っていた。戦局悪化がもたらした、常軌を逸する、無謀なしごき教育であった。

危険極まりない体操を毎日しました◆

笛の合図は耳に残っていませんか。「指先つま先、背筋をピンとのばせ」の号令が降るように浴びせられませんでしたか。「右向け右」「番号」「前へならえ」「歩調とれ」の気合いの入った軍隊調の命令や指示語が飛ぶ、あの厭になるほど退屈でうっとうしい、自由束縛の行進や集団体操は、思い出してもぞっとしますし、うんざりです。

今でも警察官や自衛隊、身近では消防署や消防団の人がやっているのを見ますと、懐しさとともに複雑な思いに駆られ、暗い気持ちになります。規律、規律、規律がすべての軍隊。苦しくて忌まわしい時代が思い出されます。

緊張の連続は器械体操もそうでした。怪我はしませんでしたか。体罰はどんなものでしたか。よく運動場何周を走ってこいなんてのは、どこでもやられていましたね。鉄拳制裁や平手打ちもザラでした。学校教育で二度とさせないために、詳しく書き残しておきましょう。

17 肥汲(こえく)み

> **小学生の肥汲み作業**
>
> 思っただけでも気持ちが悪くなる汚物処理。肥汲み作業は汚くて重くて臭くて嫌いだった。へどが出る思いの連続だった。
>
> 「自分が出したものが何で汚い」と叱られ、サボリや手抜きなどしようものなら、往復ビ

ンタや鉄拳が飛んでくる。百姓はどうする。糞小便の始末が出来なけりゃ、農業は出来ないと怒られる。

「お前らが食べる作物の最高のご馳走だ」といわれてみても汚いものは汚い。特に、排泄直後のものならまだしも、暫く溜ておいて、うじ虫がうじゃうじゃといるのを汲み上げるのだからたまらない。

独特の悪臭である。当時は「田舎の臭」と呼ばれて、どこの畑からもこの臭は発していた。風のある日は、あたり一面にこの臭が漂っていたものだ。

また、道端や山陰にはやたら野糞がされていて汚かったし、道路には牛馬の糞がたれ流され、庭には犬猫や鶏の糞が落ちていて、知らずに踏んだり触ったりすることはしょっちゅうだった。

でも、人間の便の腐りかかったものは、動物の糞とは違って、汚くて臭気が強くてたまらない。トイレットペーパーなどは無く、新聞紙やそれも無くなると柔らかい大版の木の葉で尻を拭くので、そういったものや回虫など、いろいろのものが絡まるので、汲み上げるだけでも大変である。

それを天秤棒で遠くの畑まで担いでいく。棒が肩に食い込むあの痛さ重さ。そして、畑では柄杓で一杯ずつ作物にかける。百姓仕事の一番辛い重労働の作業だった。

戦争はこれを小学生にまでさせたのだ。水洗便所でこの苦労を知らない今の人は、平和の有難さをここからも知って欲しい。

その頃の学校では、五年生や六年生になると、肥汲み作業が課せられた。今の人は肥汲みと聞かされても、ピンとこないだろうが、端的にいえば糞小便の始末である。

昔の便所は溜込み方式で、大がめやつぼ、あるいはコンクリートで仕切った溜桶に、排便排尿をするものであった。

したがって、何日か過ぎると満杯になる。当然、汲み出さなければ溢れてしまう。自分たちが出した糞尿は、自分たちで始末しなければならない。学校では高学年の仕事となる。

汚い、臭い、うじ虫、ハエ、新聞紙が絡まる。飛び散る、ドロドロで半ば腐っているので、猛烈な悪臭だ。回虫も出てくる。とにかく色といい形といい臭といい、何ともいえない気持ちの悪さだ。逃げ出したくなる思いである。

そして、もっと困るのは運搬だ。大きな汲み取り柄杓で、汲み上げるだけでも大変なのに、肥桶に入れたものを、天秤棒で運ばねばならない。力の強い高等科の生徒は一人で二桶を担がせられたが、五、六年生は真ん中に一つをぶらさげて、前と後の二人で担いで行った。

行く先は、肥溜や田畑、時に川まで捨てに行った。重いの何の、言葉に言い表わしようのない重さだ。途中で何度も下ろし、休み休み行くのだが、臭くて汚いので先を急いで無理をする。こぼしたり、ひっくり返したりもして、大変な騒ぎになる。大目玉で叱られる。

ある時、原因不明の病気になった。町医者ではわからないから、大学病院に行けという。行ってみると、いろいろと検査をされ事情を聞かれた。結論は肉体疲労と重労働からくる体型変化によるものと診断された。つまり、二人で担ぐ際、背の高さが極端に違う二人だったので、重力が一方にだけかかってしまって、それが原因で障害を起こしてしまったのだ。

それほどきつい、小学生には苛酷な重労働を、平気でさせていたのだった。今では考えられもしない、非文化的非人間的な作業だった。

しかし、その頃にはその頃なりの理由があった。

一つには、自分が出した排泄物やゴミは自分が始末する。それは当然の責任や義務との考え。

二つには、今のように化学肥料の無い時代だから、糞尿は最高の肥料であった。農家はもらってまでも、これを欲しがった。貴重品で、これが無ければ生産活動が出来ない。今様に考えれば、循環論で自然の理に至極かなった処理の仕方で、誰も文句はいえない。

三つには、大人が少なかった。男はみんな兵隊に行ってしまい、女は別に男の仕事を肩代りをしてやらねばならないので手が回らない。先生方も忙しくて、五百人〜七百人分の便所の汲み取りまでは出来ない。四つめは、各家庭で多かれ少なかれ肥汲み作業や便所掃除は、やらされて経験ずみであったので慣れていた。

汲んで運んで、肥料にするまで溜て腐らせ、それを畑に播いての一連の作業。当然、便所掃除、桶や用具の清掃と後始末。衣服には汚物が跳ねてしみ込み、凄い臭いがしていた。

それでもみんな我慢してやった。黙々とやって誰も文句をいわない。いえないのだ。いえば国賊になる。共同作業を敵前逃亡したと、酷い目に合わされるからだ。

辛い、気持ちが悪い、臭い、汚い、厭だ、などといおうものなら、鉄拳制裁が飛んでくる。それこそ非国民だと追放されてしまうのだ。

あれから半世紀余、七十年以上を経て思うに、そういう作業は、誰もやらなくなった。やらなくてもすむようになったからだ。やらねばならない場合は、外国人や汚物処理業者にお金を出して頼めば、汚い思いをしないですむ。

世の中は随分と進歩した。学校もどこもかしこも水洗トイレで、汚れも悪臭も皆無である。子供たちも、便所掃除をしないですむようになった。思えば隔世の感ありである。

汚れを知らず、誰もがきれいに暮らせる。戦争をして世の中の進歩を止めれば、不便で辛い生活になるのだ。だから、戦争はしてはならない。昔の小学生の姿を忘れないで欲しい。

小学生の肥汲みは戦後無くなりました◆

大昔から続いてやってきた人の営みが、多少の進歩はあったにせよ、ほとんど変わらずについこの間までやられてきました。ここで語った肥汲みなどは、そのうちの一つでしょう。それだけに、辛いの苦しいの汚いのといっては、昔の人たちにすまないような気がします。

しかし、大変だったことは事実ですし、それをやらざるを得なかった人間と、全くしないですむ人間が、同じ昭和、平成に暮らすのも事実です。どうしてなのでしょうか。

それは、戦後、急速に世の中も人々の生活も、進歩したからです。戦前、戦中、戦後を生きた人のみが今では知っていることなのです。

それを語り継いでおくことも、歴史を知る上で大切なことです。また、それ以上に戦争をすれば、小学生といえども、牛馬の如く働かされて、勉強どころではなくなってしまうのです。だから戦争はどんな理由があろうとも、してはならないのです。肥汲みをやられましたか。

18　水泳

海国日本男児育成の水泳特訓

四年生から水泳の猛特訓が始まった。ふんどし一丁で、川まで学校から走って行く。何故ふんどしかのわけは、その頃、男子は大人も子供もパンツではなく、ふんどし暮らしの人が多かった。

気合いを入れる言葉に、「ふんどしを締め直し（せ）」があるように、軍隊ではふんどしが用いられていた。特に、海軍にはそれなりの理由があったようだ。

伯父は軍用船の船長で、何度も撃沈されて、海上に投出された経験がある。いちばん長い時は、四～五日も南洋の海を泳いでいたことがあった。

その時の話だが、沈没間際では渦に巻かれて沈んでしまうので、少し早目に艦を捨てて海へ飛び込んで遠くへ逃げる。

> その際、二つのことをする。一つはカツオ節を一本持つ。これで一週間十日は大丈夫。もう一つは、長ふんどしを巻き戻して、吹き流しのように引いて泳ぐ。これは人食いザメを追い払うためだそうだ。サメは襲う前に、自分の体長と比べ、自分より長いとかなわない相手だと思って、逃げ去る習性がある。それを知っての、サメ撃退法としてやるのだそうだ。この話は、海軍の軍人からも聞いたことがあった。
>
> そうしたこともあってか、海国日本の男子は、ふんどしによる水泳訓練が徹底していた。海上戦では負ければ海に落とされる。友軍の艦が救助にくるまで泳いで待つか、近くに島影が見えればそこまで泳ぎきらねばならない。水との戦いだ。
>
> 陸軍と違って、海軍には長距離泳力を身につけなければならない教育課題があった。だから水泳訓練は、陸上での体操に劣らず、猛特訓でやられたのだった。

「海ゆかば水漬く屍（かばね）、山ゆかば草むす屍、大君のへにこそ死なめ、かへりみはせじ」の歌を地でゆく軍国教育はすさまじかった。

海ゆかばは海軍教育につながる。海軍は主戦場が海だ。大海原の深海上での、勝つか負けるかの戦いだ。負ければ海の藻屑となる。

水泳が出来ないことには、生きて戦えない。そこで、小学校時代から水泳訓練が取り入れられ、これまた、猛特訓のしごきで泳げるようにさせられた。これがまた厳しい訓練だった。

当時はプール等のしゃれたものは無い。だから川や沼や海でやらされた。東陽小学校の校区には、栗山川とひくさ沼があった。学校に近い栗山川の関が、水門と称して、格好の訓練場所となった。

体操同様、男子は素っ裸にふんどし一本で泳がされた。初心者から中級者は、関の川下の浅い場所で、上級者は関の上手の広くて深い場所で、水泳訓練が行われた。クラス毎と全校合同で行う日とが定められていた。四年生から高等科二年生までは、男女別クラスだから、男子女子に分かれて行うことが多かった。

竹へらを作らされ、それに、学年と級名、自分の氏名を書く。それを持って川に行き、準備体操をして、その竹へらを川の土手に刺してから入水する。この竹へらは訓練終了後、誰が戻らないかを、確認するためのものだった。

その頃、毎年一人か二人溺れて、水中に沈んでいる子が出た。この竹へらが残っていれば、まだ水の中にいると判断して、探すためのものだった。陸に上がったら、引き抜いて持ち帰るという約束になっていたのだ。

戦争は恐ろしい。何人か犠牲者が出たらしいが、不問に付せられたとの噂を聞いていた。勿論、人工呼吸で蘇生した子が大半であり、中には忘れて竹札を持ち帰らないで、大騒ぎになったケースも、多々あったようである。

体操同様、ここでも悲喜こもごもで、過酷な訓練は容赦なく続き、みなヘトヘトだった。

教え方は、今のような科学的で親切なものではなかった。ただもがき苦しませる中から、自力で這い上がることを、身につけさせるものだった。

だから深みにいきなり落したり、連れて行って放して溺れさせる。当然、苦しいからバタつきもがく。水を飲む、息が苦しくなる、一層もがく。もがけばもがくほど沈んでいく。

失神寸前位で引き上げて助ける。死の恐怖におののき震える姿に檄が飛ぶ。「なんだそのザマは、それでも日本男児か」と。不思議に気合いに負けて、震えが止まってしゃんとなる。体が温まった頃合をみて、また、溺れさせられる。こんなことを今したら大変なことになる。たちまち野蛮教育として葬られて、非難ごうごうとなるであろう。

ところが、こうした荒っぽい指導を二、三回受けると、体がひとりでに浮くようになる。息もつけるようになって、苦しくなくなる。そのうちに浮くだけではなく、前に泳いで進めるようになる。大半は自力で掴んだことである。

手順を尽くし、相手をおもんばかって、科学的に教えるのは正しいことだが、こんなに手っ取り早く泳げるようにすることは出来ない。

危機的場面や状況に立たせて、自力で困難を克服させる。自分がもがき苦しんだものは強い。身について離れない。そうしたメリットがあるのだが、当時はそんなことはお構い無しで、一刻の速さを競って、速成泳法を身につけさせなければならない。そうした状況下の窮余の一策だったのだろう。

競技上の優劣を競う目的ではなく、戦場で生きて敵を殺傷するのが目的の水泳力だから、科学も技術論も必要が無かった。ただどんな泳ぎ方でも長く浮いて泳げて、島や友軍の船まで、辿り着ければよかったのだろう。

また、水泳でも体操同様、恐怖心の払拭に力を尽くす教育に徹していた。関の上から見る、何メートルもの下方の水面は遠い。高所恐怖で目が眩み足が震える。ここを飛び降りるのかと思うとゾッとする。

「震えていてどうする！　そんなことで落下傘降下が出来るか」と怒鳴られ脅される。絶体絶命だ。それでも最初は足から落ちて行くからまだよい。意地が悪いのは次からだ。一列に並べ目をつぶらせて立たせる。間隔をおいて足下でドブンと音がする。誰か友だちが落とされた音だ。盗み見は厳罰の対象だ。

まるで十三階段を登らせられて、何段目かの板が外れて落下し、ギロチンにかかる死刑囚の心境だ。次は誰だ。今度は俺か。ドボンの音で助かったと思うと同時に、次なる不安が襲いかかる。生きた心地がしない。早くしてくれと叫びたい思い。さりとて落下は怖い。

不安、特に恐怖や心配事に対する弱音弱気を取り除き、死に直進する勇気を授けようとしたのだろう。不思議にその恐ろしさも、何度もやられていると消えて平気になってしまう。

次は、頭から突っ込む訓練だ。これも最初は物凄く恐ろしかった。目をつぶるとバランスを崩して、胸や腹から落ちて気を失う。同時に真っ赤になって後々まで痛む。内臓への影響もあろう。仕方なく目をしっかりと開いて、手を伸ばして頭から突っ込む。最初は顔を打ったりしてうまくいかないが、段々、度胸が出てきて、防衛本能からの工夫も手伝って上手になる。知恵も働き、どの角度で飛び込んだら、衝撃が最も少ないかを自力で見つけて掴んでいく。すべては体得だ。完全で確実に身につく。

度胸、胆力が戦場では最優先される。泳力養成もさることながら、きもっ玉の座った図太くて命惜しまぬ人間を育てるための水泳指導だった。

学校の方針がそうなら、それについていくには、それ以上のことを自分でやらなければならない。一番早かったのは三月二十九日だが、春休みにまだ凍るような冷たい川に飛び込み、少しでも友だちより泳げるようになりたくて、練習したこともあった。夏場は今日は二往復出来た。明日は三往復だと奮起して、栗山川の対岸を目指して練習した。栗山橋や鉄橋も練習台にして、飛び込み練習に励んだ。

恐ろしい指導法に不平や不満は無かった。それというのは、父は水泳が得意だったが、そのもとは、祖父が息子の体に綱を巻きつけて栗山橋から落し、もがいて沈んだら頃合いを見て引き上げる。それを何度も幼少時にやられて、お前の父はうまくなったと聞かされていたからである。荒っぽいと思うのは今だからであって、当時はそうした方法しか無かったのだろうと思うと、文句も出なかった。

ただ、危険はつきもの、休日に泳げない子を泳がせて覚えさせようとして、学校でやられた方法を用いたら、足にしがみつかれて一緒に溺れてしまった。命懸けでしがみつくので振り払えず、真っ黄色の水の色と水圧の音、もうこれ以上飲めないとの意識は今でも覚えている。死ぬという思いは浮かばなかった。

幸いに釣師に助けられたが、友だちは仮死状態、人工呼吸で息を吹き返した。ホッとした。自分は風船のように膨れた腹を片手で押し、他方の手で指を喉に入れて、飲んだ水を吐き出した。水を吐いたら別にどこがどうでもなかったが、暫く体をお日さまに照らしてもらって温め、同時に、水泳をすると顔がてかてかに光るので、バレないようにそれを直してから帰った。

今、振り返ってみると、流れるから川はきれいだといっても、やはり汚物や屠場から流される血等で汚れていた。それでも泳いだ。

そればかりか、溜り水でもっと汚く、その上、藻や水草で蔽われたひくさ沼にまで出掛けて行き、古屋や西高野の友だちと泳いだことも何度かあった。泥と藻草が体にまとわりつき、水が濁って臭くて気持ちはよくなかったが、それでも水泳を競ってしたものだ。

海でも木戸浜海岸に何度か行って泳いだ。川や沼と違ってよく浮くのだが、波が邪魔して泳ぎづらかった。また、潮の流れやみよの存在を知らないので危険でもあった。それに空襲が始まってからは泳ぐどころではなかった。

海国日本の少年少女は、我れは海の子を歌いながら、恐怖の水泳訓練に明け暮れていたのだった。

◆危険な速成指導法で水泳を習いました◆

息のつき方、水の掻き方、バタ足のし方と順序を追い、何日もかけて教える科学的な指導法を取っている余裕はありませんでした。

いきなり深い所に落して溺れさせますと、自力で泳げるようになります。勿論、溺死されては困りますので、頃合いを見て助けます。

助ける際、必死でしがみつかれますので、自分も一緒に溺れてしまいます。ノーフンドシで泳いで、助ける方の私も一緒に溺れました。

ふんどしをつけていれば、背後からふんどしを掴んで助けますと、しがみつかれることもなく助けられます。ふんどしにはそんな役目もあって、つけさせられていたようです。

自力でもがき苦しむ中から覚える方法は、水泳に限らずあらゆることに通じる自立のための有効な方法です。しかし、性急過ぎたり、無謀に走るやり方は危険です。戦時下の非常手段でやったことでしょう。みなさんのところはどうでしたか。書き残しておきましょう。

19　マラソン

マラソン教育の恩恵

マラソンは人生の縮図だ。それだけに、陸上競技の大トリを務めて華となる。あの苦しさ、自分との闘い、壮烈壮絶な長丁場における苦闘の果てに、己を知り、己を律し、己の限界を拡大する。これは人生教育にとって、もってこいの競技である。

自分が苦しければ相手も苦しい。自分だけが苦しいのではない。隣を走る人も苦しいのだ。

勝負はどちらが先に苦しみに負けて歩くか、スピードを落すかの根性比べだ。その思いで、目前の一人ひとりを追い抜くこと。もう一人もう一人と。

マラソンや登山には哲学がある。自分を見つめ、自分を知り、自分の生き方を点検し、再創造させてくれるものがある。

止めようか。いや止めてはだめだ。常に二人の自分が対立し、自問自答しながら走ったり登ったりする。人間は生きている限り、仕事でも生活でも、毎日この繰り返しである。岐路思考の連続である。

これが自分作りの自己確立に大きな役割を果たすのだ。人はこうして自立し、逆境ものかは、強く逞しく、自分の世界を切り開いていく。それが人生というものではなかろうか。マラソンそのものだ。

戦時中、鍛えられたお陰で、阪神大震災の折、福知山を迂回し山越えをして、長田区の従姉妹救援に行けたのも、考えてみればあの苦しいマラソンで培った力のお陰だ。平時でも災害は起こる。自分の足で逃げ帰れる脚力を備えることが大切だ。

戦争のための悪戦苦闘によるしごき教育はいけない。しかし、別の方法で、苦しみの中から自力で這い上がる経験をさせる教育は、必要のように思われる。それも戦中マラソンから学んだことである。

持久力を身につけさせるために、マラソンをよくやらされた。体力増強、強靭な身体、加えて、不屈の精神、粘り強い根性を培うには、マラソンは格好の運動競技だ。

戦地では、追うも逃げるも脚力がものをいう。足腰が強くなければ勝ち目は無い。その上に、絶対に諦めない、食らい付いたらはなさない、粘っこい根性が不可欠だ。しぶとさ、したたかさが有るか無いかで生死を分ける。

これらのことは平時でも通用することだ。飢えと寒さの山中で、はた又、大海原の真ん中で助けを求める折などは、我慢比べだ。粘り強さや生きる執念、絶対に諦めない強い心の人は助かる。病気で生死の境を彷徨う時も同じだ。気力と根性で、重病を奇蹟的に克服して、生還する人は珍しくない。

ましてや水も食料も無い荒野や山中、はてはジャングルや酷寒の地での、雌雄を決する戦争となれば、尚更のこと、気力、体力、根性が必要だ。

それらを鍛え磨き身につけさせるには、マラソンに限る。それは自分との戦いで、つまり、体力、走力、気力、根性の限界を拡大し、増幅させてくれるからだ。特に、意志力強化にもってこいだ。自分を知り、自力向上に格好のものだ。

そういうこともあってか、特に、冬場は毎日やらされた。吐く息が白い。スタート時は、寒さのため、特に、北風の吹きすさぶ朝などは、額が割れそうに痛い。体はカチカチ、手は指先が感覚が無くなるほど痛くてしびれる。

そんな中を、ふんどし一丁の素っ裸、裸足で走らされる。さすがに、校外や田んぼ道を走る日は、パンツや足袋を覆いて走ることが許される。裸足では、いかに足の裏が固くなっているとはいえ、当時は道路は舗装されておらず、大方は砂利道であるので痛くてたまらない。丸い石ばかりでなく、尖った石も多く、それらが大小入り混じって、敷き詰められていたので、痛いのなんので思い切って走れない。また、栄養失調で、その頃の子供は大半が、いや全部といってよいぐらいの子が、踵（かかと）や足の裏に、冬場は皸（あかぎれ）（寒さのために手足の皮がきれた傷）や皹（ひび）（手足の皮膚が寒さのために荒れてできる細かなわれ目）を持っていた。そのために、素足では痛くて走れず、足袋が許されていた。

寒さで顔も体も真っ赤になる。その頃になって、やっと体がほてり出し、滑かに足が運べるようになる。それまでが大変なことだった。練習は途中まで整列縦隊で走り、復路になると、競走になる方法がよく取られていた。

距離は四年生でも相当長く走らされた。正確には覚えていないが、五〜六キロメートルはあったろうか。何故ならば、マラソンの納会が、九十九里浜の木戸海岸の波打際往復だから、学校から測ったら片道五キロ、往復では十キロ、いやひょっとすると十二キロ位あったかもしれない。そこを、四年生以上高等科二年生までが、全員で競走する。壮観そのものだ。当時は全校生徒が七百名近くはいただろうから、四年生以上は五百名位になる。男女同時スタートである。

この納会の全校マラソンで、一人でも多く抜き、一番でも多く上位進出するために、毎日が、目の色変えての猛練習になっていたのだ。

四年生は最下級学年。高等科二年生は、今でいえば中学二年生だ。大人と子供ほどの力の差がある。それを相手に、勝たねばならないのだから、生半可な練習では太刀打ちできない。

さしずめ今ならハンデをつけて走らすだろうが、戦時中はそんな甘っちょろいやり方は許されない。身体が大きかろうが小さかろうが、年齢が上だろうが下だろうが、戦地では許されることではない。だから一斉同時競技となるのだ。

忘れもしない真冬日、霜が真っ白に降りて、朝日に照らされて光っていた。放射冷却で零下に近い気温だ。みんな白鉢巻で裸だ。吐く息が凍って白い。かじかむ手に息を吹きかける者、友だちの背中を擦って温める子と、いろいろ工夫しながら、校庭いっぱいに引かれたスタートラインに立つ。元気いっぱいだ。我こそはの意気込みが、熱気となって渦巻く。

号砲一発、一斉にスタートし、我先にと校門を目指す。早くしないと校門を出る時に、押し合いへし合いで倒れる危険があるからだ。

現に、芋を洗う混雑になり、将棋倒しで怪我をする者まであったらしい。みんな必死だ。県道に出ると、脱兎の如く、白浜村の木戸浜めがけて、一本道をひた走って行く。

何せ五百名の生徒だ。壮観そのものである。その頃は道行く人もまばら、車馬の往来も少ないので、その面では走ることにだけ専念すればよかった。集落ごとに、年寄りや家人がガンバレガンバレと応援してくれていた。

紫野から長塚ぐらいで、ガクンとスピードが落ちる。自分もそうだがみんなもそうだ。そこを切り抜けるのが第一関門だ。とにかく頑張る。抜きつ抜かれつだ。四年生だから負けて元々の意識はさらさらに無い。あわよくば、一番を取ってやれの心が、ギラギラと滾(たぎ)っている。負けるものかの気概が、メラメラと湧いてくる。苦しさが薄れてくる。まだ大丈夫だ、持ち堪えられる。水が飲みたい。駄目だ、飲んだら走れないと心に言い聞かす。

木戸の十字路付近は快調になる。スイスイと何人も抜ける。気持ちがよい。特に、知っている上級生を抜いた時などは、胸がスカッとする。それでまた元気が出る。早くも歩いている子がいる。進むにつれて目立って多くなる。立ち止まったり寝っころがる子はまだいない。しかし、さすがに海岸に近づくと、集団は完全にばらけて、前後を見渡しても何人もいない。前を抜くのが容易でなくなる。

海の音が聞こえてくる。汐騒だ。波の音に励まされる。元気が出る。前々から、何としても片道だけは歩くまいと、心に誓い決意していただけに、それが達成しそうで嬉しくなる。

気のせいか足取りが軽くなる。そうこうするうちに白い波涛が見えてきた。あの光景だけは目に焼きついていて、今もって忘れない。片道だけでも歩かず休まず完走できる。嬉しさが込み上げてくる。折り返しはもうすぐだ。

ガンバレガンバレの声が聞こえる。先生たちが三、四人待っているのが見える。だんだん近づき大きくなる。もうすぐ折り返せる。

偉いぞ、そーらと一人の男の先生が、桶に汲んだ潮水を頭からぶっ掛けてくれる。その頃は汗まみれだから、特段寒いの冷たいのとは感じなかった。すかさず別の先生が、腹と背中に青いスタンプを押してくれる。確かに折り返し点まで来たという、証拠のスタンプである。

思えば、これは屠場で牛や豚に押すスタンプで、あまり気持ちのよいものではなかったが、ともかく折り返せたとの安心感安堵感があった。

　さすがに帰りは辛かった。まさに行きはよいよい帰りは怖いである。木戸の十字路あたりからへたり込みたくなる。顎ばかりが前に出て足が付いて行かない。喉がカラカラになる。唾を出そうとしても、出てこない。口は開いてハアハアしだす。歩きたい、歩こうか、もう走れない、少し歩いてからにしようの弱気弱音が出る。負けるな負けるなと、もう一人の自分が叫ぶ。

　長塚あたりで、耐えられなくなって水を飲む。途端に遅れる。歩いてしまう。回りがゾロゾロ歩いている。つられてしまう。気を取り直して走るも、すぐ止めてしまう。止まるが腰は下ろさない。勇気を奮い立たせて、ヨタヨタ歩いては走る。フラフラだ。目が霞む。

　作間内で県道沿いの民家に倒れ込み、つるべ井戸の水を無我夢中で汲んで、桶からガブ飲みする。うまいのなんの、あの味は忘れられない。もう一杯汲んで、飲み余した水を頭から被る。これまた爽快で、不思議と元気が出た。

　ガンバレガンバレと、上級生がエールを送ってくれながら走り去って行く。後を追う。あの水が脱水状態を救ったのか、今度はダラケでなく、元気になった。気がつけば宮内の学校は指呼の間だ。帰れた。歩いたけど途中で諦めたり、放棄して止めないですんだ。よかった。

　着いてみれば、全校五百名中百三番だった。満足はできなかったが、終わってホッとした。自力がもたらした結果を、思い知った大会だった。

マラソンは辛かったが、自分ができました◆

行けども行けども、果てなき曠野をひた走る。

喉の乾きは、梅干を思い出し、唾が出るのをもって凌げと。兵士はそうして前線へと駆り立てられていく。その筋書きにのっとって、脚力強化の教育が、マラソンを使ってなされていたのではないでしょうか。

何せ兵隊ならずとも、女、子供、年寄りまでも、自分の足で二百キロ近くある群馬まで、歩いて逃げ延びなければならない時代でしたから、苛酷なマラソン教育は、至極当然のこととして受け止められていました。

しかし、心では泣き泣き歯を食いしばってやりました。足の痛みがいつか棒のようになって動かなくなる。気ばかり焦ってイラつく。口の中がカラッカラに乾く。目の前がかすれて見え出し、気が遠くなる。必死で堪える。

あの苦しさは忘れられません。しかし、お陰で強くなりました。みなさんのところでは、どんな状況でしたか。お知らせください。

20　授業

真剣勝負の授業

戦時下の教育は、精神主義一辺倒の強烈な軍国教育だった。皇国民錬成の教育だ。考えるも何もない。命令された通りに、動きかつ覚えることだけが課せられた。

反対や疑問を投げ掛けようものなら、たちまち非国民にされ、大変なしごきや折檻を受けてしまう。仕方がないから唯唯諾諾で過ごす。真理も何もあったものではない。いわれたままに覚えて信じるしかなかった。お上がすべての教育だった。

「分数の割算はひっくり返して掛けろ」。ただそれだけだ。どうしてそうするのかの理由は、教えてもらえない。「そうなっているんだから、そうしろといわれたらそうすればよいのだ。余計なことを考えてつべこべいうな。生意気だ」と殴られるのがおちだから、それを鵜呑みに信じる。

だから後から思えば、間違いや非科学的なことを随分と身につけられた。一見もっともらしいことで、信じてしまい、後々まで修正できなかったことの一例に、植物の呼吸は人間や動物の呼吸と逆で、二酸化炭素を吸って酸素を吐くがあった。光合成を知ったのは、戦後、中学や高校に行ってからのことで、事程左様に大方が、即席応急の簡略化した記憶教育だった。

失礼ながら先生自身も中学を出たばかりの、年齢経験共に不足の人だから無理もないことだが、知識理解の正確さを担保した教育には、程遠いものであった。

その代りに、熱心さはすさまじく、情熱をもって徹底的にしごかれ仕込まれた。恐ろしいばかりの剣幕と鉄拳制裁による指導は迫力に富み、いやが上にも緊張し、真剣に学ばざるを得ない態度を身につけてもらった。それが忘れられない。

百題テスト

四年生の時だった。毎日下校時に漢字百題が宿題に出された。帰宅後、それを一題残らず完璧に読めて書けるようにする。これは大変なことだった。まだ空襲は無かったので、勉強は出来たが、燈火管制下の暗い部屋での長時間にわたる学習は、骨の折れるものだった。

翌日はそれをテストされ、間違うとビンタを食らったり、廊下に立たされる。前夜怠けたとみなされ、命令違反の厳罰が与えられた。教師の指示や発する言葉はすべて命令なのだ。

恐ろしさも手伝って、みんなよく勉強してきた。しかし、一晩で百題はかなり過酷な宿題で、百題満点を続けるのは至難のことであった。

それをあえて「土つかず競走」と称して、生徒たちに競わせたのだ。みんな必死だ。一人減り二人減り、日が進むごとに落伍者が出ていき、連続して土つかずの百点満点を続ける子は、数えるほどになっていく。叱咤激励の怒号に「たるんでる」「ぶったるんでる」「寝ないで徹夜してでもやってこい」の檄が飛ぶ。

それでも落伍者は櫛の歯が落ちるように出て、とうとう数名、そして、遂に一名となる。その時のことだった。自分では何度も見直し、完璧に覚えて、絶対大丈夫だと自信満々で登校し、テストを受けた。

答案は99点で返ってきた。爆撃機の爆に赤字の×点がついている。自分では腑に落ちない。特にマークして間違わないよう注意して練習した字だ。納得が出来ない。不遜にも教師に食ってかかってしまった。自分が正しいと主張すると、烈火の如く怒った先生は、容赦なく鉄拳制裁を食らわす。歯を食いしばって耐える。黒板に爆と大書され、貴様は爆と書いてるではないか。それでも合点がゆかない。教科書や辞書を見ろと命令される。しぶしぶ見てみると日ではなく水になってるではないか。顔から火が出る思いだった。あれほど自信があったのにと、泣ける思いだった。

国語科

それでも国語は好きだった。得意でもあった。殴られもしたが、激賞されもしたからだ。

四年生の読本に、山田長政のシャムでの活躍の文章があった。その読解学習の折だった。大意や要旨を捉える学習場面で、先生は一人ひとりに指名して答えさせていった。何人も答えるが、先生の意図に添わず段々不機嫌になる。

そして、とうとう自分に白羽の矢が立つ。思いきって枝葉末節の言辞をやめて、「日本の武名を世界に轟かせた……」と、答えたところ、鬼の形相が破顔一笑と化し、抱きかかえられ、頭を何度も撫でられて大喜びされた。

こういうふうに捉えて答えるんだと、みんなに教え直しがなされ、思わぬところで面目躍如、存在感を高めてもらった。あいつに指名すれば、きっとまともな答を出してくれるとの期待があってのことで、先生はそれが図星だったので、嬉しかったのだろう。軍国少年の模範生だと、持ち上げられたのを未だに覚えている。学ばせ方も褒め方叱り方も極端で、それが彫りの深い教育になっていたことを、懐しくも有難く思い出すのである。

それればかりか、このエピソードには、もっと強烈なインパクトが加わったのだ。それは、当時はこの学校では、四年生から男子組女子組に分けられていた。男子組の隣の教室が女子組で、女の子ばかり四、五十名もいたか。先生は女の先生だった。当時は女の子と話をしようものなら、それだけではやされ、女々しい奴と蔑視され、仲間はずれにされた。

そのようなわけで、同年の女の子に、どういう名の子がいるかも知らず、近寄り難かった。ある時、女子組の女の先生がお産で学校を休むことになった。補充教員はいない。当然のことながら、同じ四年生の男子組の男先生が、持たなければならないことになる。一緒にして教えればよいものを、当時は、男女七歳にして席を同じうせずの掟があって、それはできない。そこで、一方を自習にして教えに行く破目となる。読本は男女共に同じである。丁度、山田長政の文章を習っていた時のことである。先生が隣の女子組の出張授業で、自分たちは静かに自習をしていた。そこへ突如先生が現れ、自分の席のところへつかつかと寄ってきて、国語の読本を持ってすぐこいと呼び出された。

何だろう。こともあろうに女子組へとは、厭だな、恥ずかしい、女の中に男一人、最も嫌うことを何でまた俺にやらせるか。少々いまいましく思ったが、多分あの答が女子組でも出ないので、自分を連れていくのだなと察しはついたが、余りよい気持ちではなかった。

文字通り女の中にポツンと一人、欠席者の椅子に座らされた。察した通り、女の子の中からも先生の狙いに的を射た答は出ず、しびれをきらしたあげくに、私に答えさせた。そして、どこが違うかと説明し、文章の大意や要旨なるものはこういうふうに捉えるんだと、激賞しながら授業を締め括った。恥ずかしさと嬉しさの中で、溜飲を下げた授業となった。

理科

理科は面白かった。好きでもあった。これも四年生の時のこと、好きから得意になりかかろうとした矢先に、出鼻を挫かれるようにして、嫌いになってしまった。

教師の教え方の良否、その時々の扱い方によって、子供はいかようにも変わるし、それが生涯にわたって、人生を左右する影響にもなることで恐ろしい。身をもって体験したのが、これから述べる理科学習である。

三年生までは理科を学んだ記憶は残っていない。四年生になってからは、じゃが芋を二つに切って灰をつけて植えたりと、今もって面白そうな教科だなと喜んだ思い出がある。

その日は午後から理科であった。理科といっても、その頃は理科室があったかどうか覚えがない。すべて教室や教室外でやられた。机を取り払い、窓をいっぱいに開けて授業は始められた。先生は開口一番次のように問うた。

「一日のうちで一番暑くなるのはいつ頃か」と、みんな勢いよく迷わずに手が上がる。順々に指名していく。みんな自信満々だ。一人自分だけは何故か迷っていた。常識的にはお昼だが、それでよいのかなと。

友だちは次々に「お昼」「昼間だよ」「正午」「十二時」と答えるも、先生は顔を振るばかり。答え方や表現の仕方ではないなとひらめく。ひょっとすると、正午ではないかもしれない。だったら何時だろう。十一時か、それとも一時か。とにかく何時で答えなければ駄目だな。まさか三十分刻みではないだろうし、出任せや当てずっぽうはよくない。数を多く答えれば、どこかで当たるだろうが、大目玉になるに決まっている。先生の顔や態度が、険しくなってくるのがわかる。

間違ってもいいから考えてみよう。そして、友だちと違う変わった答らしいから、それを答えてみようと。いささか先を読んだり、場や雰囲気を察したりする知恵も働かせて考えてみた。

折から太陽は窓から射し込んでいる。昼食時は射し込まない。真上からだからだ。今は斜めからだ。真上から真っ直ぐ照らされる時の方が、夕方照らされる斜めの光より熱い。だったら正午、十二時のはずだ。それが駄目なら、何でだろう。頭の中はフル回転だ。焦る。

ふとひらめいた。空気か。とその時だった。指名が飛んできた。ままよ間違って元々と、恐る恐る「午後二時頃じゃないですか」と答えると、先生はにっこりして、どうしてかと聞き返してくる。

級友たちは、突拍子もない答に、けげんな顔をして、先生と自分の顔を見比べる。

「空気が温まるから」と答えると、どうしてか説明してみよと。そこで大急ぎで考えて、思いつくままに、「みんながいうように、太陽が天上にくる十二時が光は一番熱くなるが、空気はそれより後に温まる」。何故か。「だって空気は、建物や地面が温められた温度をもらうだろうから、時間がかかる。だから十二時より少し後に、気温は一番高くなると思う」と答えると、先生は満面の笑みになって、抱きかかえて大喜びして、理科博士といって激賞してくれた。

これでは得意にならざるを得ない。友だちはみな感心したり、驚いたり、羨しそうに見ていた。自分でもよくぞ考えついたと嬉しかった。

「笑い過ぎれば涙が落ちる。今日は明日の今日じゃない」の歌の文句じゃないが、その後、今度は奈落の底に突き落とされてしまった。おごったわけではないが「おごる平家久しからず」をそのままに、叩きのめされてしまった。

その日は、実習田に出掛けて行っての理科の授業だった。自分たちで植えた稲の育ち具合を見ながらの、稲の花の勉強であったのだ。そうと知っていれば、それなりに対処したのだが……。目の前の稲には花など咲いていない。

母の手伝いで田植えや稲刈りは随分やった。また、鶏の餌にいなご捕りで、はた又、ザリガニ捕りで、稲田には入りびたっていたのだが、稲の花には迂闊にも関心がなく、見た覚えがなかった。それが致命的になってしまった。

後で教わり勉強したことだが、稲の花は咲く時間が定まっていて、咲くというより、籾殻が開いて、中の花が顔を出すといったらよいのか、ともかく実習時には花が見えなかった。先生は農村の子たちだから、稲の花ぐらいはみんな知ってるだろうと思っていたらしい。

いつものように「稲はいつ花が咲くか」というような質問から始まった。目の前の稲も後の田の稲も、どこもかしこも咲いていない。農家の子で、咲くということは見て知っていた子がいたかもしれないが、誰も答えられない。時間で何時頃咲くかを知らないからだ。

それより何より、稲が花を咲かせることを知っている子がいないことが、先生を怒らせた。型通り順々に聞いてくるも、「知りません」「わかりません」の答ばかりだ。誰か知ってないか、このまじゃえらいことになる。

恐怖感が募ると、思考が停止する。花があるということを知らないから、考えようがない。他の花といっても、朝顔ぐらいは朝咲くことを知っているが、見たことのない稲の花が、いつ咲くかと聞かれても、答えようがない。大方の花は、みんな夜昼通して二、三日咲いているぐらいしか見てないので、困ってしまった。

遂に指名がきた。先生の、お前なら最後に正解を出してくれるだろうの期待が痛いほどわかる。どうしよう。嘘や出任せは答えられない。正直にいうしかないと……。それがまた答え方がまずかった。「知りません」とか「わかりません」と答えればよいものを「稲に花があるんですか」と、逆質問したからたまらない。もう一度いってみろ……。二～三発食らった。そんなことではすまない。「非国民」「日本人の大切な米」「その花を知らないとはお前それでも…」。後は覚えがない。泥田の中に投げ飛ばされ、手足どころか全身泥だらけ。それでも説教は延々続いた。

激怒である。気性の激しい熱血漢の先生。よほど腹に据えかねたのだろう。殺されずにすんだが、戦時中はそういう厳しく激しい無鉄砲な教育が、平然と行われていたのだ。この一件で理科が大嫌いになってしまった。

地歴科

記憶が定かでないので、はっきりとはいえないが、どうも五年生で地理を習い、六年生で歴史を学ぶようになっていたのではなかろうか。そこのところが思い出せない。

五年生は担任が持ち上がりで、四年生からの男先生だった。相変わらず怖かったが、一年もたつと気心も知れていて、安心していられた。教師も子供たちも通じるものがあった。

昭和十九年になっていた。戦局の悪化は日毎厳しく、日常の暮らしも学校生活も、前年とは比べものにならないほど逼迫していた。

それでも、大本営は連戦連敗を、ひた隠しにして、勝利の報道を流し続け、国民の耐乏生活と戦意高揚を求め続けていた。

そんな四月のある日、初めての地理の時間がやってきた。地理なんて聞いたこともなく、どんなことをやるんだろう。皆目わからない。おまけに教科書が間に合わなかったのか。それとも無かったのか。見るもの手掛かりになるものが何も無い。これではお手上げだ。

例によって、先生が開口一番、この紙に日本の形を書いてみよといって、紙が一人ひとりに配られた。地図も無ければ何も無い。いきなり書けといわれてもみな途方に暮れてしまった。書かねばまた怒鳴られ殴られる。

どうしたものかと思案に暮れながら、必死で模索しているうちに、いつ、どこで見たのかまったく記憶に無いのだが、何となく、四つの島から成り立っていることに思いついた。

いつもの通り、ままよ仕方ない、多分こうなっているだろうの、半ばあてずっぽうの形を勝手に描いた。後で考えたことだが、どこかで何かで見た残像が、ボヤっとした形で残っていて、それが苦し紛れの危機的状況の中で、フッとイメージアップされたものと思われる。

描いた図は、見るもおかしな、お化けのようなものだった。恥ずかしいので、裏返しにして見せないでいた。周囲の友だちはほとんどが描けずに泣きそうな顔をして困っている。みんな出来ないで見せられないのだから、自分も描かなかったことにして見せまいと決めていた。

そうしたら、先生はどこかで見ていたのだろう。描いた人のをみんなに見せ出し、最後に自分の所にきて、伏せておいた紙を持って行かれた。そして、それを引き合いに出して、日本の国はこういう形になっている。よく描けた偉いと誉めてくれて、自分が描いたお化けのような日本地図を、もっと正確にして黒板へ描いて見せた。

あっけにとられた。こんなことで、思いもよらぬ褒め言葉をもらうとは、想像もしなかったことだけに、嬉しいようなこそばゆいような、複雑な気持ちであった。

先生は菱形の北海道、ぐにゃぐにゃだったが、紀伊半島や瀬戸内海がそれらしくわかる形。そして、九州四国が描かれていた点を、初めてにしてはよく出来たと、褒めてくれたのであった。この一件は今もって忘れられない。

理科で大失敗し、赤っ恥をかき、みじめな思いをした苦い経験の反動もあってか、後に地理が大好きになり、専門というより、趣味と実益を兼ねた得意教科になってしまった。

大学入試でも人文地理は完璧に答えられた。特に、実際に地図を描く問題は、自信満々で、楽しく受験できたのを覚えている。それも、この五年生の時の体験が、下地になっていたからだと思っている。

叱られて、好きだった理科が大嫌いになり、褒められて、地理が好きになって生涯の伴侶となる。教育の心理学上の大原則を、地で行く経験を、四年生から五年生にかけてさせてもらったのだった。今はただ感謝あるのみである。

それにしても、地理学習を楽しみにしていたのだったが、その後やられることはなく、この授業一回きりの記憶しか残っていない。

緊迫する非常事態の中で、地理どころではなく、国語や算数の学習時間の確保も難しくなっていた。以後、勉強らしい勉強は無くなった。

◆軍事教育を否定しつつ、思い出は残ります◆

長い人生の中に、今とはまるで違う正反対の教育がありました。恐ろしくて最初は震える思いでしたが、それが不思議と人間の土性骨をしゃんとさせてくれたのですから、今ではまんざらでもなく、感謝したい思いです。

憎悪や怨恨からは、否定しか出てきません。別に戦争や暴力手段肯定の教育を、支持するつもりはさらさらありませんが、あの逆境の中で、生き抜くためにもがき苦しみ、必死で考え対処し、自分なりに答を出し、結論を生みながら学んだ過程は、尊くもあり貴重だったように思われます。外側や目的、手段が悪かった。

厳しいながらも、憎しみが生まれなかった先生には、自分の一生涯の宝物である生き方を、身につけてもらった有難い先生と、今では感謝し尊敬しています。中学から大学まで、徹底した民主教育を受けましたが、これほど激しく魂をゆさぶられ、強烈な影響を受けた覚えはありません。教育は奥が深くて難しいですね。

21　将来の希望

将来の志望は海兵から予科練へ

修身という科目があった。修身とは、身を修めて、正しい行いをするようにという意味である。身の正しい処し方や立て方、修め方を学ぶ教科目である。今でいえば、さしずめ、道徳のようなものと考えればよい。

教科書があって、内容は二宮尊徳のような、模範にすべき人のことを書いた文章が多く載っていた。先生はそれを解説しながら教えるのだが、とりたてて感動も無く、つまらなくて退屈な時間だった。

ところが、四年生になったら、男先生からいきなり「将来の希望は何か」と問われ、その答をめぐって話し合うというより、先生から一方的な解説や批評がなされて、それを学ぶという授業が行われた。これが修身といえば修身の授業ではなかったかと思うのである。

海軍兵学校出の士官が、憧れの的であった。とにかくスマートで、凛々しくて、格好よかった。それに七つの海を越えて、世界中のどこの国へも行ける。それが狙いで、躊躇なく立ちどころに「海軍兵学校に行って士官になります」と。「よおーし」と褒られ頭を撫でてもらった。

それがわずか一年で同じ答をしたら、鉄拳が飛んできた。それは何故か。士官など養成している余裕がなくなってしまったからだ。高等科から甲飛か乙飛か忘れたが、どちらかの予科練（海軍予科練習生）になって、爆弾を積んだ飛行機もろとも、敵艦に体当たりする、特攻隊になることが求められるようになっていたからだ。

軍も文部省も、十一、二歳の子供にまで、お国の為に死地に赴くことを、喜んで希望させていたのだ。戦争は惨いものである。

その頃は、今のような道徳や公民の授業はなく、修身という科目があった。ひたすら天皇や国家に忠誠を尽くす、善良な臣民になるための、身の修め方を学ぶ教科であった。

国定教科書も、国語や算数と同様に、立派なものがあった。一年生から三年生までは、時間割に定められている時間通りに、この教科書を使って、きちんきちんと勉強した思い出がある。

ところが、四年生からは忘れてしまったのか、確かな記憶が残っていない。察するに、体育や国語、算数に振り替えられたか、さもなくば、軍事教練や勤労奉仕の作業に当てられたのではないか。教科書を使って、教室で修身の授業をしたのを思い出せないからだ。

そうした中、鮮明に覚えているのが、将来の希望を問われた授業のことである。今にして思えば、おそらくそれが修身の時間であり、学習内容であったと考えられるのである。

いつもの癖といっては悪いが、例の調子で四年生の初めに先生は次のように問うた。

「お前たちの将来の希望は何か。一人ひとり聞くから答えよ」と。これまたいきなりだから驚いたが、この問いは、知らないことや経験の無いことを聞いているのではないから、完全にお手上げではない。それに戦時下にあっては、好むと好まざるとに拘わらず、軍人志望は男子の本懐本望とされ、それ以外のことは考えられないから、難しいことではなかった。

級友たちもこれならばと思ったのだろう。大半の子が元気よく手を上げる。先生はご機嫌である。片っ端から一人ひとりに、将来の希望を聞いていく。

大方は予想通り、「軍人」「兵隊」「将校」「陸軍」「海軍」「大将」「飛行機乗り」等の希望が多い。それぞれに答えると同時に、希望するわけが聞かれていく。四年生だから深い考えはない。叔父がそうだからとか、格好いいからとか、中には天皇陛下のためになれるからという理由もあったと記憶している。

そうした中で「海軍兵学校へ行って士官になります」と、胸を張って答えたからたまらない。一瞬シーンと静まり返った。友人たちは兵学校を知らない子が多い。ましてや士官といっても何のことやらわからない。きょとんとするのも無理もない。

一方、先生もまさかの答が飛び出したので、驚いたようである。四年生の子が海兵を知っていることに、あっけに取られたようだった。

おそらく先生も憧れの的であったのか。それとも高嶺の花と諦めていたのか。当時は旧制中学校では、陸軍士官学校や海軍兵学校は、首席組の憧れの希望校であったのだ。

当然のことながら、中学校出たてのほやほやのガンバリ屋先生は、そのくらいの自身の希望は持っていたに違いない。だからこそ、四年生のチビッ子に出し抜けに意中を見透かされるような答を出されて、戸惑ったのではなかろうか。確かに一瞬ではあったが、驚きの表情、おや、と思っての立ち止まりの様子を見せたのだ。

それというのは、戦前はそれでも一高や三高から東京帝国大学を初め旧帝大を目指すものが多かったが、戦時になってからは軍国主義が席捲し、大将中将への登竜門となる陸士海兵が、取って代るようになっていたからだ。

とりわけ、その中でも太平洋戦争が始まってからは、海軍兵学校が人気校になって、全国各地の中学校の首席卒業生が競って希望するようになっていた。

これを戦史的に見れば、明治この方、日本は長い間、軍隊といえば陸軍が主役で、兵員数も予算も海軍の比ではなかった。実戦に於いても、ロシアのバルチック艦隊撃滅以外に、海軍にはこれぞという手柄は無かった。これに対して陸軍は、中国大陸や満州で華々しく戦っていた。

「麦と兵隊」「戦友」「露営の歌」等、軍歌といえば陸軍讃歌のものばかりだった。それが太平洋戦争となり真珠湾奇襲以後は、俄然海軍が脚光を浴び出し、軍歌も海軍色一色といってもよいほどに、海軍礼賛となった。

そうした時代背景に加えて、海軍には若者を引きつけるスマートさと格好のよさがあった。いや、それればかりではなく、内容に於いて海軍には自由と進取の気風が漲り、古色蒼然たる陸軍の厳めしさを、完全に凌駕していた。

勿論、そうしたことは四年生の少年には知るよしもなく、聞いてもわかるような話ではなかった。それなのに、何故、生意気にも、意表を衝くような答をしたかといえば、それなりの理由があったのだった。

それは父が教師だったことに由来する。山間の小さな小学校の教え子たちを、独特の方法で教えたらしく、帝大、私大、高師、高専、師範学校、そして、陸士、海兵とキラ星の如き卒業生を、二年間で輩出する快挙を成し遂げ、一躍有名になり、そのことで、表彰やご褒美で、天皇陛下に招かれもしたという。

その教え子の中で一番できた優秀児に、海軍兵学校へ進み、海軍少佐、中佐と士官道を駆け上り、潜水艦長になった人がいた。

別記もしたが、この人が恩師思いで、陸上（おか）がりと称して内地に帰還すると、まっしぐらに父の下に来て、色々と話し込んでから実家へ帰って行った。

子供心にそれを見ていて、自分も軍人になるならあの人のようになりたいと、一、二年生の頃から思っていたのだ。何故かといえば、身なり出で立ちがスマートで格好がよい。夏は純白、冬は濃紺の軍帽軍服に短剣姿は、名状し難いほどの美しさであり、凛々しさであった。ものごし態度も立派で礼儀正しく、父の自慢の教え子らしく、嬉しそうに話していたのが大きな刺激となり、将来の希望になっていた。

「帝国海軍で日本を勝利に導く働きをしたいと思います」と理由を堂々と述べたのを思い出す。その時の先生の嬉しそうな顔は忘れられない。我が意を得たりの顔つきで、大変なお褒にあずかった。自分一人だけが、バカ褒めされて持ち上げられ、本人は赤面するばかり。一朝にして英雄になったような気分と、友だちにすまない思いで、困惑したのを覚えている。とはいえ天にも昇る思いであったのは、これまた本当のことで痛快この上なかった。

どうやらこの先生、この一件から自分に目をつけたらしく、期待の余りの叱咤激励がいやに多くなり、勘ぐれば希望通りの海軍士官への道を進めさせようと思ったらしい。扱い方が起伏に富み、徹底した容赦しない指導をしだしたように思われた。ゲスの勘ぐりかもしれないが。

世の中には、天国から地獄へという言葉がある。たった一年でその思いを実体験で味わった。それは五年生になってすぐのことだった。例によって、また、「将来の希望は」と聞きだした。あれっと思った。内心では去年聞いたのにまたかよ。忘れちゃったのかなと不審に思ったのを、今でも忘れずに覚えている。当方はあれだけ褒められたのだから、生涯に亘って、絶対に忘れられない、彫りの深い記憶になっている。先生だって、手離しであれだけ大喜びして激賞したんだから、よもや忘れてはいまいと勝手に思い込んでいた。

それが大間違いのもとだった。子供の浅はかさがもろに出て、大失敗となった。それでも一瞬の迷いとためらいはあって、どうしようかと考えた。あれだけ褒めたんだから、よもや否定はされまい。逆に違う答をしたら、去年の答は嘘だったかと、大目玉を食らってしまう。

だが、戦雲は厳しく肌身に感じ、世の中は航空兵志願者募集で大わらわである。変節と思われてもよいから、そちらに変えようかと迷ったのは確かだった。だが去年のことがトラウマになっていて離れない。別にまた褒められようなどのさもしく卑しい心は無かったのだが、男がブレたとなると、沽券にかかわることぐらいは五年生でも知っていた。

「海軍兵学校を希望します」といった途端、待ってましたとばかりに鉄拳が飛んできた。何のことだかわからなかった。顔面を真っ赤にして烈火の如く怒り出した。機を見て敏、素早く答え直す。「間違いました。海軍予科練習生になって訓練し、敵艦に突っ込みます」といい直す。一発で事無きを得た。それでも拳を握ったまま、たるんでると怒っている。

「この非常時を何と心得てるか」云々とガンガンガミガミと怒号が降ってくる。青菜に塩で、ここは神妙にしているしかなかった。あきれもしたが、痛いのはご免だったからだ。

戦局はそれほど子供たちが知らぬ所で悪化していたのだった。かくいった先生も、一か月後だか二か月後だかには、赤紙が来て、戦地へと駆り出され、帰らぬ人となってしまった。身に迫るものをうすうす感じながら、不安や焦りが内心渦巻いていたのかもしれない。

殴られ怒鳴られながら思ったことは、勝手だな、いい加減だな、でも仕方がないかだった。確かに正反対に百八十度もブレて、去年は英雄、今年は国賊呼ばわりの非国民評価は、子供心にも正義にもとる許し難いことだと知りつつも、国難が優先してのこの不条理を認める価値観には逆らえなかった。それが戦争なのだ。

◆勇ましい軍歌に心躍らされました◆

「貴様と俺とは同期の桜　同じ兵学校の庭に咲く　咲いた花なら散るのは覚悟　見事散りましょ国の為」。これは兵学校や海軍航空隊でよく歌われたと聞いている軍歌です。平和になってからも高度経済成長期には、戦争を憎み戦争を反対するなかで、多くの人が歌った不思議な歌です。それだけ海兵には人を引きつけるものがあったのではないでしょうか。

「若い血潮の予科練の　七つボタンは桜に錨　今日も飛ぶ飛ぶ霞ヶ浦にゃ　でっかい希望の雲が湧く」。これは忘れもしない海軍少年飛行兵の歌です。当時の少年たちは目の色をかえて、この歌を口ずさみながら土浦海軍航空隊入隊をめざして励んでいたのでした。

軍人は美しくあれ、軍人は凛々しくあれ　勇ましく華々しく散華せよと、教えられた歌でもありました。皆様にはそれぞれにどんな思い出がありましょうか。お聞かせください。

22　カモチン（雷魚）

故郷のおかげに感謝

兎追いしかの山、小鮒つりしかの川の故郷は有難い。あの過酷な戦時下に、人々はどれほど慰められ、癒されたか計り知れない。また、多くの恵をもらって生き延びることができた。すべては山は青き故郷、水は清き故郷のお陰であった。

その故郷が、敵に踏みにじられず、破壊されもせずに残ったことは、不幸中の幸いだった。故郷があったればこそ、そこから元気をもらい、あの苦難の偉業ともいうべき、世紀の戦後復興と高度経済成長ができたといっても過言ではなかろう。

いつの時代も、人は故郷を思うもの。とりわけ苦難の時代であればあるほど、人々は故郷を思い、故郷に心が帰るものだ。そして、そこから元気をもらい、明日に向かって立ち上がり、頑張ることができる。

兵隊さんたちが、熾烈な戦火の中で耐え忍び、生きて戦うことができたのも、故郷が後盾になっていたからではないか。上官の目を盗んでは、軍歌を歌わずに「誰か故郷を想わざる」や、唱歌の「故郷」を歌っていたのを聞くにつけ、故郷がもつ力の大きさを思い知らされるのである。

戦火に追われる中、当時の少年たちが、「川干し遊び」や「バッタン遊び」をしながら、いささかなりとも夢のある楽しい生活ができ、心癒されたのは、ほかならぬ故郷のお陰であり、自然の恵があったればこそのことであった。

故郷の自然は、最後の最後まで人々の、とりわけ少年少女の味方であり、我々を守り育ててくれた。それればかりか、いろいろのことを教えてくれたし、知恵をたくさんつけてくれた。有難いことだった。故郷への感謝を忘れてはならない。

戦時中、どういういきさつやルートで、国内に入ってきたものか、敵国アメリカからと思われる動植物がいた。

その中でも際立って増殖し蔓延したのが、当時の呼び名でカモチンとエビガニである。カモチンはどこの川や沼にも入り込み、獰猛（どうもう）なので、在来種の鮒や鯰（なまず）や鯉を食べ尽くしていった、恐ろしい魚であった。

エビガニも、田という田、小川や水溜にまで入り込んで、うじゃうじゃと繁殖した。これまた強力な鋏で、川や沼や田んぼの魚貝類を、根こそぎ食べ尽くしていく乱暴者だった。

昭和十七年から十八年頃だったと思うが、あっという間に増えたのを覚えている。カモチンは、蝮のようなまだら模様が背中にあって気味が悪かったが、肉は白身で鯰のような薄い甘味のあるもので、食用にしていた。

それよりも多く食したのはエビガニである。筌(うけ)を小川や田んぼに夕方仕掛けると、翌朝には筌一杯に、はちきれるばかりのエビガニが詰まっていた。これを水洗いして茹でると、真っ赤になる。子は別により分けて、小さいので丸ごと醤油で煮るとカリカリしてうまい。弁当のおかずは、誰もがもっぱらこれだった。

親に成長した大きなものは尾を抜き、その中に詰まった白身の肉を皮を剥いて取り出し、醤油や塩をつけて食べた。伊勢えび位のものも更(ざら)にいたので、そういうのは三匹も食べると腹が一杯になり、それ以上食べると、精が強いのであてられて、腹を壊すことにもなった。

一方、カモチンは獰猛なので、網など食い破られて、逃げられてしまい、捕獲が難しかった。

その頃の田舎には「川干し」という遊びがあった。小川や沼や水溜の魚貝類を捕る、実益を兼ねた遊びだった。土手の芝切りから始め、それを土嚢を積むように、川の上流と下流に積み上げて、水の流れを塞ぎ止める。次に、土嚢と土嚢の間の水をバケツや桶で掻き出す。どんどん水は無くなる。中にいた魚が逃げまくる。跳ねたり潜ったりするのを追いかけて、手掴みや桶で捕まえるのだ。スリルがあるので、みんなキャアキャアいって、大騒ぎしながら楽しむ。原始的な漁撈(ぎょろう)遊びである。

ただこの遊びは人数が集まらないとできない。同時に、力のある上級生がいないと、芝切りや土嚢積みで困るし、何よりも川や沼なので危険も伴うから、小学生だけでは無理で、大方は大人が加わったり、高等科の生徒が親方になって行われた。とにかく泥だらけになって行うのだが、鯉や鯰や鮒、川えび、川蟹、たん貝や蜆、時には鯔まで捕まえられるので、面白いのなんのと、夢中でやったものだ。

ところが、カモチンが入ってきてからは、危険で小さな子は仲間入りができなくなった。それというのは、獰猛で荒れ狂い暴れた上に、食いつかれてしまう。本当かどうか、男子の急所を鋭い歯で食いちぎって、捥ぎ取られた子が、何人も出たという噂がもっぱらで、その後はこの遊びが急激に少なくなっていった。

そんなこともあってか、それに代る漁撈遊びは「ハネバリ」遊びへと変わっていった。これは篠竹の先に糸を垂らし、その先に釣針をつける。それに棒たらみみずの長くて太いやつをつけて、夕方、栗山川や沼に仕掛ける。

一本だけでは一匹しかかからないので、仕掛けが簡単にできるから何本も作って、魚のいそうな所を選んで岸辺に何本も刺しておく。

翌朝早く起きて仕掛けを上げに行く。空振りも何本か出るが、一～二本に鯰や鰻がかかっている。これらの魚は大御馳走である。一匹でもかかったら大成功であった。

この遊びだったら、カモチンの危険から身を守れるということで随分とやった。ところが、厄介なことに、いつとはなくカモチンがかかるようになった。しかし、生きているうちに手で掴めば、食い付かれるが、死んでしまえばその危険性は無い。釣上げたら、草の上でそのまま暫くバタつかせておけば、死んでしまう。その後に針からはずせば、危険は無くなる。

ある時、ハネバリをやるから学校へ泊まりにこい、と先生に命令された。夏だから教室の床にゴロ寝である。学校の隣はお寺で墓がある。薄気味悪いなか、子供たち七、八名が泊まった。先生は宿直であったのだろう。宿直室で一人で電灯の下、布団に寝る。我々は灯のない真っ暗闇の教室に、子供たちだけで寝る。当然のことながらお化けや幽霊の話になる。ゾクゾクしながらみんな眠れずに夜を明かす。それが度胸をつけ、勇気のある子に育てる狙いであったのか。それとも、単なる威(おど)しや悪戯でした先生の悪ふざけだったのかは、計り知れないことだったが、忘れ得ぬ思い出にはなっている。

夕方までに二、三十本のハネバリを作り、みんなで栗山川辺りを駆けずり回って、ハネバリを一キロ程に渡って、仕掛けていった。

餌は、自分たちが出した糞尿をせっせと掛けて作ったたい肥の中にウヨウヨといる棒たらみみずである。生きてくねくねするやつを、押えつけて針に無理やりつけると、ピュッと黄色くてくさい臭いの液が出て、体をくねらせる。それを水の中に流し、竿を岸に抜けないように刺す。魚は水の中でみみずがくねくね動くので見つけ易くなるし、凄い臭いに引き寄せられてくる。夕方かかる場合もあるし、朝早くかかることもある。とにかく夕暮れの川端は大騒ぎだった。

眠れぬ夜が白々と明ける頃、元気に起き出し、先生共々走って栗山川へと向かう。朝の冷気が心地よい。五分もかからずに、我先にと自分が仕掛けた場所へと着く。

ドキドキワクワクである。果たして自分のハネバリに獲物がかかっているか。あの何ともいえない楽しみな気持ちは、忘れられない。

恐る恐る水面を覗き込む。どうかかかっていますようにと祈る思いで、そっと竿を抜く。ゴツゴツと手応えがあればしめたものだが、魚もさるもので、そう易々とはかかってくれない。がっかりする方が多い。これも駄目か。また駄目かと落胆するうちに歓声があがる。誰かの竿にかかっていたのだ。

二、三十分もしたろうか。全部で五、六匹の獲物がかかり、首尾よく釣り落としもなく捕獲した。大漁である。しかし、残念なことに、かかったのはお目当ての御馳走の鰻ではなく、全部カモチンだった。がっかりしたが仕方がない。捕えられただけでよしとしなければならない。面白かっただけが収穫だった。

学校に着くと小使い室に持ち込んだ。その頃は、小使いのおじさんと呼ぶ老人が、労務を担当して働いていた。住み込みの勤務だから朝も早い。あらかじめ先生と打ち合わせしてあったのか、もう起きていて、我々の着くのを待っていた。カモチンの大物を見て驚き、よく獲れたなと褒めてくれた。

早速、用意してあった俎（まないた）と包丁で、腕まくりしたおじさんが、一匹一匹を上手に捌いてゆく。みんなで固唾をのみながら見ている子供たちに、先生は鰓（えら）や浮き袋、その他の内臓の名前や働きを教えてくれる。まさに生きた理科の生物学習だ。おじさんは連携プレーよろしく経験則の話を聞かせてくれる。時々子供たちに包丁を渡して実習もさせてくれた。今でいう理科の解剖学習と家庭科の調理学習である。

捌いた魚は刺身、塩焼き、味噌煮にされてゆく。空腹の腹の虫がぐうぐうと鳴く。よい匂いが立ちこめ、思わず涎（よだれ）が垂れる。自分たちが釣ったカモチンを、自分たちで料理して食べる。素敵な体験だった。何匹分かは、先生方の御馳走になったらしいが、忘れられない思い出になって脳裡に残っている。

奇しくも、平成四年から、我国では小学校に「生活科」なる新教科ができたが、その教科誕生に係わった時、これらの体験が大いに役立った。自分の小学校時代の体験学習が、全国の小学生の学びの対象になるとは、想像もできないことだった。人生まさに奇しき縁の連続である。

自然が戦争の恐怖や苦しさを忘れさせてくれ、楽しい思い出やエピソードを作ってくれたお陰で、我々はめげずに育つことができたのだ。

◆戦争を忘れさせてくれた自然遊びでした◆

今は竹馬などの遊び道具や玩具は、すべて売っており、お金を出せば簡単に買うことができて遊べます。戦時中は全く違っていました。

遊具や玩具は自分たちの手で作って、それを使って遊ぶのです。狩猟遊びの仕掛けや罠や捕獲道具は、すべて手作りです。そればかりか遊びまで既成のものだけではなく、自分たちで新しい遊びを創造したのです。

大体は自然を相手にした群れ遊びでした。みんなで知恵を絞って、楽しみを様々な方向に追い求める遊びを創作して、それを使って遊びました。そのお陰で知恵がつき、いろいろなコツを身につけることができました。

夢中になっている時は、戦争を忘れることができました。みんなで夢も見ました。我が故郷を駆けずり廻りながら、自然からたくさんのことを教わり学びました。忌まわしい戦争の時代でしたが、それだけに、あの頃の遊びは楽しくって、忘れることができません。

23 先生

先生はえんま大王

「気をつけ！」「たるんでる！」「貴様ら、それでも日本男児か」の怒声怒号。耳をつんざく蛮声。その恐ろしさ怖さは、身が縮み、心凍る思いのものだった。

そればかりでなく、平気で力任せに鉄拳や平手打ちを食らわす。足払いをしたり叩きのめしたりもする。教師の机の後には海軍の「精神バット」なるものも置かれており、それで尻を思い切り叩かれることもあった。

扱いは餓鬼畜生に勝るとも劣らない。人間扱いではない。言語に絶する極悪非道の仕打ちである。正直いって教育なんていえるものではなく、一種の大折檻だった。

それをするのが、そこまでやれる先生が、当時は国策遂行に忠実な良い先生だったのだから、たまらなかった。

理不尽もなにも意に介さずの蛮行だ。気合い一声、死にもの狂いでいわれたことをしなければならない。人情なんて微塵もない。惰弱に育てたら国賊教師として、自分が葬られてしまう。大変な時代。

しかし、人間のしたたかさやしぶとさは、これまた物凄い。いたいけな少年たちは、それに立派に対応してついていくのだから、人力の無限さを感じないではいられない。驚異の日本の子だったのだ。

戦争は悪で大罪ものだ。二度と起こしてはならない。いかなる理由、どんな正当性があろうとも駄目だ。また、皇国民錬成の教育も完全否定である。

ただ、勝手な言い分かもしれないが、人間には地獄の中を這ってでも生き抜く力があることがこの戦争でわかり、実証されたと思いたい。そうとでも思わなければ、あの時代を生きた人は浮かばれない。


その頃の先生、特に、校長は威厳があった。カイゼル髭などをたくわえ、厳めしい顔で、でんと構えていた。戦時中でも最初の頃は黒のスーツ、さすがに十七年以降はカーキ色の国民服になったが、身だしなみはよく、きちんとしていた。昔流の校長らしい校長だった。

六年間で三人の校長が代った。一番遠くから来ていた校長先生は、共興村吉崎（現匝瑳市）だから、十キロ以上はあった。そこを毎日雨の日も風の日も、ペタルを漕いで、自転車で通っていた。今ならさしずめ冷暖房付マイカーで、二～三十分もあれば快適に通勤できるものを、一時間半から二時間もかけて自力で通ったのだ。

校長は自転車だったが、教頭の中には、四、五キロの所を走って通勤していた人もいた。その頃の先生は、自転車か走るか、よほど近い所に家がある人が歩くかぐらいだった。それが普通なことで、誰も大変とは思わなかった。

それよりも、体力増強と意志の鍛練に目的があったらしく、冬などは上半身裸の耐寒マラソンで通勤していたことからもそれがわかる。

また、多分にそれが率先垂範としてやられていた節もあった。子供たちへの、見せしめの手本としてだけではなく、部下教職員や学区民への示範の意味もあったのだろう。

今だったら、気違い沙汰のことが、当然のことのように、平気で行われていた。それが戦争というものである。鉄砲玉より強い肉体や精神を宿した兵士を、育てるのが至上命令であり使命であったのだから、どうしてもそうなってしまうのだろう。恐ろしいことだった。

校長は村方三役という、明治このかたの地位が暗に残っていたらしく、役場によく出入りし、役場からは村長がひょこひょことよく校庭を横切って学校に来ては、校長と何やら話をしていた。

当時は他村もそうだったように、学校と役場は村の中央部に並んで、あるいは、向う前かのいずれかの位置関係で存在していた。我が村は道路を挟んで向う前に相対して建っていた。学校は他校同様にコの字型の校舎配列、つまり、運動場を真ん中にして、正面に本館（中央に玄関）、両サイドに囲むように校舎が建てられていた。これは運動場で体操をしたり、遊んだりする子供たちの姿が、どこの教室からも見えるようにする、管理上の目的があっての配置だった。なお、それに付け加えるならば、外来の人も一目でわかるようになっていて、前述の村長が、しばしば学校に来ていたのを、子供たちも見て知ることができるようになっていた。

玄関の脇には、二宮尊徳の薪を背負いながら本を読んで歩く姿の石像と奉安殿が、国旗掲揚塔と共に、これまたどこの学校でも印で押したように建てられていた。

勤勉精励を至上徳目とし、教育の根幹に据えての施策だ。二宮尊徳をモデル像にして、徳育に励んだ象徴がこのシンボル像であった。

奉安殿は教育勅語を安置する、お宮のような建物といったらよかろうか。とにかく神社建築で建立された、尊いものを安置する殿と思えばよい。中にはどんなものが入っていたのかの些細は、子供だったのでわからなかった。

教育勅語は教育に関する天皇陛下のみことのり（言葉）で、今風にいえば、教育が絶対に守らなければならない憲法のようなもの。天皇の絶対的な命令が著された文章と考えてよい。

暑い日盛り、寒い北風の中、直立不動で聞かされた苦い思い出が甦る。三年生の時、猛暑の夏の日、たまたま具合が悪くて朝食を抜いて出校したら、この儀式と遭遇し、よろよろっと倒れかかった思い出が一回だけある。

担任に抱えられて教室に運ばれ、足を高くして額を水で冷してもらった。その上で軽い食事をしたら息を吹き返した。脳貧血だ。

こうした生徒は、自分ばかりではなく大変に多く、大方の人が一度は経験しているのではなかろうか。また、あの儀式だけは厭だなの思い出は、共通して持っているのではないか。

礼服に身を包んだ校長が、恭々しく何度も何度も礼をし、おもむろに扉を開け、三方の上に乗る勅語を紫の布をかけて、白手袋で持ち出す。奉安殿は五、六段の階段つき故、そこを静々と一歩一歩降りてくる。仰々しく三方を頭の上におし戴いての大仰な所作は厳かそのもので、まだるっこい。何度も何度もお辞儀をする。天皇制の行事、天皇へ忠誠を誓う姿がここにあり、それを子供に見せて、後姿で教える意図があったのかもしれない。またそれが校長の最大の務めだったのだろう。臣民の忠節かくあるべしの姿だ。

その頃の学校には、大概一人ぐらい、神主を兼務する先生がいたものだ。我が校にも遠くから通ってきていた名物先生がいた。随分長く奉職していたらしく、村内には多くの教え子たちがいた。格式と威厳に満ちた高齢の先生が、神主の本職を生かして、大方は校長の側で、おもむろに教育勅語やその他の勅語を読んでいたのを覚えている。精神修養の狙いがあったのか、長いの長いのしびれるほど長く、その苦痛と忍耐は大変なものであった。

今と違って、その頃は養護の先生などはおらず、具合いが悪くなると、小使いのおじさんが看病したり、家に連れて行ったりしていた。

朝礼で倒れたりしたら、水をぶっ掛けられ、涼しい所で気がつくまで寝かされておくぐらいの処置が普通で、学校にはたいした常備薬は無かった。戦時下だから当然のことだった。

ただ、激しい体操で大怪我をする子には、この神主の先生が主に医者に連れていく役であったのか。自分が骨折した時は、この先生が自転車の後に乗せて、八日市場の骨接ぎ医者まで連れて行ってくれた記憶がある。

当時の学校にはこうした先生のほかに、軍事教練の先生が、戦争も終わる頃になって来るようになった。現役軍人のパリパリや退役将校などであった。恐ろしいスパルタ教育で、鍛えに鍛える教育を、国策に則ってやっていた。ただ、高等科を主に担当していたので、毎日激しい教育を直接受けた思い出は残っていない。

担任の先生は、三年生までが女子師範出の老練な年配女子教員、そして、四年生と五年生の五～六月半ば頃までが、中学校出の二十歳そこそこの男先生だった。この先生が出征されてからは入れ代りが多く、また空襲空襲で学校どころではなく、先生についての記憶が無い。逃げ延び生き延びるのが精一杯だった。

そんなわけで、小学校では強烈な思い出を体に焼きつけ叩き込んでくれた男の若い先生しか脳裡に残っていないので、それのみを記す。

背の高い、目鼻立ちのしっかりした、ハンサムな青年だった。四年生担任の頃は、確か長髪で、ポマードをてかてかに塗った頭をしていた。戦時中でもまだその頃は、そうしたおしゃれが許されていたのか。洋服も黒の詰め襟の、五つボタンの小ざっぱりしたものを着ていた。リーゼントスタイルとでもいおうか、とにかく男にしては目立ったおしゃれな先生だった。

南条村小田部（現横芝光町）から自転車で通勤していた。中学校を出たてで師範学校には行っていなかったと聞いていたが、真偽のほどはわからない。年齢も先生から聞いたわけではないので、風説によるもので明らかではない。

先生方は全校で二十名ぐらいいたと思うが、この先生が一番若い方ではなかったか。負けず嫌いの勝ち気な先生で、今でいう体育主任みたいな先生と、喧嘩腰でしのぎを削っていたのを、子供心にも感じていた。

とにかく徹底していた。ビシッとやらないと気が治まらない。一種の完璧主義者だったように思う。自己主張が強く、その上に、信念が固いので、思い通りにいかないと何度でもやり直しをさせられた。教室や廊下の床は、それこそ額の汗をもって、自分の顔が写るまでピカピカに光るまで拭かされた。すべてがその調子で厳しかった。

しかし、苦しかったし辛くもあったが、これは自分にとって大変な宝物となって役立つ教育となり、この気質は、我に乗り移って、自分の生き方の骨格となっている。それだけに、今もって忘れられない先生と感謝しているのだ。

硬骨で合点しない気性と、荒っぽい熱血漢のところがあって、情熱のほとばしるところ止るところを知らず、暴走するところも多々あったようだ。つまり、国家がどうあろうと校長が何といおうと、自分がこうだと思ったら、反対されようが、隠れてまでもやり抜き貫き通すという、一途なものを持った先生だった。

あの命令違反の罪の大きな時代に、蛮勇、勇み足のそしりや批判を受けながら、自分の信ずる道を突き進む志や勇気は、多としなければならず、今もって尊敬に価する面である。

若者は、本当の教師は、この一筋でひたむきな情熱が生命である。これがあって何事も成就し、難題は前に進めることができるのだ。しかるに、今の人は、理屈が先行して物の見方が合理的なのはよいが、この情熱と実行性に欠ける面がありはしまいか。これでは困るのだ。

校長が困ろうとも、父兄が訝しく思おうとも、正しいと信ずる道を迷うことなく進む熱血先生は、いつの時代にも必要な先生と思う。

ただ、そういう先生は、唯我独尊とか孤高の士とかいわれ、足を引っ張られるのは今も昔も変わらず、この先生にもそうした噂が出た。

二重人格とか裏面があるとかいうような意味のことが、囁かれていた。酒を飲んで酔っ払って、自転車ごと稲田に突っ込んで眠り込み、気づいて起きたら顔を怪我していたという裏話が聞こえてきたりした。若くて猪突猛進だからガードの甘さもあったであろう。しかし、大事なことは、そうしたことにめげずに頑張る点にあって、その勇気をかいたい。

また、別の見方をすれば、戦時中で、戦争加担の教育なら何でもござれで、はみ出そうが行き過ぎであろうが、戦争に勝つためならすべて許されるという、時代背景の応援もあって、傍若無人の教育ができた面も否定できない。また、それを見越してとあらば、それは別の意味で大物であったといえようが、今風にいえば、ずる賢い処世術と糾弾されても仕方があるまい。そんなことは無かったと信じたい。

戦争と暴力は絶対否定で、自分が受けた教育は不幸そのものだった。だが、その時代に出遭わせて生きてしまった人間は、全面否定にだけ甘んじて、悲しみ怨み憎んでばかりの一生でよいのか。決してそうではないと思う。不幸な時代の中にも何かしらの幸福や有難いことはあるもの。それをプラス志向で精査点検して、きちんと位置づけなければ浮かばれなかろう。

そうした意味で、この先生から受けた教育の功罪は、余りにも大きく、言辞に尽くし得ない。大要のみ述べるなら、罪は戦争加担や肯定の教育と暴力許容の指導は国策で致し方なかったとはいえ、その目的は全面否定をしたい。

功は手段の中に、後世の教育や子育てに有効に働き役立つものを数多く残した点にある。進取の気性の啓培、不撓不屈の精神の涵養、公正公平の正義感の育成、経験体験による体得教育の徹底、限界を極め能力拡大を図る徹底教育等、枚挙にいとまなしである。先生の創意工夫と信念の教育の賜物と高く評価する。

六月だったか、ある朝のこと、凛々しい先生のいつもの顔がゆがんで見えたと思ったら、開口一番、先生は明日から君たちと別れて戦地に行く。そして、憎き敵兵を……と話し出した。信じられなかった。一瞬どういうことだかもわからず呆然としていたのを覚えている。何故か時間と共に寂寥感が湧いてきた。

最後の授業は、突如宇宙の話になり、例によって宇宙はどうなっていると思うかと聞かれた。もうそんなことはどうでもよかった。先生の出征と別れの悲しさで考えるどころではなかった。兵隊送りも何もその後のことは、すべて悲しみにかき消されて忘れてしまった。

内地を離れ、輸送船に揺られ、フィリピンへ送られたと聞いた。道中の胸中たるやいかばかりであったかと、察して余りあるものがある。

昭和十九年秋、惨敗のフィリピン戦線で、あの先生は戦死されたと聞いた時は、目の前が真っ暗になった。宇宙の時代がくると、最後の授業で教えたかった偉大な先生であった。合掌。

◆時代と戦争が悪く、先生には感謝します◆

あんな時代に生まれないでよかった。ラッキーだった。助かった。と、後世の人は思うでしょう。それでよいのです。そうあらねばならないのです。私たちはそう願うのです。しかし、出遭ってしまった自分たちは、今となってはとり返しのつかぬことです。嘆いても怨んでも終わってしまったことですから、何も生まれてきません。みじめさと不幸な身の上だったとの悔いが残るのみです。

これでは救われもしなければ、浮かばれもしません。他に押しつけたり自慢にしたりはしません。その上で、自分たちだけで、生存の意味合いを見つけて、価値づけることは許されてよいことではないかと思います。

自分に限ってだけいえば、あの強烈な教育のお陰で、多くのものをもらって育ち、今日までの人生がありました。その最たるものが「あの苦しさを思えば、何でもできる。命を賭して成せば大業成る」の人生訓でした。

24　戦時下の宿題

すべての宿題は勤労生産活動

小学生の宿題は本を相手の勉強ではなく、肉体労働の勤労生産活動が主だった。それでも昭和十八年頃までは、読み書き計算の宿題があったが、十九年から終戦までは皆無といってよいほどになった。

軍馬の飼料にする乾燥草作りや、桑の皮むき、干芋作り、ひまし油や南瓜作り、椿や茶の実拾い、すすきの穂の刈り取り等の生産収集活動が宿題であった。評価はノルマを基準になされ、達しなかったりやらなかったら、大変な罰や仕置きが科された。だから歯を食いしばり、夢中でやった。その努力たるや物凄かった。

小学生は少国民と呼ばれ、もみじのような手も、生産労働の担い手として活用されたのだ。子供といって馬鹿にしたら大間違いで、その頃は大戦力になっていたのだ。国家に、地域村落に、家に与えた貢献度は、大きなものがあった。なにしろ猫の手も借りたい時代だっただけにである。

戦争は人殺しであり、国土や富の奪い合いだから、絶対にしてはならない。しかし、反面教師というか、勉強がしたくてもできなかった無学力の子供や大人が、あの驚異の戦後復興を成し遂げ、世界の経済大国を造ったのだ。それは何故なのか。

ハングリー精神、命懸けの向上心と努力、やる気意欲が、必要な学や力を身につけ、それによってもたらした快挙。そう考えると、あのような宿題でも、苦しみに耐えて頑張るという根性が得られ、そのお陰で平和も繁栄も勝ちとることができたのだと考えれば、無駄ではなかった。

逆境を順境にすることや、すべてのことをプラス志向で対処するのは大切なことだが、人殺しの戦争ばかりは肯定どころか絶対に許せない。

小学校入学は昭和十五年。太平洋戦争が始まったのは、翌年の昭和十六年十二月八日だから、二年生の時であった。

一、二、三年生までは、男女混成クラスで、女の先生の受持であったが、四年生からは男子組女子組に分かれて、中学出の若い男の先生になった。昭和十八年四月からのことである。

戦時色一色の皇国民錬成の教育が激しさを増す。天皇陛下の赤子として、立派な兵隊になって国を護るが、男子の本分と、軍事教錬を叩き込まれた。いわゆるスパルタ教育だ。

ハダシ、ハダカの体操、清掃、作業が主日課で、教室での勉強は四年生までで、五年生になると殆んどしなくなった。来る日も来る日も、勤労奉仕や学校の農場での生産活動だ。
そんなわけで、宿題も勉強ではなく、生産に関係したものがノルマとして出されていた。

乾燥草

夏休みの宿題のメインは、干草作りと桑の皮むきであった。畑の周囲、田の畔、川の堤防、草原、山林等、雑草の生えている所は、競争で草を奪い合って刈った。それをリヤカーや大八車で何度も運び、夏の天日でからからになるまで干し上げる。

草いきれにむせながら、山のように積み上げる生草も、何日も干していると、からからに干からびて、水分がなくなるために、かさは驚くほど少なく、目方も激減してしまう。

手は豆だらけになる。干草のゴミで、体は汚れて痒くなる。刈っても刈っても、目方は増えない。低学年の子は親や家族に手伝ってもらうが、親の方も自分たちのノルマがあるので、そうそう手伝えず、子供たちは歯を食いしばって、宿題のノルマに挑戦したのだった。

九月一日には、だれが一番作って持ってきたか。ビリはだれかと、全校で発表され、少ない子は叱られ、やり直しの罰宿題となる。

この干草、何になるかといえば、軍馬の餌である。何千何万の軍馬の食料を、こうして少国民の子供たちが、夏休みの宿題で作ったのだ。

ひまし油

庭の至る所、土手や田の畔、空地という空地に、土手南瓜やひまし油の木を植えさせられた。どのくらいの油が採れて、何に使われ役立ったかは、詳しくは知らない。ただお国のためだからやれという命令で、宿題化されてやった。各家庭へも、大人のノルマとして、命令がきていたから大変であった。

お茶の実拾い

椿や茶の実からは、少量の油が採れる。石油が外国から来なくなったので、油の生産は大変だった。こうしたものまで、子供たちの宿題にして拾い集めさせ、ちりも積もれば山となるで、貴重な油を確保したのだった。椿や茶の木が食料増産で少なくなってきていたので、ノルマを達成するのは容易なことではなかった。

松根油（しょうこんゆ）

松の木を伐採した後に残る根には、松根油という油が溜っている。この地方では俗に「ひでぼっか」と呼び、どじょう叩きや川でしらすを漁獲する時に、松明（たいまつ）として使う。

このひでぼっか。太い松の木だったら、大人でも容易に掘り出し得ない。それを四、五年生の子供、一班四～五人編成に、午前一株午後一株の掘り出しノルマが課せられる。

トビ鍬やマンノウ鍬、エンピ、鋸等を使って、玉の汗を拭きながら、みんなで力を合わせて掘り出すのだ。この仕事ばかりは、きつくて今もって忘れられない。

当時、世界一を誇った通称ゼロ戦、海軍艦上戦闘機の燃料である、ガソリンを作るために、松根油が必要だったのだった。

これをみても、いかに追い詰められていたか、冷静に考えればすぐわかることだったが、その頃は誰も負けるとは思わずに、必死になり夢中になって、勝つために頑張った。

すすきの穂

秋になるとすすきが一斉に穂を出す。戦時中でも、野山にはたくさんの穂波が揺れていた。この穂を何貫目という大量のノルマをもって、宿題にされたのである。みんな目の色を変えて、競争で採取した。こんなものが、一体何になるのかと不思議であったが、後で航空兵の飛行服の綿代りに使われると聞き驚いた。

石油も綿花も輸入が閉ざされ、日本国内での生産は微々たるもので、到底賄えない。そこで代用品としてすすきの穂が使われたのである。高空は気温が低く、ヒーターの無い当時の飛行機では、防寒服に身を包まなければ、戦闘はできない。綿も無いとあっては、無理な話であるが、それでも勝てると信じていた。

桑の皮

これは別途項目を取って詳しく述べる。

その他、地方によってそれぞれ違った宿題があったようであるが、共通することは、戦時必需品の生産活動が宿題になっていたことである。やらなかったり、厭だといおうものなら、たちまち非国民呼ばわりされ、往復ビンタや鉄拳制裁が待っているので、みな勝利を信じ、文句をいわずに宿題をこなしたのだ。

◆戦時下の宿題はお国のためにした◆

宿題は頭がよくなるようにするもので、普通は復習や予習を中心に、先生から出された課題を勉強する頭脳活動なのだが、戦時中はそれとはまったく違った勤労生産活動だった。

勉強も少しはしました。黒い布で裸電球を覆った暗い光の下で、空襲の合間にしました。すぐ警戒警報が出るので、ものの二〜三十分もできればよい方でした。

手に持てないほど短くなった鉛筆を、篠竹を切ってきて、それに埋め込んで、大事に使いながら勉強したのを覚えています。頭を使う勉強の宿題はそれくらいでした。もっぱら生産活動のノルマが宿題で、夜は草履何足とか、縄ない等の夜なべ仕事の宿題もありました。

みなさんの所では、どんな具合いでしたか。教科書やノートの所持や持ち運びもままならぬほど逼迫した敗戦前一年は、宿題どころでなく、逃げるが精一杯でした。あの忌まわしい状況をみんなで綴っておきましょう。

25　桑の皮むき

極貧の衣生活、凍える体

皸（あかぎれ）とは、寒さのために、手足の皮が裂けたもののことをいう。特に足の裏や踵にできる。痛いのなんの、その苦痛は独特だ。生味噌を割れ目に摺り込んだり、真っ黒な油薬を詰めて、真っ赤になった焼け火箸で溶かすと、ジュッと音がして薬が患部に染み込む。熱くて痛くて飛び上がる。今ではほとんど見られない。

皹（ひび）も手足によくできた。皸ほど大きく深い割れ目ではなく、細い割れ目でビリビリと痛む。水仕事をするとなる。

どちらも冬になると大方の人がなった。今よりも数段寒かったからだ。それに栄養状態が格段に悪く、脂肪食をほとんど取らないためだった。その上に寒空の下での水仕事が多く、水は氷水に等しい冷たさ。

決定的なことは、手袋も足袋も無かった点にある。零下の世界を真冬でも素足で過したのだ。足袋があっても、幾重にも接ぎはぎした、ごわごわで少しも暖かくないものだった。股引のない脛や足首は丸出しのままで、寒さで痛いほどだった。

言いたいことは、防寒着どころか、たった一枚の下着すらままならず、今では考えられもしない、不自由で苦痛を伴う生活を強いられていたということである。

学童たちは、シャツ一枚の下着も着られずに、たった一枚の服や着物を、裸の上に着て登校するものが大部分であった。

それほど衣料品は払底していたのだ。物持ちの人は、明治大正時代の品を自分で縫い直して着ていたが、それすら無くなってしまった。

桑の皮むきという国民的作業は、その窮乏を補うものであった。戦争の皺寄せは、こんなところにまで、現れてしまうのだ。

桑の皮むきといっても、何のことだかわからないだろう。桑とは、辞書によれば、くわ科の落葉低木。葉は蚕の飼料。春、淡黄色の花が咲く。材は家具用、樹皮の繊維は製紙原料とある。

この桑を畑に作った。何のためにか。蚕の餌になる葉を取るためにである。つまり、その頃、日本は明治この方、日本国中で蚕を飼って、その蚕が口から吐き出す、生糸やその糸で織った絹織物を唯一の輸出産業にしてきた。そのために、国中の農家はこぞって蚕を育て、繭の生産に従事してきた。それが太平洋戦争まで続いたのだった。したがって、畑という畑は桑が植えられ、農村風景は、桑畑一色のものとなっていたのだった。

さすがに戦争がはじまると、輸出は止まり食料は乏しくなって、蚕どころではなくなり、人間の食料を増産せねばならなくなった。そのために桑畑は消えていくのだが、それでもまだかなりの面積が各地に残っていた。

蚕は飼わなくなっても、人手不足で、桑畑を普通の畑に変えられないで、残っていたのだ。その桑畑を、学校がもらったり借り受けたりして、桑の木を切り、その皮を子供たちにむかせる作業を日課で課したのである。

それでも足らず、日曜日や夏休みの宿題に、桑の皮何貫目かを、高等科から学年相応にノルマとして課したのだ。みんな手を血まみれにしてやった。

何故、桑の皮かといえば、綿の輸入は閉ざされ、国内産では不足する。兵隊さんの着る軍服用の繊維がない。代用品で粗悪だが、桑の皮から取れる繊維で布を織り、その布で兵隊さんの軍服を作る。残ったもので、国民服を作って、国民に配給して着せるという国策だった。

ところが、ノルマをこなしても、国民への配給はなかなか回ってこない。学校で生徒に配給される学童服は、一年に何着もなく、学年に一着割り当てられればよい方だ。

着てみればゴワゴワでバリバリの、まことに着心地の悪い服だった。それでも着るものが無いので、みんな老いも子供も血眼になって桑の皮むきに励み、配給を受けようとした。

丸竹を二本揃えて地中に埋めて立て、上と下の二か所を麻紐や針金で固く縛る。その二本の竹の間に、葉を取り除いた桑の木の頂上の細い方からねじ込み、力任せに手前の方に引っぱる。するとビリビリという音がして、桑の木や皮に割れ目が入る。ここまでの作業は、皮がむき易くなるためのひび割れを人工的に入れるためのものである。

こうすることによって、堅い桑の皮がずるずるとむけるようになる。前の夜から水に浸しておくから、材と皮の間に水分が入っているので、比較的たやすくむけるようになるのだ。

それでも重労働だ。一本をむくのだけでも、大変な力とコツが必要なのに、それを一日何百本何千本とやる。それでもノルマには程遠い。何故か。それはむいた皮は乾燥させなければならないからだ。水分をたっぷり含んだむきたての皮はかさばり重い。ところが、からからに干し上げると、かさも目方も驚くほど減ってしまうのだ。供出のノルマは乾燥した桑の皮のかさや目方であるために、途方もないほどの桑の木をむかねばならなかった。

血豆が潰れる。手は血だらけ。汗は噴き出し、ヘトヘトになるまで、むいてもむいてもノルマに達しない。低学年は親や兄弟が手伝ってやる。しかし、見つかったりバレたりすると、罰則が待っている。ノルマが増やされたり、配給の服がもらえなくなったりするのだ。

みんな泣きたい思いを、歯を食いしばって堪えて頑張った。「桑の皮むかせてください」と、子供たちは来る日も来る日も農家を駆けずり回って、重労働をお国のためにしたのだった。今、考えると嘘のような話であるが、本当の話で、子供といえどもお国のためになることは、なんでもやらされたものだった。

因みに、六年間でたった一着、桑の皮の学服がうけられた。天に昇るほどの嬉しさだった。

◆ボロボロの衣服生活を語り継ごう◆

毎日が勉強どころではなかったですね。勤労奉仕や供出ノルマの作業に追われて、寝る時間も無いほどに働きました。子供も大人もありません。子供だからといって容赦はされませんでした。

すべては勝つためです。戦争のために必死でやったことです。子供の力って馬鹿にできません。銃後の守りと生産は、老人、女、子供でやったも同然で、桑の皮むきはほとんど子供たちでやりました。

みなさんの所でも、やったでしょう。おそらく日本中でやられたはずです。ですから同じ思いや共通の記憶をお持ちのことと存じます。それを綴ってみませんか。お勧めします。

戦争は厭ですね。丸裸にされてしまうんですから。生命を初め何から何まで奪われ失ってしまうのですから、絶対にしてはならないのです。原始人の生活に先祖返りさせられる戦争は、絶対に阻止すべきです。

26　極貧の食料難

米を食べたら半殺しにされた

運動会の大衆の面前で、白米のおにぎりを弁当に持ってきた生徒が、朝礼台の上で国賊呼ばわりされながら、先生から半殺しにされるほどの殴る蹴るの激しいリンチを受けた。

当時は暴力は半ば肯定されていたので、こうしたことはお咎無く、むしろ国禁を破った生徒やその保護者に非難の矛先が向けられた。信じられない程の話だ。

食料事情はそれほど悪化していたのだ。遠く溯ること、戦国時代に大量の餓死者が出た頃にも匹敵するほどのものだった。

生産性が格段に悪い上に、農事に携わる人は兵役に取られ、残る女、老人、子供の手で、それも空襲を避けながら作業するので、収穫はあがらない。

やっとの思いで作った少しばかりのものは、お国のために供出させられてしまう。すべては戦争のため、勝つための我慢がこのような形で強いられていたのだ。

我々は育ち盛りの小学生だった。そのお陰で血管は細く、背は寸足らず、筋骨薄弱に育つしかなかった。まさに戦争の被害者であり、戦争がもたらした罪悪を、こんな形で受けた犠牲者なのだ。

空腹の恐ろしさ辛さ、食べ物が無い悲しさひもじさ。栄養失調の、あの身の置きどころのないようなだるさ。目の前が見えなくなって倒れ込む。それでも水しか口に入れるものはない。地獄の体験とは、あのことをいうのであろう。

横芝光町は今でこそ肥沃な農地から有り余るほどの食料が生産され、都会の供給地となっているが、戦時下は全国各地と同様に惨憺たる状況で、多くの人が飢えに苦しみもがく生活を送っていたのだ。


食べものが無い。空腹と栄養失調で、目ばかりがギョロつき、青瓢箪（びょうたん）の体を引きずり、必死に生きていたのが戦時下の国民だった。本当にどこにも何にも無かったのだ。

食料難の酷さ苦しさは、言語に絶するほどで、今では想像もできない地獄の塗炭の苦しみであった。何でも手当たり次第に食べた。

食料を中心に生活必需品はすべて統制され、配給であった。米を作る農家も自分で食べる少量（一日何合）の飯米を残し、残りは全部供出させられた。厳しい検査があった。

戦争末期には、共同炊事が始まり、配給すべき米、麦、芋を共同管理して炊き出し、それをお椀一杯ずつもらいに行く。御飯は米粒などほとんど入っていない雑穀御飯であった。

ひえ、あわ、こうりゃん、とうもろこし等、また、南瓜、大根、にんじんの混ぜ飯、さつま芋やじゃが芋が入れば上等の御飯だった。量が少ないので、それを増すためにどろどろに水炊きして膨らませて食べた。

お弁当はじゃが芋二個とか、酷い時には、芋苗を採ってしまった床芋まで配給になり食べた。栄養分を苗に取られてしまった筋と皮だけの芋で、食べられたものではなかった。

油を取った後の、肥料にする大豆かすやこうりゃんも配給された。こうりゃんなどは、消化されずに粒のまま排便されてしまう。野草は食べられそうなものは、何でも手当たりしだいに食べた。

学校では弁当検査が行われ、弁当の時間には班長と級長が一人ひとりの弁当を検査し、その結果を校長室へ行って校長先生に報告する。許可が出ると、そこで初めて食べられるという酷しい毎日であった。

昭和十八年、終戦二年前で、もうそうした逼迫(ひっぱく)した状況になっていた。毎日弁当の時間になると、級友の弁当状況報告に校長室に行かされた。当時、小学四年生だったので、「四年一組、さつま芋二本五名、じゃが芋二個四名、芋飯十一名、にんじん飯九名、何分づき大麦飯八名、弁当無し二名、欠席一名です」と報告する。よしと言われるか、恐る恐る校長先生の顔色や言動を見て許可を待った。

時々、大麦飯は、米と麦はどちらが多く入っているか。弁当無しは、家に帰って食べてくるのか等の質問をされたことを覚えている。

運動会の日だった。母が旦精込めて作った米を使っておにぎり弁当を作るというので、それだけは止めてくれと大喧嘩になった。

結局、真っ黒な大麦飯に芋を炊き込んだ非常時御飯に変えてもらって登校した。ところが、女親の子を思う一心の親心で、開けて見たら、米の方が多く混じっているおにぎりが一個入っているではないか。青くなった。気づいた級友もいたようだったが、日頃の信用で大目に見てくれたので、食べずにそっと隠して持ち帰った。責任者だっただけに冷や汗ものだった。

昼食が終わり、運動会午後の部が始まる冒頭、全校生が整列し、弁当報告会が父兄注視の下で行われた。教頭先生が烈火の如く怒り出した。高等科の一人の男子の胸倉を掴んで、朝礼台に引っ張り上げ、殴る蹴るの物凄い仕置きが始まった。非国民だ。この国賊め。非常時に白米を食うとはもってのほかだと……。

その見幕や形相たるやすさまじく、その生徒は半殺しにされるほど、大衆の面前で痛めつけられた。びっくりするのなんの、いつ自分に呼び出しがくるかと生きた気がしなかった。

完全に見せしめの処罰で、米の飯を農家といえども、祭や運動会の祝日でも食べてはならないとする国策遂行の手段に使われたのだ。今にして思っても、ゾッとする事件だった。

そんなわけだから、各家庭でも食事は極貧食で、我家では伯母が命名した「向こう波がゆ」や、芋飯ににんじん飯ばかりだった。それでも、母が必死になって作った米麦や芋が若干あったので、よそよりはましな食事ができた。「向こう波」とは、熱いのでふーっと吹くと、お湯ばかりの米粒のほとんど入っていない粥が、波打って茶碗の向う岸に着くほどの、粗末な食事を表現した言葉である。酷い話である。

戦中がそうなら、戦後の一両年はもっと酷くなった。戦地から復員兵がごっそり帰ってきたので、尚更深刻な状態になったのだった。

石炭が無いので、木炭で走った一日何本も無い列車は、窓から屋根から鈴なりの、食料買い出し部隊と闇屋で、超過密乗車の列車だった。

衣服や時計など、金目になるものとの物々交換で、都会の人が食料調達のために田舎へ流れ出してきたのである。リュックサック一杯のさつま芋、わずか一、二升の米に有り付けた人はごくわずかで、南瓜等の代用品しか入手できない、悲惨な状況が続いた。

法外な値段の闇米はあるにはあったが、官憲の目が厳しく、気の遠くなるほど高い価格は高嶺の花で、多くの人が餓死や栄養失調で死んでいった。

横芝光町は農村でありながら、このような有様であったので、都会ではさぞや地獄同然の食料難に呻吟していたことだろう。戦争とはかくもむごいものなのである。

◆戦時下の食料難を書き残しましょう◆

お米の有難さや食べ物の尊さを身をもって体験したのは、私ばかりではなかったでしょう。弁当箱の蓋についた米粒を、一つひとつ丁寧につまんで食べる習慣は、未だに身についていて離れません。若い者に恥ずかしいからよしなさいといわれますが、もったいなくてそんなことはできません。御飯を残したら目が潰れますと教わったことが、耳に焼きついていますから、とても残すなどのことはできません。

無理してもみんな食べてしまいます。それもこれもすべて、あの憎むべき戦争によってもたらされた食料難のお陰です。食料は命の源泉です。一旦緩急あれば、直ちに食料不足になります。戦争だけでなく、天変地異の災害や経済政策の失敗でも起こります。

全国各地の戦時下の食生活は、どことも似たり寄ったりだったでしょうが、所変わればで違いも多少はあったでしょう。それをみんなで綴って残すことが、大切なことだと思います。

27 ボロ服

衣生活の惨状

それでも戦前は橋場には呉服屋も洋品屋もあって、着物や洋服はそれほど困らずに買って着ることができた。床屋も二軒あって、丸坊主に刈ってもらえていた。

ところが、戦争が激しくなり、負け戦になってくると、あらゆる物資が枯渇しだす。綿花の輸入が跡絶えると、途端に衣類があっという間に払底し、出回らなくなった。そうして衣生活の塗炭の苦しみが始まったのだ。

切符制による配給があった頃はまだしも、それさえ無くなってしまうと、もうお手上げである。それまでに着ていたものを、縫い直したり接ぎ当てをしたりして、着るようになった。上着も下着も布という布は一枚も手に入らないのだから、そうするしかない。たちまち品切れになる。接ぎだらけのボロボロの着物、それも鼻汁や垢でてかてかに光ったものを、一枚だけ着て学校に行く。寒さは今の比ではなく、零下の世界だ。

その不潔極まりない衣服には、のみやしらみ、南京虫がたかって吸血するので、子供たちは年中頭や体をボリボリと掻き、時には裸になって、のみ取りやしらみ退治をしていた。

着物は男の子も女の子も絣が多く、それに三尺帯を着けていた。足は膝下はつんつるてんの素足だった。戦争が始まって間もなくの頃は、冬は男は長ズボンを着物の下にはき、女は股引きやモンペを着用していた。それが終戦間際ともなると、原始人のような生活になったのだ。

戦争は人間の生活をかくの如く惨憺(さんたん)たるものにしてしまうから、絶対にしてはならないことなのである。

男の子は冬は奇妙な格好をしていた。それは頭は学帽で正面に校章、あご紐着きだった。体は下着の上に絣の着物、黒の三尺をしめてその上に羽織を着る。奇妙なといったのはその先のことである。つまり、着物の下に黒の長ズボンをはく。股引き代りであったのかもしれない。こっそり股引きをはいて、その上にズボンをはいている子もいたかもしれないが、今考えるとおかしな格好だった。足は紺か黒の足袋、そして、下駄履である。和洋折衷といえば聞こえがよいが、その出で立ちがひどく気に入られて流行していたのだ。この格好をしないと一人前ではなく、仲間はずれにされるような気がして、男の子は好んでこんな格好をして学校に行ったものだった。

しかし、それも昭和十七年ぐらいまでで、着物も洋服も足袋も繊維製品はすべて配給になり、全然といってよいほど手に入らなくなってしまった。後を追うように下駄まで買えなくなって、裸足やわら草履で学校に通うようになった。国防色のゴワゴワな洋服が配給になり、たった一着を至るところを繕いながら、接ぎだらけのものを着て暮らした。

足袋も何度も何度も接ぎをしてはいた。洋服は膝と肘にべったりと幾重にも布が縫いつけられたズボンや上着を着ていた。

母親や祖母たちは大変だった。家中の人々の一着しかない洋服や着物、足袋の修理で、どこの家でも燈火管制下、夜中まで毎日毎日目をしばたたかせながら、接ぎの手当てに従事していたのだ。その努力と工夫には頭が下がったものだ。接ぎしても接ぎしても、働き盛りで暴れ盛りのものどもは、すぐまた破ったり摺り切ったりしてくるからだ。当時は当て布もままならず、糸も今ほど丈夫なものは無い。それだけに随分と苦労をしたものだった。

夜は繕い仕事、朝は朝で大洗濯だ。汚れ物は山ほどになる。洗濯は水汲みから始めて、すべて手作業だ。石鹸は配給で乏しいので、使わずに洗濯板でごしごしと擦り、垢や脂を落とす。重労働である。今では考えられないほどの大仕事。そして、朝食の準備、後始末、御飯を噛み噛み農作業へと出掛ける。すべて肉体労働、機械など何もないので、人力でやらねばならなかったのだ。

そんなわけで、子供たちの着物はボロボロで垢だらけ、栄養失調からくる青鼻汁を、袖で拭うので不潔極まりない。それでも着ないよりはましなので、粗末な衣服をまといながら、「ボロは着ても心は錦」と元気に生活していたのだった。

いつの間にか足袋も無くなって、素足になる。下駄も歯が摺り減って板っぱになる。それも割れて壊れると、わら草履しかなくなる。祖父母が編んでくれる草履をはいて遊んだり登校したりした。みんなそうだったし、似たり寄ったりの原始人に近い出で立ちだった。

戦争は物資を枯渇させ、かくの如き窮乏生活を強いるのだ。あの寒さ不潔さは御免である。

◆あの頃を思うと今の衣生活は天国です◆

今思うとぞっとします。同じ自分が今はふわふわで吸湿性、着心地満点の下着の上に、上等なアルパカやカシミヤのセーターを着込み、純毛の洋服を着て、冬はその上に毛皮のコートを被います。昔だったら考えられもしないことでした。でも今は贅沢でも何でもありません。ごく普通のことで、多くのみなさんがしていることです。

それもこれもみな戦争が無い平和な時代や社会だからできることなのです。よく天と地の違いとか、天国と地獄という表現で比較されますが、まさにそれなのです。

私たちは残念ながらその両方の世界を見たり体験したりしました。それだけに、戦争の恐ろしさやむごさみじめさ悲惨さを身をもって知り尽くしています。孫子にあの苦しみだけは絶対にさせたくない思いと、今の生活を知らずに散った人々への申し訳なさが募ります。

戦争反対をみんなで強く書き残しましょう。

28　防空演習

防空演習と防空壕暮らし

隊長機がバンクして急降下すると、部下の何機かが後に続いて急降下爆撃をする。それを防空壕から半身を乗り出して見ていた。五百から千メートル上空から突っ込んでくる。栗山川が目当てらしく、その延長線上の横芝飛行場が攻撃目標だったのだ。

我家は川まで百五十メートル、飛行場までは直線で一キロあるかないかの所だ。まさに戦場そのものだった。毎日のことだから、戦争末期には糞度胸がついて、防空壕や木陰から攻撃の仕方を眺めていた。

戦後、平和になり、外国に行けるようになってから確かめたことだが、成田から海側に飛び立つ場合、進行左側の窓辺りの席から見ると、眼下に手に取るように我家と屋敷森が見える。高度八百メートル位だから、アメリカ機の突入地点である。栗山川も宮川橋も鉄橋も線路も橋場の集落もくっきりと目撃できる。よく助かった。これだもの、見つかったら狙い撃ちされてひとたまりもない。見つからなくってよかったと、今になって安堵した。

それにしても、我が郷土横芝光町は、美しくて平和に輝く素晴しい町である。負けてよかった。攻撃されて滅びていたら大変だったと、背筋が冷たくなった。九十九里上陸作戦も無くて本当に幸せであった。

我家では薬莢（やっきょう）等、敵の落下物はかなり落ちてきたが、誰一人当たった人はいない。敵ながら天晴（あっぱれ）だったのは、正確な攻撃で実弾は機銃弾も爆弾も、一発も被弾が無かったことだ。

燈火管制、防空訓練、防火訓練も徹底して実施し、適切かつ忠実に行っていたが、こちらの方はあまり役立たなかった。

戦争はまっぴら御免である。穴ぐらでの逃避生活は、想像を絶する苦しみだからだ。

防空演習は随分とやらされた。日本軍が太平洋上遥か彼方まで制空制海権を握っていた頃は、まだそれほどまでのものでなく、万一必要になったらの程度の、用心のためのものとして行っていた。勝ち戦が続いていた昭和十七年初頭頃までは、それでもよかった。しかし、そうした呑気な状況は長くは続かなかった。

ミッドウェー海戦の大敗北や、ドゥーリットルの東京奇襲攻撃による空襲があってからは、急に緊張感が高まり、演習が盛んに行われるようになった。

一人ひとりの身を守ることについては、防空頭巾の携帯着用が義務づけられた。母親が夜なべに目をしばたたかせながら作った、綿入りの頭巾である。

綿をたっぷりと入れ、頭から肩までを防護する被り物である。鉄砲弾の直撃は無理でも空からの落下物、爆発時の破片、焼夷弾の防護、消火防火に役立つよう工夫されたものである。それを外出時は肩に掛け、いざという時に、被るというものだった。

これは戦争が終わってからも重宝され、戦後六十数年たっても、震災用に役立てられている。各小学校等では、地震が起こると、この頭巾を被って机の下にもぐり、揺れがおさまると、被ったまま避難所に走る。戦時体験の応用が今に生かされている。

身を守るその二は、どこの家でも役所や会社でも、自前の防空壕を掘って造った。お金持ちや手のある家では、壕の中で生活ができるほどの立派なものを造ったものもいるが、一般家庭は単に穴を掘り、その上に覆いを乗せ、砂を被せる程度の、チャチなものだった。

それでもエンピや鍬を使って手で掘るのだから、二メートル〜三メートル掘るのは容易でなかった。掘ったら崩れないように、土留めをする。柱を立て板で押さえる。最後は天井に被せる土や、その上に張る芝生の重みに耐えられるような木組みを作り、その上に頑丈な板やトタン板を乗せ、土を被せて完成である。

底はむしろやござを敷き、湿気が強いので、座布団等を持ち込んで、空襲時をしのげるようにした。まことに簡単な防空壕であった。今から考えてみれば、一時の気休め程度のものだったが、どこでも一つは造っていた。

戦火が激しくなるにつれ、家財道具の持ち込みや寝泊まりができるように拡大し、頑丈なものにするために、造り変えるものが多かった。

保存食の持ち込みや逃げられない老病者の常住等を考え、かつまた、火の侵入を防ぐために、出入口を二重三重に堅固に改め直した。

勿論、台地や丘陵のある地域では、横穴を掘り、その奥深くに潜むような防空壕もあった。軍や役所のものの中には、コンクリートで、少々のことではびくともしない立派で本格的な防空壕もあったが、それは特別であった。

空襲に際しては、まず東部軍管区情報がラジオから流される。合図のコールが鳴って、「東部軍管区情報、警戒警報発令、敵Ｂ29編隊数十機、南方洋上より本土へ向かへり警戒を要す」。それっとばかり準備をし、身構える。

そのうちにけたたましいサイレンの音と共に、「東部軍管区情報、空襲警報発令、敵Ｂ29の編隊およそ35機、房総半島より本土に侵入せり…」の情報と共に防空壕へ駆け込む。

こうしたことが、朝から夕方まで、そして、夜は八時か九時頃から朝の三時頃まで続くのである。空母からの艦載機あり、硫黄島からの陸軍機、そして、サイパン・テニアンからの大型長距離爆撃機のＢ29やＢ25、Ｂ24等の波状攻撃である。もぐりっぱなしの日も何日もあった。換気が悪く息苦しく、湿気にもやられて大変だった。息を殺して通り過ぎるのを待ったのだった。

家の中は、燈火管制で電灯には黒い頭巾や覆いが被せられた。警戒警報になると、半分ほど被せて、光が外に漏れないようにする。空襲になると、全部被せたり消したりして、真っ暗にする。防空壕の中も、懐中電灯やローソクの灯は、同様にして灯火を消したのだった。それというのは、上空からは煙草の火も見えるというぐらいだから、一軒でも光が漏れたら攻撃の対象にされてしまう。

実際に、我が町でも一集落でそのようなことがあったらしく、焼夷弾を落とされたことがあったと聞かされている。チラチラと青白い火を燃やしながら落下してきて、着弾と共に爆発し燃え上がる。木造家屋などひとたまりもなく焼失する。

防空演習とは、逃げ方、防ぎ方の訓練だが、火災発生とともに消火活動をせねばならない。バケツリレーや火消しの方法訓練、消火用具の作成とその使用法をどれほど練習したか。残念ながらどれも奏功しなかったが、住民一丸となって一生懸命練習だけは積んだのだった。しかし、蓋を明けてみれば、すべては子供だましのようなもので効果は無かった。

この戦争は空の戦いだった。空からの攻撃が主だったので、手の施しようが無かったというのが実際で、ただ上空から見つからないように、逃げ隠れするのが精一杯の防空活動だった。

◆防空壕暮らしや防空演習はいやです◆

「爆弾や焼夷弾は真上に見えたら大丈夫だ」「左右斜めから落下するのが見えたら危ない」「機銃掃射は三十センチの高さの畔があれば助かる」「走って逃げたら完全に射殺される」「上空からは丸見えだからだ」「夜は煙草の火も見えるから、煙草を吸ってはいけない」等々の指導をどれほど受けたことでしょうか。空からの攻撃を防ぐ実地訓練を随分させられました。防空頭巾は離せず、背負いっぱなしでした。

防火訓練、火消しの方法も教わりました。バケツリレーも何度も何度もやりました。家財道具の持出し方も習いました。夕食後最低生活必需品を大八車に積み、空襲時の裏山への搬送準備を来る日も来る日もしました。家が焼夷弾攻撃で焼失した時の備えでした。

とにかく逃げること、身を守ること、生活はそれが最優先の日課で、苦しい毎日でした。みなさん方はいかがでしたか。書いてください。

29　芝火事

芝火事遊びで火を学ぶ

火は怖い。火は有難い。人は火によって死に、火によって生きる。太陽も火山も、原子力も電気も、石油も石炭も、木や草まで火になる。火は熱過ぎれば害になり、温かければ益になる。制御が必要だ。

人間は火を征服し、コントロールするから、地球の主人公になれた。火の開発とその制御は、ますます大事になってきた。太陽熱の利用や太陽光発電がそれである。

それなのに火を操れない人が増えている。生活科で火を扱う力を身につけさせようと、火の燃やし方を学ばせると、マッチ大箱一箱使っても、火を燃やせない子がやたら多くなっている。

マッチなど古くさい。ライターが使えればよい。かまどの火や焚火等の火の燃やし方は、過去のことだ。今は必要はない。

だがそれで本当によいのだろうか。火事は減っていない。焼け死ぬ人は多い。溶岩流や火砕流、地震による火災の発生等、まだまだ火の災害は多くて怖い。

大昔から人は火と戦い、火を征圧する術を磨き、進歩させてきた。同時に、戦争によって、火力の恐ろしさを増幅させもした。近代戦争は、火力をもって人間を死に追いやる、残虐極まりないものになっている。

人間は本能的に火遊びや、火いたずらを好んで育つ。これは暴論だろうか。自分が、やってはいけない芝火事遊びをしたことへの、正当化論と思われても仕方がない。

ただそれによって、火の怖さ、火の用心、防火消火活動、火の正しい扱い方を、身につけたことは間違いない。安心安全の時代では考えられない。冒険と戦火と野焼き風習とから行った、芝火事遊びであった。

反省を抱きつつ、火の扱いを考えたい。

「芝火事やんねえか」「やっか」「どこで」「マッチはどうすっか」「フィルムがあっから、虫眼鏡で火がつくので大丈夫だ」「みんなを集めろ」

ざっとこんな会話で、当時の子供たちは、今だったらサイレンが鳴り、有線放送が流され、何台もの消防車が出動する芝火災を起こし、消火活動を楽しんだものだ。

全国各地で、野焼きとか芝焼きとかいって、大人たちによって盛んに行われていた。その模倣遊びが、この芝火事ではなかったかと思う。

虫送り、虫焼き、虫退治を狙ってのものであったり、放牧地の良質の若草を芽吹かせるものでもあったりで、目的はそれぞれに違っていても、有用な社会的行事であったことには間違いない。

その名残りは、奈良の若草山のお水取りの日の芝焼きや、阿蘇の原野の草原焼き等、各地に今尚継承されて残っている。考えてみれば、昔の人の知恵による、伝統行事だったのではないかと、勝手に解釈されもするがいかがなものか。

人間は火を見ると興奮する。気持ちが高ぶる。恐怖心におののき足が竦む。この心理を楽しむのが、子供たちがした芝火事だった。

勿論、本物の火災になるので、子供たちだけでするのは禁止されていた。消しきれないで延焼し、山火事や建物火災になるケースが多かったからである。

しかし、それにも拘らず、スリルがあって面白いので、誰もが隠れてやりたがった。ただし、首謀者は誰かを決めずにやった。消えなくなったら、逃げ帰って知らんぷりをするためだったからかもしれない。

上級生とやる時は気が楽だった。言い付けられてやったとの言い逃れが認められるからだ。他の場合は、首謀者が責任を問われる。したがって、大人が一人でもついていれば安心である。大人の責任であるとともに、何のために芝を燃すかの目的があるからで、こういう場合は安心して参加することができた。

一度だけ親方でやったことがある。五年生の頃だった。目立つので大勢ではやらない。三、四人でやる。その時もそのくらいの人数だった。場所は釣り師が集まらない所の栗山川河畔の堤防で、家からすぐの所を選んだ。

人目を憚りながら、土手にへばり付く。風の無い日を選んだつもりだが、川という所には、ほどよい川風が吹いているものだ。

まず、付近の松林から松の枝を折ってくる。次に着ている上着を脱ぐ。いずれも火消し用に使うためだ。準備ができたところで、フィルム（セルロイド）に、虫眼鏡で天日を集めて発火させる。それを土手の下方の草に引火させ、上着でバタバタと煽る。たちまち枯れ草は燃え上がって、火は上方へと移っていく。

火災が起こると風が起こるという現象。ただでさえ川風が吹いている。背丈の高いすすきや篠竹の群生地では、物凄い音鳴りで、炎が恐ろしいほど高く上がる。

必死で松の枝や上着でバタバタと消すのだが、逆に風起こしになって、勢いを増していく。付近の山林に移っては大変だ。面白がってはいられない。火勢は弱まるどころか天に昇り、火炎はメラメラと八方によれながら延焼し、燃え尽くしていく。恐ろしい火災現場となる。

どうしようかと迷う。逃げようかとも思う。遠くで気づいた人々が見ている姿が目に入る。そんな時、火を誘導しようと思い立つ。燃え難い背丈の低い草の生えてる方へと導く。そこなら簡単に松の枝や上着で叩き消せる。

四方を見渡すと、山林までは若干距離がある。この間で防火すれば大丈夫。火の粉を払う係に、山林側で働くよう命じる。ボサからボサの間に立ちはだかって、消し止める作戦に出る。

熱いのなんの、汗が噴き出して火傷を防ぐ。冷静さを取り戻してからは、思い通りに火を操れるようになり、火が下火になったところで、一気に消し止めた。火は消えたと思っても、残り火から燃え上がるので、油断なく点検して回った。およそ一時間の火事場騒ぎだった。悪いことをしてしまった後悔の念と、後味の悪さが残った。同時に火災に発展しないでよかったとホッとした。主謀者の責任を問われるかと思ったら、誰からも咎められなかった。それはどの道、大人の誰かが焼かねばならない年中行事だからであった。

それに大人たちは、防火訓練、消火訓練に明け暮れていて、迫る敵の焼夷弾攻撃による火災を消す方法を、道具の開発と共に必死に学んでいた。そうした折だから単なる悪遊びと捉えるより、いざという時の戦力にもなると、大目に見て許してくれていた節があった。

人間は、火を恐れず火を制御できるから、動物の王様になれた。火を使うこと、火を操れることは、人間の生活には欠かすことのできない要件で、成長期では避けて通れない活動である。

そうした意味で、自分は小学校に生活科を新設するにあたって、火と水と空気と金物と土と動植物に関する自然体験を、社会体験と共に内容に取り入れるように働き掛けて実現した。

◆必死の境地で火の消し方を学びました◆

火の不始末は火の扱いができなかったり、まずかったり、軽視や油断から起こります。一旦燃え盛ってしまったら、消火は困難です。

火が火を呼び、火が走ります。風が無いのに、火災が起こると、猛烈なつむじ風が発生します。子供の頃の芝火事遊びで、そのことを厭というほど体で知り、体に焼きつけました。

火の運び方、火勢の弱め方、火の消し方、火の性質、火の使い方、扱い方等々、燃え上がる芝火災の中で、身を焦がす思いで、必死の境地から学び、覚え、身につけ、活用できるようになりました。戦時下、火災への対応力を培うということから、当時は大目に見て許されていた子供たちの冒険遊びでありました。

今はとても許されることではありませんが、別の安心安全第一の方法で、学ばせ身につけさせておきませんと、雲仙や阪神そして、東日本の大災害が、またいつ起こるかもしれません。戦時下の防火消火に関する、貴重な話を語り残しておきましょう。

30　軍歌

軍歌の魔力

音楽的な能力は幼児期のかなり早くから発達するものらしく、自分は四、五歳の頃に流行した歌のメロディーを未だに覚えている。歌詞の意味は、その頃は何のことだかわからなかったが、別れのブルースや別れ船等、港町演歌といわれる歌は、神戸滞在中に覚えたらしく、今も歌える。

ことほど左様に、軍歌漬けの少年時代は、明けても暮れても軍歌ばかりで、歌といえば軍歌しか知らないといってもよいほどに、多くの軍歌が身についている。

知らないのだから止むを得ない。大人になってからもかなり長期間、歌を歌わざるを得ない場面では軍歌を歌ってきた。幸か不幸か同年代の人々は、誰もが似たり寄ったりで、戦後復興期は平和な時代だというのに、軍歌が盛んに歌われていた。

それというのも、軍歌がもつ独特の力、即ち、勇気を鼓舞し戦意を高揚させ、人間を真底から奮い起たせるという力が、平和な時代になっても、必要だったのかも知れない。企業戦士といわれる人々を中心に、多くの働く人が宴会歌にして歌った。

　確かに心が引き締まり、浮き浮きしてきて、躍動感が漲ってくる。やる気も湧く。何よりも元気になってハッスルできる。

　考えてみれば、こうした点が軍国主義者の狙いであって、国民はまんまと踊らされ、その気になってしまい、あげくの果ては、あの泥沼の戦争へと駆り立てられてしまったというわけである。

　勇壮な軍艦マーチは、今もってパチンコ店では流されている。それだけ人の心に訴え、勢いをつける効果があるのだろう。

　軍人はいうに及ばず、国民すべてが軍歌に酔いしれて、戦争に突き進んだのだった。


　小学校時代に音楽を教わったのは、低学年の頃だけで、その後は記憶がまったくない。おそらくやらなかったのではないかと思われる。

　低学年は師範出の女の先生だったので、習ったのを覚えている。休み時間に「男子は何年何組へ行ってオルガンを借りて来なさい」といわれると、みんなでワッショイワッショイとお御輿のように廊下を担いできて、音楽を勉強した。それというのは、その頃は、学校にオルガンが一台しかなく、各組を回しながら共同で使っていたのだ。ピアノなど、その存在すら知らなかった。

　そのようなわけだから、音楽といっても、先生の弾くオルガンに合わせて、歌を歌うだけのことだった。「白地に赤く…」とか「ポッポポッポ鳩ポッポ…」とか、元気よく歌っていた。二年生の頃になると、春の小川とか海とか富士山とかを習った記憶がある。足柄山は学芸会の遊戯で歌わされたのでよく覚えている。

その後は歌といえばすべて軍歌だ。それも不思議なことに、音楽の時間に習ったという思い出はない。ラジオから流れるものや、友だちや上級生が歌っているのを聞いて覚えたものだ。見よ東海の空明けて…の愛国行進曲や、守るも攻めるも…の軍艦マーチ等は、耳にたこができるほど聞いたし、歌わされていた。

ちょっと思い出しても、十指に余る軍歌が脳裡に浮かんでくる。露営の歌、日本陸軍の歌、戦友、愛馬行進曲、日の丸行進曲、加藤隼戦闘隊、麦と兵隊、暁に祈る、等々である。

ここにあげた軍歌はすべて陸軍のもので、時代的には昭和十五年頃までに盛んに歌われていたものである。軽快で調子がよく、それでいてちょっぴりウィットなところのある曲が多かった。兵隊送りなどでは、もっぱらこれらの陸軍の歌が演奏され、歌われていたようだ。

同じ陸軍の歌でも、明治、大正の頃、つまり、日露戦争や第一次大戦時に流行したものは、時代から取り残されて消えていた。ただ、戦友のように息が長く、時代を越えていつまでも歌われたものも何曲かはあった。

戦意高揚に歌はもってこいで、ぴたりと当てはまる。ある種の軍歌を歌うと、鳥肌が立つほど興奮し、その気にさせられてしまう。歌のもつ不思議な魅力であり、魔力というべき偉大な力に酔わされてしまう。これが曲者なのだ。

当時の人々は、これにまんまと引っ掛かってしまい、麻酔にかかったようにしびれてしまい、勇ましい思いにさせられてしまったのだ。

戦争も米英相手の太平洋戦争となると、軍歌も大きく変わっていった。主戦場が太平洋という海の上になったので、陸軍に代って海軍の出番となる。それにつれて軍歌も俄然海軍のものが多くなる。

太平洋行進曲、海の進軍、海ゆかば、轟沈、月月火水木金金、同期の桜、若鷲の歌等々、古関メロディー主体の、軽快で勇ましいマーチ風の曲が、続々と作られ流行をしていった。

ラバウル海軍航空隊の「銀翼連らねて　南の前線　揺るがぬ護りの海鷲たちが　肉弾砕く敵の主力　栄ある我等　ラバウル航空隊」とか、若鷲の歌「若い血潮の予科練の　七つボタンは桜に錨　今日も飛ぶ飛ぶ霞ヶ浦にゃ　でっかい希望の雲が湧く」は、円形行進の正常歩で歌わされたのを覚えている。何もかも予科練や航空隊志向の時代だったので、それを反映してのものが多かったのだ。

そうした中で、こんな歌もはやっていた。明日はお立ちか。これは芸者さん方が、戦地に赴く兵隊さんを送る歌として、歌い出したのが始まりと聞くが。本当かどうかはわからない。

「さらばラバウルよ　また来るまでは　しばし別れの涙がにじむ　恋し懐しあの島見れば　椰子の葉陰に十字星」と歌われた、ラバウル小唄も大流行していた。

また、学生を進んで軍隊に入隊させようとして作られたと聞く、ああ紅の血は燃ゆる、という悲愴感漂う名調子の歌なども大流行して、音楽を通して軍事色一色に染められていったのだった。

その反面で「いやじゃありませんか軍隊は　金の茶碗に金の箸　仏様でもあるまいし　一膳飯と

は情なや」というような替え歌が、ダンチョネ節、スーダラ節、ズンドコ節、ツーレー節等々を使って、軍隊内は勿論のこと、巷でも風刺的に歌われていた。

四、五歳から小学一、二年の頃、どこでどう覚えたのか、人生の並木路、旅の夜風、新妻鏡、純情二重奏、大利根月夜、誰か故郷を想わざる等の演歌も歌っていた記憶がある。子供ですらそうなのだから、大人は兵隊さんを含めて、そうした歌も隠れて歌っていたのではなかったか。家に来ていた兵隊さんは、大ぴらに歌っていたのを覚えている。

しかし、それはともかく、軍歌が戦争遂行の牽引車になっていたのは間違いないことで、歌のもつ力の大きさを思い知らされるのだ。

戦後復興を支えた人々が、宴会でハッスルして歌った歌が軍歌だったのは皮肉なことだった。

◆軍歌の調子のよさに乗せられました◆

戦時中は女の人も例外ではありませんでした。兵隊送りでは、出征兵士を送る歌などを一緒になって歌っていました。しかし、女性用ともおぼしき軍歌もありました。愛国の花というのがそれで、この歌などは、とても気品に満ちた歌詞であり、曲でした。

当時は高等女学校の生徒が中心によく歌っていました。彼女たちも、四年生になると挺身隊となって、工場に出向いて働きました。そこで盛んに歌われたのが、この歌だといわれています。おそらく沖縄で華と散った可哀想な「ひめゆり部隊」のお嬢さんたちも、この歌を歌っていたのではないでしょうか。

軍歌がそうなら、他にも歌ではありませんが、戦陣訓のようなものがあって、よく暗唱させられました。「生きて虜囚の辱めを受くるな」というようなことを頭に叩き込まれ、自決を覚悟させられました。恐ろしいことでした。軍歌の思い出を綴って、戦争に反対をしましょう。

31 兵隊さんの世話

戦火の中での兵士とのやすらぎ

家には陸軍の下士官さんが下宿しており、その上に神戸から伯母親子が疎開していた。家族と合わせると十人だ。その食料は賄いきれずに、四苦八苦していた。

そこに週二日とはいえ、海軍の兵隊さん二人が加わるので、米びつはすっからかんの火の車だった。それでも自分たちが食べなくても、お国のために働いてくれている兵隊さんたちには食べさせなければと、なけなしの米や麦を使って、麦飯や芋飯を炊いて御馳走した。そのおかげで我々は、さつま芋やじゃが芋で飢えをしのぐ日が毎日だった。それでも文句はいわなかった。

勝つまでは欲しがりませんと、国民の誰もが空腹を我慢し、軍部に協力していたのだ。海軍さんは、それを喜び、心から感謝してくれていたので嬉しかった。

家族の温もり、ほのぼのとした愛情、それを求めて、彼等は土曜日曜には、一目散に逃げ帰るように、我家に駆け込んできたのだった。その時ばかりは、完全に戦争など忘れ、人間味溢れる若者になっていた。

戦争とはなんと罪作りなものか。まだ年端もいかない二十歳前の青少年を、死に追いやる戦争に駆り立てるのだから、残酷である。平和な時代では考えられないことである。しかし、どんなに縛っても、人の心は束縛できないことを、この海軍の若い軍人さんをお世話する中で知ったのである。

休暇中の彼等は、無邪気で屈託が無い、また、人の無類によい青年で、トランプに興じ、時間を忘れて談笑にふける好人物だった。それだけに戦争という悪魔の、こうした罪無き人を不幸に追いやる暴挙を、断じて許してはならないと思うのだ。

戦時中、我家には陸軍の軍曹だった兵隊さんが下宿していた。徳島県出身の人だった。五畳の間を提供し、そこに寝起きし、食事は母が作り、身の回りの世話もしてやっていた。朝八時頃、軍刀を下げて出掛け、夕方帰ってきた。軍の秘密で何も語らず、どこの部隊で何をして働いているのかわからなかったが、どうやら横芝飛行場に配属された、落下傘部隊の兵隊さんらしかった。

強面（こわもて）の無風流な男で、取り付き難い人だった。口もきかず笑いもせず、どこか威張っていて、我々を見下げるような横柄な態度をしていた。

それだけに、感じがよくなく、近寄り難く、遠くからそれとなく見ていた。戦時中故、兵隊さんや軍は絶対で、嫌な顔はできず、お国のためと思って我慢していた。

兵舎の不足、何よりも食料が足らず、それを補う方法として、民間に軍命令で、この種の下宿を押し付けたのではなかったか。役場を通しての、お願いというより命令であった。

したがって、大きな家で、空き部屋のある家が対象にされ、近所でも何軒か、将校や下士官の下宿生活に協力した家があった。

軍律厳しい中なれどの歌の文句ではないが、陸軍は軍律がやたら厳しく、威張っていて、堅苦しさが付きまとい、好感がもてなかった。

所作もどことなく野暮ったく背（はい）のう背負い鉄砲を担いで、トットコトットコ歩くイメージが幼っぽかった。また、江戸時代や明治の頃の偉人が着けていた武者髭がなんとなく古めかしくって、子供心にも好きにはなれなかった。理屈っぽい威張りたがり屋、意気がかった激情型精神主義、ヒットラーやスターリンを思わせる独裁的な面も嫌われる原因だった。

それに対して、海軍は違っていた。敬礼一つとっても、軍装に至ってもスマートだった。陸軍がドイツやロシアを真似ていたのに対し、海軍はイギリスやアメリカをモデルにしていた。その差が同じ帝国軍人でありながら、歴然とした差となって現れていたのだろう。

海軍には自由があった。兵隊さんが堅苦しくなく、伸び伸びしていた。何よりも明るかった。笑声がはじけ、屈託なくしゃべり、ものの考え方が窮屈でなく、弾力的で応用動作も許されていたのか、人間的に幅が感じられ、人々に好感がもたれていた。

そうしたこともあってか、子供心にも、軍人になるなら海軍だと心に決めていた。それは私一人ではなく、周りの多くの人や子が、みなそう思っていたのではなかろうか。

父の教え子で海軍兵学校に進み、潜水艦長にまで出世した人が、休暇で生家に帰る時、真っ先に父のところに寄って、報告し、それから我が家に帰る。夏は純白の軍装と短剣、冬は黒や紺の出で立ち、何ともいえぬ神々しさで、目映いばかりだった。お土産は椰子の実や南方の珍しい果実や砂糖、菓子類、子供心にも凄い人だと思いつつ、憧れの的であった。

伯父も海軍ではなかったが、船乗りで船長だったので、私の海への憧れは人一倍だったのだ。

ある時、学校からの帰りに、二人連れの海軍さんが歩いているのに出会った。土曜日の午後だった。兵隊さんは階級は下の方らしかったが、海軍ということだけで、「家に遊びに来ない？」と、恐る恐る声をかけてみた。

すると二人は顔を見合わせ、にこっと笑って、よいのかいと言いながらついてきた。家の人に頼んで入れてもらい、できるだけの接待をした。

この日はそのまま帰隊したか、一晩泊ったか記憶にはないが、これを機会にそれからというもの、外出があると、我家に二人で遊びに来て泊って行くようになった。

年の頃、十九か二十、取っていても二十一か二十二歳の若者だった。さしずめよき兄貴分で、うまも話も合って、すぐ仲良しになれた。いろいろなことを転戦先で知り得て、割り合いに包み隠しをしないで教えてくれた。

軍隊での仕事は整備兵で、飛行機の点検、整備、弾丸装填が主任務であったらしい。前任地は四国の松山で、かの有名な松山海軍航空隊にいたという。松山はいい所だ。蛸がうまくて、風景がよくて忘れられないと、懐しみながら松山でのことを、しきりにいろいろと語って聞かせてくれた。

終戦後、亡くなるまでお付き合いした一人は、秋田県川連町（現湯沢市）出身の気のよい穏やかな兵隊さんだった。秋田弁丸出しのズウズウ弁で、鳥海山や雄物川を始めとする故郷の自慢話を盛んにしてくれた。

もう一人は少々垢抜けした、多少気取ったところのある、東京都中野区出身の兵隊さんだった。この人は整備兵だが、燃料の運搬や注入の仕事が主任務であったらしい。

戦時下、田舎では自動車は軍用車以外は、ほとんど見掛けることができなかった。そうした中でこの兵隊さん、慣れてくると飛行機搭載用のガソリンを運搬する行き帰りの軍務中に、こっそり車を停めて我家に立寄り、お茶を飲み話し込んでいくようになった。まあ、それだけ海軍は軍律がゆるやかだったらしい。いや、そればかりでなく、この兵隊さんは東京育ちで、要領がとてもよい方だったから、彼の巧妙なサボタージュであったのかもしれない。

ともかく、そこを我ながら鮮かに衝いた。ひょっとするとタンクローリーに乗せてもらえるかもしれない。恐る恐る頼んでみると、いとも簡単にいいよ乗せてあげると、屈託のない返事が返ってきた。小躍りした。

自動車の運転席に乗って、前を見るのが好きであり憧れだったから、夢のような話であった。まさかの思いもあって、気安めや出まかせ、お世辞ではないだろうなと気をもみ、何度も念を押し、頼み込んだ。

ある日、それが本当になった。これからガソリンを運びに行くから連れていくという。家の前にはタンクローリーが停まっていた。家の人々は大丈夫かな、見つかったり捕まったりしたら大変なことになると心配した。しかし、大丈夫ですよといって、弟と二人を運転台に乗せて出発した。呑気というか蛮勇というか。前線では特攻作戦をもって敗色濃い戦争をしているというのに、一体どうなっちゃっているのか。

今だからこそそう思うが、その頃は子供故、そんなことはどうでもよく（心のどこかでは申し訳ないとか、やってはいけないことだとわかっていたが）、折角の運転台乗車のチャンスを逃してはと、そちらの方が大切で、有頂天になって乗せてもらってしまった。

悪いことをすれば、そういう時に限って、見つかったり捕まったりするものである。行きはよかったが、帰りに家まであと一キロ少々の所で、前方から黒塗りの立派な自動車が来た。すると急ブレーキを踏んで停車した。

何事かと思ったら、運転台の椅子の下に潜れという。本能的に見つかったら大変なことになると思い、弟と二人で潜った。すると外から見えないように、積んであったシートを被せて覆われた。震えはしなかったが、どうなることかと心配であった。

息を殺して気配をうかがっていると、兵隊さんは車の外に出て、敬礼をしながらその車をやりすごそうとした。しかし、車は停まった。息を潜めて聞いていると、部隊名と任務を聞かれたらしく、てきぱきと答えると「よし御苦労」という声がして、車は走り去った。

「もういいよ」の声に、助かったの思いが溢れ出た。気転のきく要領のいい兵隊さんと兼々思っていたが、こういう急場で、見事本領発揮して窮地を逃れることができ、感心させられた。へまをすれば軍法会議ものである。

聞けば、前方から来た車は将官旗を翻していた。香取海軍航空隊の司令官、海軍中将の乗った車であった。それが逆によかった。偉すぎて、若い水兵の活躍を、子供の働きのように見ていたのだろう。即座によくやっている、頑張ってくれよの思いであったのだろう。これが下士官か何かであったら逆に根掘り葉掘り聞かれたり、車中を調べられたりで大変なことになったかもしれない。運がよかった。

それにしても、人間社会、どんなに軍律を厳しくし、統制を強化しても、下々末端までは徹底しないものだ。あの死ぬか生きるかで、国民が総動員で緊張しているさなか、ましてや命を捨てに行く特攻部隊の中に、軍律違反を犯してまでも、世話になる家の子供の要求を満たして喜ばせようとする人間的な行動があったということが、何よりの証拠なのである。

このことから、人間の心は絶対に縛れない。縛れるのは、己が己自身の心と考えだけである。それを戦後になり大きくなってから、回顧的に知ったのだった。

同じようなことは、次のような事例からも知ることができる。ある日の食事の時、弟と二人で田んぼから捕まえてきたザリガニ（当時はこのあたりではエビガニと称していた）が食卓に出た。茹でたものを醤油で煮付けたものである。兵隊さんも喜んで食べた。

その折に、天ぷらにしたらうまかろうの話が出た。しかし、天ぷら油など久しく手に入るどころか、見たこともない。配給もなく国民は長いこと口にしていないことを語った。

すると海軍の兵隊さんが、今度持ってきてやるという。一番位の下の水兵さんにそんなことができるはずがない。それにこの非常時に、軍隊といえども贅沢品の食料油などあろうはずがないと思っていたので、ハッタリかおべんちゃらかぐらいに考えて、信用しないで聞き流した。

ところが、本当にゴマ油を一升抱きかかえてきた。これにはびっくりした。貰ってよいやら、はたまた、食料用ではなく、整備兵が日常扱っているガソリンではないかと心配した。

バレたらえらいことになる。まさかかっぱらってきたんじゃなかろうかとも疑ってみた。父母が念入りに問いただすと、仲のよいその筋の関係兵士から、訳を言って貰ってきた物だから大丈夫だと、二人が笑いながらいう。よくよく聞いた上で信用することにした。

そこで思ったことは、兼ね兼ね海軍は物持ちだ。何でも持っていると聞いていた。事実、甘味が絶対にない時代、我々子供たちは、とうもろこしの木の堅い皮を、口を血だらけにして剝いて、中の僅かに甘い汁をむさぼり吸ったり、野いちごや野草の僅かな甘味を漁って、糖分を補給して生きた時代であった。

そうした中で、海軍は整備兵までが、芋飴とはいえ、飴でピーナツを固めた航空糧食なる甘味を、一日だか一週間だかに何箱かを貰える。それを分けて欲しくて、家にこないかと誘い込んだ経緯が物語るように、物資はかなり豊富に備蓄され、潤沢だったようである。

だからこそ、下っ端の兵隊分際でも、国民は目が飛び出すほどの高価で皆無の高級ゴマ油が、簡単に手に入ったのであろう。

特に、特攻隊を抱える部隊には、最高級品が今生の別れに飲食させるために用意されていた。栗羊羹、ウイスキー、パイナップルの缶詰等々、有り余るほどに持っていた。

油が入った以上、天ぷらだ。この日ばかりは下宿している陸軍さんにも声をかけ、陸海三人の兵隊さんと我々兄弟の五人で、海老川沼にザリガニを釣りに行った。

空襲のない時間帯を選んで出掛け、一時間ほどで、バケツに一杯ほどのザリガニを捕って帰った。釣り方は、最初に我々がやって見せながら教えた。すぐ覚えた兵隊さんたちは、童心にかえって、面白いように釣り上げていた。

久々に戦争を忘れ、夢中になって釣りに興じたこの時間は、明日をも知れぬ兵隊さんたちの命の洗濯になったはずである。

一升の油があると、釣ってきたバケツ一杯のザリガニの大方が揚げられる。山ほどの天ぷらを、我家の九人の家族と、三人の兵隊さんの十二人でたいらげてしまった。

なかでも初めてだといって喜んだ陸軍さんは、食べるは食べるは物凄かった。我々も口にできない天ぷらだけに、自分でも驚くほど食べたが、その比ではないほど大量に食べた。

めったに食べたことのない天ぷら。それをこうまで食べたら、腹も身の内でたまったものではない。たちまち油に通され、夜半に上げ下げの大苦しみが始まる。

家族や海軍さんは大丈夫だったが、陸軍さんだけが嘔吐下痢、あげくのはてに発熱もし、夜中に大騒ぎになってしまった。医者は出征しておらず、薬局に薬は無しで途方にくれた。

朝になっても、出勤できるどころではない。困った父が、訳を説明しながら、欠席届けに飛行場に行く破目となってしまった。厄介なことは、海軍さんが軍から手に入れて持ち込んだ油を使った天ぷらに当てられたとは、口が腐ってもいえない。父は何と釈明したか。おそらく、食当たりか何か適当に話したのだろう。

軍も自分の方の兵隊が世話になっていることでもあり、父は教師ということで信用され、お咎はなかったようである。家中ホッとした。海軍さんの二人も、どうなることかと青くなって心配したことであろう。

昼過ぎに軍医が来て、処置をして帰ったら、若いだけに快復も早く、何日も休まずに治った。端的にいえば、身のほど知らずの食べ過ぎが原因。それも普段食べたことのないザリガニと、油に通されたということである。

この一件を見るにつけても、陸軍は本当に困っていたらしく、それで民家へ将校や下士官を押し付けて、下宿させていたものと思われる。

腹が減っては戦ができぬの諺ではないが、こんな状態で戦争に勝てると思っていたのだから、マンガでありおめでたい限りであったとしかいいようがない。

それでも海軍さんからは、いろいろの品物ばかりではなく、情報をもらい助かった面が多い。例えば、敵機に襲われたら走って逃げるな。三十センチの田の畔でも背にして伏せれば、弾丸は斜めに飛んでくるから当たらない。敵機が引き返して来たら、反対側に回って伏せれば助かると。これなどは、実戦をくぐった兵隊の生きた実体験で、大いに役立った。

人間は戦争があろうとなかろうと、ほのぼのとした人間関係、温か味のある温もりの愛を求め合うものである。殊更、戦時下のような極限状況の中では、強烈なものとなる。家族愛、隣人愛、同胞愛の絆がそれである。海軍の若い兵隊さんが、おふくろさんを慕うように、外出を何よりの楽しみにして、我家を訪れ寝食を共にしたのは、そのせいだった。

あの生死を彷徨うギリギリの生活の中で、こぼれ咲いた人間愛。それは兵隊さんは勿論、国民の我々にとってもどんなに有難かったか。ホッと温もりを感じ、生の歓びに浸ることのできた、束の間の幸福であった。

陸軍さんは徳島へ復員してからは、音信が跡絶えてしまった。海軍さんも東京出身の兵隊さんは、一、二度来たが、これもやがて消息を絶った。みんな苦しい戦後の戦いに翻弄されてしまったのだろう。秋田の海軍さんだけは、何度も来てくれ昔話にふけって帰った。亡くなるまで交流し続けた温い人であった。

兵隊さんの心は寂しく辛かったらしい◆

その頃、我家では、湯殿も便所も、母屋から離れた所に独立して、別々に建っていました。兵隊さんたちが、背中を流しながら元気に「誰か故郷を思わざる」を歌っているのを聞きました。隊では歌えないので、風呂場で戦友同志で励まし慰め合いながら歌って、故郷を偲んでいるんだなと思いました。また、トイレからは、すすり泣く声を聞いたこともあります。可哀想になりました。戦争は駄目です。罪作りです。

戦争に行かれた人は少なくなりました。戦友体験を今書き残しませんと、永遠に失ってしまいます。息子や父や主人を戦地に送り出した家庭では、どんな思いや心境で毎日を働き過したでしょうか。特に、戦死者や傷病兵を出した家は、言辞に尽くし得ぬ悲惨な境遇に追いやられ大変だったことでしょう。

二度とそういう時代を迎えないためにも、戦争を心から憎み否定し、絶対に起こさせないように、それぞれの戦時体験を書きましょう。

32 登下校

戦時下の登下校

学校までの道には、様々な思い出がある。二キロほどの県道だが、当時は砂利道とは名ばかりで、尖った小石がごろごろと転がる危ない道だった。そこへもってきて、牛車や馬車の糞が至る所にたれ流しされ、汚い道でもあった。風の強い日は、埃が舞い上がり、目が開けられない状態になるなど、通学条件のよくない道だった。

しかし、当時はどこもかしこも似たり寄ったりで、道路とはそういうものだと思い込み、別に不平や不満も無く、登下校に使っていた。ただ、慣習で雨の日は裸足で登校するので、その時ばかりは足の裏が痛く、拾い歩きに苦労したのを覚えてる。

三年生ぐらいまでは、高等科二年生が親方の集団登校で、みんなで仲良くおしゃべりしたり、歌を歌ったりしながら楽しく登校した。そこでいろいろのことを上級生から聞かされてためになった。

下校は同級生だけで帰るので、自由になり、思いっきり道草を楽しんだ。これがまた善きにつけ悪しきにつけ、様々な形で成長剤になったことは間違いない。

大自然との触れ合い、大人社会とのかかわり、掛け替えのない友情の土壌になって、今日に役立っているのも確かである。

その有意義で思い出深い通学路も、戦争末期には危険極まりない死のロードと化してしまった。上空から見ればくっきりと白く線を引き、歩行者や牛馬車は手に取るように見えるのだからたまらない。

空襲の標的にはもってこいだ。当然のことながら、別の道が通学路になる。それでも狙われてしまった。恐怖の登下校だ。敵弾をくぐっての通学は、生きた心地のしないものとなって、今もって忘れられない。

小学校一年生から二年生の頃は、まだ戦争が激しくなかったので、内地では戦時体制は厳しくなかった。戦線は中国大陸だったし、戦勝モードで進んでいたので、日常生活はそれほど窮乏してはいなかった。

学校も落ち着いて授業ができたし、遠足や運動会、学芸会の三大行事も、学期毎に従来通りに行われていた。それだけに楽しくもあった。

その頃も今のように登校班があって、朝は時間までに集合場所に集まり、そこで点呼をとり、整列して学校に向かうのである。

忘れられないのは、互いにさそい合ったり、高等科の生徒が低学年の子を迎えにきてくれて、集合場所に行くのだ。これが何ともいえない優しく思いやりのある行為で、そのお陰で低学年は安心して登校できた。

先頭と最後尾に高等科の生徒がついて、低中学年を真ん中にして守るように歩いて行った。当時は下駄履きから草履の時代だから、よくはなお（下駄紐）が切れる。そうすると上級生が自分の手拭や三尺の端を歯で食いちぎって切り、それを手でよって、はなおをすげ替えてくれる。とても面倒見がよく、可愛がってくれた。

雨の日は裸足で登校するのが常であった。さし歯下駄（歯の高い高級下駄）を履ける子は少なかった。それを見越してか、当時の学校には昇降口周辺に、足洗場が造られていた。

雨の日は、その足洗場で手押しポンプで水を出し、足をきれいに洗ってから教室に入るという慣習になっていた。傘は油紙を張ったから傘を差して行くのだが、穴があいたり切れたりした破損傘が多く、びしょぬれで登校し、小使のおじさんに、服を乾かしてもらうこともしばしばあった。砂利道で足が痛いので、低学年の子や怪我や具合いの悪い子を、高等科の生徒がおんぶして登校させてくれたのを覚えている。

また、橋場のはずれの桜前地区に、たった一人の高等科二年生がいて、この人は遠いからか、あるいは特別の理由からか、自転車通学が許されていた。この生徒が、一年生や具合いの悪い生徒を、荷台に乗せて連れて行ってくれた。

自分も一度だけ乗せてもらったことがあった。目をつけられていたのか、いきなり乗れといわれ、荷台に乗せてもらって学校まで行った。らくちんだった。偉くて立派な大人のような高等科の生徒に、親切にされたのが嬉しくて得意になったのを、未だにはっきりと覚えている。

下校は放課が学年ごとに違って、バラバラなので、級友と帰ることが多かった。これがまた道草という忘れられない楽しい思い出を残した。スカンポやツバナ等の野草を採って食べたり、小川に入って小鮒やめだかをすくったり、春は花摘み夏は桑の実を採って食べ、秋は山ぶどうや柿、栗、あけびを食べる。時に畑や屋敷の隅の梨や桃を失敬して、大目玉を食らう。冬は日裏となる田んぼの氷を食べたり、氷滑りをしたりと、楽しさ一杯だった。

馬車や牛車が通ると、こっそり後から飛び乗って運んでもらう。あまり大勢で乗ると、後が重くなり前が浮き上がって、見つかってしまう。怒鳴られたり殴られたりするので、飛び降りて、蜘蛛の子が散るように逃げたりした。

道中に村の鍛冶屋が一軒あって、そこに寄っては、鍛冶職のおじいさんの仕事を、見せてもらうのも楽しみな道草だった。
駄菓子屋で飴を買ったり、チリンチリンと鈴を鳴らして通る、アイスキャンデー屋の氷菓子や、学校前のトコロテン屋で、こっそり食べたトコロテン等の買い食いも忘れられない。

そうした道草も、昭和十九年頃からはできなくなってしまった。戦争が激しくなり、危なくなってきたからである。腕白坊主たちはいつしか上級生になり、五年生六年生になっていた。

高等科の生徒は、学校を守らなければならないので、小学生の面倒は見られなくなっていた。そこで登下校は高等科に代って、五〜六年生が親方になって集団登校せねばならない。

昭和十九年末からは空襲が始まる。二十年に入ると、艦載機による超低空の機銃掃射で狙い撃ちされる。県道は上空から丸見えである。

そこで学校では、通学路を別に定めて登下校の安全確保を図るのだが、橋場区の場合、最初は桑郷、西高野の生徒と同じ方向へ迂回して、途中から別れて五衛門橋（今の役場付近）へ出て、橋場へ逃げ帰る道が選定された。

しかし、この道だと古屋からは木一本ない広い田んぼ道で、狙われたら最後、隠れる場所も逃げる所もない。県道以上に危険だということになり、最も危険な栗山川沿いの小道が選ばれた。

この道だと、途中に跡切れ跡切れに田んぼはあるが、小松原や森が続いていて、隠れたり逃げたりするには都合がよい。だが、飛行場は川を挟んで目と鼻の先だ。ぞろぞろ歩いていれば、すぐ目につき狙い撃ちされてしまう。滑走路は離れていても、付帯施設や兵舎は、川ぎりぎりに建っている所もあって標的になっている。

それでも県道よりはましだというので、この道が選定された。他に道は無いからだった。運が悪かった。毎日のことだから、一度や二度は確率上当然かもしれないが、ある日のこと狙われてしまった。

警報が出たので急拠帰宅命令が出る。すわっということで、毎日引率する下級生たちを集結させて、脱兎の如く学校を逃げ出す。

初めの頃は、ラジオから東部軍管区情報として、最初に警戒警報が出る。これはどういう機種の敵機が何機ぐらい、何時何分にどの地点をどちらの方向に進んでいるかを報じる、文字通り警戒せよ、来るぞ、身構えよのしらせである。したがって、待機時間が若干ある。その間、十分〜三十分の間に逃げ帰れる。

空襲警報は、敵機が本土上空真近に迫った時点で発令されるらしく、それを聞いて防空壕に逃げ込むと、間もなく上空に飛来する。ただ敵機の標的が別の場所にあれば、何のこともなく飛び去るだけで怖くも何でもない。

しかし、見つかったら最後、機銃掃射でやられてしまうので、外には出られない。海岸の方で俺一人ぐらい狙うものか、それに見えやしないとたかをくって、夏の夕方縁側で夕涼みをしていたら、狙い撃ちされて射殺された老人がいたという悲報もあったほどだからだ。

始末の悪いことに、制海権、制空権を握られてしまってからは、警戒警報が間に合わずに、いきなり空襲警報発令の非常事態が多くなった。房総沖の至近距離まで機動部隊が接近し、そこから艦載機を発進させるので、発見した時には頭の上に来ているというケースとなる。

この日は折悪しくそれに近い状況だった。学校を出て熊野神社の森を抜け、小走りに小松林の中をくぐり、田んぼに出たところを見つかったらしい。あと百メートルか五十メートルで次の森に逃げ込める所で襲われた。

来た、危ない。直観と同時に、伏せろと叫んで、近くの下級生を田の中に突きのめし、自分も飛び込んだ。ダダダーっという機銃の音と超低空を飛び去るグラマン機の爆音がはらわたをえぐる。後を見上げれば続く機影は無い。それっと森の中に駆け込む。みんな無事だった。生きた心地がしなかった。運がよかったのだ。

南の上堺側から突入してきた中の一機が、田んぼ道を逃げ帰る我々を発見して攻撃を仕掛けたのだろう。危なかった。間一髪、あと一、二分で森の中に逃げ込めた空襲だった。

それ以後は、朝の登校時にも敵機が上空を旋回するようになり、学校も休みにする日が多くなった。学校どころではなくなってしまったのだ。それに学校には、帝都防衛部隊が敵前上陸に備えて駐屯し、校舎で寝泊りし、運動場は兵隊さんたちの食糧となる芋の栽培畑にされてしまった。

そんなわけで学校には行けなくなり、集落ごと、あるいは近所で集まって勉強する体制がとられた。お寺や集会場に先生が出張してきて、授業をするようになってしまったのだ。楽しい通学はいつしか死の通学に変わっていた。

◆知恵や気転で身を守っていました◆

機銃掃射ほど怖いものはありません。上空から狙い撃ちですから、赤児を捻るようなもので、面白いように殺傷されてしまいます。だから標的にされたら最後です。

しかし、助かる方法はあります。逃げたら駄目です。相手は空から何十倍もの速さで襲ってくるのですから、走って逃げても逃げきれるものではありません。隠れることです。

海軍さんに教わりました。三、四十センチの高さの畔や道があれば、それを盾に腹ばえば、銃弾は斜めに飛んで行くので当たりません。それに引き返してきたら、今度は反対側に行って伏せればよいのです。そのうちに敵さんは諦めて行ってしまいます。

実戦をくぐって得た知恵です。それを慌ててしまって、走って逃げるからやられてしまうのです。海軍の兵隊さんから教わったことで、命拾いをしたことがいくつもありました。皆さんにも経験があるでしょう。教えてください。

33　凱旋遺骨と傷病兵

白木の凱旋

白木の箱が帰る。お骨は入っていない。これが戦争末期の戦死者の名誉の凱旋の姿だった。それでも文句一ついえない。家族は有難くおし頂くしかなかった。いかに出征前の挨拶が、「行って来ます」から、帰りの無い「行きます」の特攻挨拶に変えられて入隊させられたとはいえ、あまりにも酷くはないか。どうせ一銭五厘の赤紙召集だ。国家の為、お国の為になっただけでも名誉なことだ、有難く思わなければ罰が当たるといわんばかりだ。これでは虫けら同然の扱いである。家族にとってはたまらない。

しかし、それを口に出したり態度に示そうものなら、憲兵や特高が飛んでくる。それ以上に怖くて忌ま忌ましいのは、近所や村民から白い目で見られ、非国民呼ばわりされて、村八分にされることだ。

平時なら大声で泣きわめき、狂ったように悲しみ、家の息子を返せと、国家やその筋に迫るであろう。それができないから戦争は怖いのだ。恐ろしいのだ。

国家が最高で、国民は国家に生命と金と労力を提供する存在だった。だから逆らえない、文句もいえない。すべて尽忠報国でお国の為なら、火の中、水の中をも厭わず働き、且つ、戦わなければならない。個人や私心は無いのだ。あるのは天皇と国家とお上だけである。

だから死ぬ時は、「天皇陛下万歳」と叫び、万歳してから死ねと教えられ、その通りに行動させられ、何百万の人が殺された。戦争や軍国主義が始まったら最後、そうなってしまう。誰にも止められない。困ることはやりたがる人間が出るから恐ろしいのだ。未然防止が肝要である。

あれほど勇ましく元気に出征した人が、今日は白木の箱となって凱旋する。何ともいえない気持ちになる。戦死者続出である。

開戦当初は勝ち戦だったから、戦死者は少なかった。それだけにたまさかあった戦死者は、名誉の戦死と称えられて丁重に弔われたのだ。

駅頭に関係者や村民が出迎える。出征時の見送りとは百八十度逆転した悲しい光景だ。すすり泣きたい気持ちをおし殺し、必死に涙をこらえる人々の前を、遺族の胸に抱かれた凱旋遺骨が通っていく。

白布に包まれた白木の中には、骨片や頭髪、爪などが入っていたらしいが、戦争が激しくなり逃げ戦になると、それすら持ち帰れなくなり、箱の中は紙っぺらや何も入っていないものが多くなったという。

海軍だったら水葬、陸軍だったら荼毘（だび）に付せばよい方で、他人の死などに構ってはおれず、敬礼一つで置き去りにされたらしい。

最初の頃は、村をあげての葬式をした例もある。一つ二つ記憶にあるのは、校庭に全校生徒が整列し、村民有志も参列して、名誉の戦死を遂げた兵士の葬儀を、うやうやしくとりおこなったのをはっきりと覚えている。

白手袋をした村長さんが、白木の遺骨を、正面にしつらえた祭壇に安置し、うやうやしく拝礼して静々と下がる。僧侶たちの読経が始まる。シーンと静まり返って聞き入る。

弔辞が始まる。競争のように大言壮語、美辞麗句を使って名誉の戦死を美化し称える。国のため、村のためにこんなに名誉なことはない。忠君愛国の士だ。村の誇りだと持ち上げる。悲しみを吹き飛ばす戦意高揚演説だ。

まさに立派にお国のために死ぬことの、お手本だといわぬばかりである。居並ぶ小学生に、かくあるべしと教えているようにも聞こえた。

戦争の恐ろしさが、如実に表れた典型場面だったと思い返される。人の命は虫けら同然で、国家に捧げて当然という思想の時代だったのだ。

それでもこうして丁重に弔われる頃はまだよかった。昭和十八年後半からは、そうした儀式は影をひそめてしまい、駅頭への遺骨迎えの行事も無くなってしまった。

おそらく、余りにも多くの戦死者が出るようになったので、対応しきれなくなったこともあろうが、それ以上に、負け戦を察知されたくないための予防措置でもあったのかもしれない。そっと誰にも知られずに帰還したのだ。

初めの頃は、村の招魂社や国の靖国神社に、鳴り物入りで祭られたものだが、その後はどうなったか聞いてもいない。人々は戦火に追われ、自分の身を守ることで精一杯で、それどころではなかったのではなかろうか。

戦争は人間を犬死にさせる。無駄死にさせる。これほど無意味でバカバカしいことはない。死んだ人、殺された人はたまったものではない。人の命の重さや尊さなどは、これっぽっちも考えに無いのだ。わが町にもそうした気の毒な戦死者がどれほどいたことか。

戦死は免れても、病気や負傷で帰還する兵士も多かった。戦病死も相当いたらしい。負傷者は数限りなくいて、軍の病院だけでは間に合わず、民間の病院にまで溢れたという。

手の無い人、腕や足の無い人、目をやられ盲目になった人、動けないで寝たきりの人等々あげればきりがない。使い捨て同然で戻される。そうした人が結構多くいたのだ。

戦時中は肩身が狭い思いをしたらしく、敗残兵の汚名を浴びせられるのを怖がって、隠遁生活同然の生活を、世を忍んで送っていたらしい。時折、松葉杖にすがった、片足の無い白衣の軍人や黒メガネの傷痍軍人を見掛ける程度であった。

それが戦後になると、こんなにもいたかと思うほど町に溢れ、盛り場や縁日などの人出のある場所には群がっていた。戦闘帽を差し出し、哀れみを乞うて金銭を求める姿は痛々しく、気の毒そのものだった。戦争は罪無き人をこうまで追い込んで不幸にしてしまうのだ。

犬死の戦死は二度とあってはなりません◆

何より辛く悲しいことは、まだ年端も行かない二十歳前後の若者が、出征したと思ったら、白木の箱になって戻ってくることです。親や家族にとってはたまらないことです。胸が張り裂けんばかりです。戦争の惨さです。

次に困ることは、働き頭の働き手を奪われることです。当時は農業従事者が七～八〇%でしたから、農業が成り立たなくなります。じいちゃん、ばあちゃん、かあちゃんの三ちゃん農業では、生産が上がらず四苦八苦しました。

その上、長男や一人息子の戦死とあっては、家が潰れてしまいます。不幸な家では、五人も六人も親子で戦死者を出したところもあったようで、悲劇は枚挙にいとまがありません。

勲章や若干の補償を貰っても、そんなもので償えるものではありません。戦争とは国民を限りなく苦しめ、不幸にする最悪の行為です。身近な不幸や苦しみの実態を書き連ねて、戦争をみんなで阻止することです。

34 空襲

東部軍管区情報、空襲警報発令

千葉県匝瑳（そうさ）郡東陽村（現横芝光町）に、アメリカの爆撃機が飛来したのは、太平洋戦争が始まって間も無くのことだった。

昼御飯を食べていたら、物凄い爆音で見慣れない双発機が、裏の屋敷森をかすめるように、超低空で飛び去った。

そうこうするうちに、暫くして空襲警報が発令された。間抜けな情報にあっけにとられた。その頃、敵機は総武線沿いに、成東から東金線、外房線を伝って千葉に出て、東京を空襲して、中国大陸奥地に逃げる最中だった。

油断だった。完全に虚をつかれた。勝ち戦の最中だったから、まさかの空襲など、想定外だったのだろう。

冒険好きの、ヤンキー魂による不意討ちだ。銚子沖の遙か東方洋上から、航続距離の長いB25爆撃機を発進させたのだ。

この飛行機は陸軍機で大型なので、海軍の航空母艦からの発進は、不可能と考えられていた。そこに彼我の考え方や戦術戦略のレベル差があった。

猛練習と陸海協力で不可能を可能にし、発進させたら、母艦は猛スピードで反転してハワイに逃げ帰る。

東京を爆撃したＢ25は、発艦はできても着艦は難しいので、日本列島を一気に飛び越えて、中国大陸に逃げ込む。そんな作戦は、誰も考えつかない。しかも、超低空で飛び去るので、まんまと逃げられた。

被害こそ軽微であったが、日本軍の面子は丸つぶれで、ここから慌て出し、長い長い負け戦が始まるのだ。

「ジャッジャッジャ、東部軍管区情報、空襲警報発令！」がラジオから毎日のように流れ出すのは、この空襲後二年余のことだった。

敵機来襲のことを空襲という。朝は明るくなると来た。夏などは五時台の時もあった。おちおち寝ていられない。大方は七時過ぎだったが、それでも身支度、朝食等は攪乱されて、生活は滅茶苦茶になった。

グラマン主体の艦載機である。黒緑色の胴体や翼に白色の星マークをつけた、無気味な飛行機で恐ろしかった。航空母艦から毎日のように飛んできては、一日中攻撃するのだ。

最初は近くの飛行場攻撃だった。隊長機がバンクしたかと思うと、美しい隊列を描いて急降下してくる。真っ赤な曳光弾が発射され、それが地上との中間点で銀色に変わる。そうしたら一斉に防空壕の中に潜り、親指で耳を塞ぎ、残る指で目が飛び出ないように、押さえてかがみ込む。間髪入れずに、はらわたが抉られるかと思うほどの爆発音と閃光、土砂が物凄い振動で降りかかる。生きた心地がしない。母屋のトタン屋根には機銃の薬莢が、ガラガラと音をたてて雨霰の如く落ちてくる。

飛行場は、何十センチもの厚いコンクリートの滑走路がめくり上がり、十から二十メートル四方の大穴がいくつもあけられ使用不能。格納庫や兵舎も爆破され、壊滅的な被害を受ける。おそらく多くの死傷者が出ただろう。

それが、朝から夕方までの波状攻撃で、毎日続く。修理など間に合わない。毎日、沖合近くから連続発進で襲ってくる。たまったものでない。逃げきれないで、何人もの人が殺される。

防衛戦闘機はどこにもなく、やられっぱなしだ。高射砲や対空機銃は、完璧に破壊され、制空権は完全に敵に握られてしまっている。

最初からそうだから、なす術もない。わがもの顔のやりたい放題の攻撃を、指をくわえて見ているしかない。悔しい限りだった。

灯火管制下、急いで炊事をして、夕食をかき込み、日中できなかったこと等、片付け物をする。裏山へ運び出す家財道具を大八車に積む。そうこうするうちに、九時、十時になると、サイパン、テニアンから発進したB29の大編隊が襲ってくる。空襲警報と共に大八車を引いて裏山に行き、それから防空壕へと逃げる。

高角砲や夜間戦闘機の機銃の音が、遠くに聞こえ出す。閃光が暗い夜空に光る。すわ近いぞ、来るぞの緊張感が走る。化け物のような機体が、昼とは違って低空で飛び去るのが見える。

焼夷弾が、火を噴きながら、雨霰と落ちてくる。空全体がチラチラとした光の海となる。地上では、たちまちのうちに火災発生で火の海となる。大方は東京や千葉で落し損なった残弾を、灯が漏れてる集落に投下したらしい。横芝光町でも落とされた所があったと聞いている。

ことほど左様に、随分とあちこちで被害が出た。妻の生家は成東町（現山武市）の田んぼの中の小さな集落だが、そんな所まで狙われ、怖かったそうだ。翌日村人が拾い集めた焼夷弾は、リヤカーや大八車で何十台分もあったという。またその空襲で、近くのお宮のお堂まで焼かれてしまったそうだ。

B29は昼と夜の二回にわたって攻撃してくるから、始末に負えなかった。夜間攻撃は、遅い時は朝の三時頃まで続く。睡眠不足でグロッキーになる。フラフラで朦朧とする。

昭和二十年三月十日の、陸軍記念日の東京大空襲は物凄かった。西空が真っ赤だった。秋田県から来ていた海軍さんが外泊で来ていて、「山の麓は大火事だ」と、雲を山に見誤って叫んだのを、大笑いしながら聞いたことを思い出す。彼は千葉県にも、故郷秋田のように、山があると思っていたのだろう。そうこうするうちに、百キロメートル近く離れた東京からの灰が、横芝光町にも降ってきた。想像を絶する大火災だった。

本所深川、今でいう江東、墨田、台東、江戸川、荒川区方面は総ナメにされ、一夜にして地獄絵と化した。火柱は渦を巻いて天まで昇り、火焔のつむじ風が、逃げまどう人々を焼きつくし、建物という建物を灰にしてしまった。

防空壕に逃げた人はむし焼にされ、川やプール、池に飛び込んだ人は、溺れたり熱湯と化した水で焼け死んだ。逃げながらも、酸素不足で呼吸困難になって倒れる人。火のついた荷車を引く者、背中が燃え、髪に火がつき、火だるまになって倒れる人。直撃弾を受けて即死したり、手足をもがれたり、目が飛び出したりする人でごった返す。むごたらしさは、言辞に尽くし得ぬ、阿鼻叫喚の世界だ。

翌日には目を焼かれ盲目になった人、足を引きずり顔に大火傷した人が、一人二人と帰ってきた。トラックや牛車を乗り継いだりして、ほとんどは歩いて、傷身を引きずりながら、故郷に辿り着いたのだ。横芝光町にもそうした被災者がいて、お気の毒で涙なくしては語れない悲話だ。

なかには、赤ん坊を背負って、着のみ着のまま逃げ回り、全身大火傷、目もほとんど塞がって見えず、やっと辿り着いた生家で、背負ってきた子供を下ろしてみたら、死んでいたという話まで聞いたのを覚えている。

絶え間なく襲いくる火の手に追われ、ガード下等、少しでも火焔を避けられるところを拾い、それでも逃げきれずに火傷を負い、煙や毒ガスにやられ、苦しみもがき泣き叫び、親を呼び子を呼ぶ断末魔の苦闘の果てに死ぬ人。

死体の山をかき分け踏み越えて逃げても、逃げきれないで遂に息絶えた人。空襲の恐ろしさ火の怖さは、ゾッとするばかりの修羅場を作って、何万という人を奈落の底へと突き落す。

東京はこれ一回きりでなく、何度もやられた。日本中の都市という都市がやられた。本県でも千葉や銚子は爆弾まで落とされた。白浜や勝浦は艦砲射撃まで受けたという話を聞く。命が助かっただけ不思議なくらいの、大惨事の空襲が続いた。

そのうちに、硫黄島から発進する陸軍機も加わって、空襲の頻度は増し、激しさは倍加した。手当たり次第の、容赦なき攻撃となった。

学校、駅、役場、橋、民家にも及ぶようになる。無差別攻撃だ。軍事施設は跡形も無く破壊しつくされ、残るは田舎の公共施設や民家へと、悲情の手は延びてきて、多くの人間、罪無き人々が、非業の死に追いやられていった。

あの急降下時に発する金属音。B29のウォンウォンと唸るような無気味な音、張り裂くようなバリバリという機銃音、目もくらむ閃光、爆発音、爆風、振動、そして、阿鼻叫喚の悲鳴、身の毛のよだつような地獄絵は、目に焼きつき耳に残って離れない。こりごりである。

恐ろしいのは、それが毎日続くと不思議なことに、慣れっこになり怖くなくなる。むしろ敵愾心が湧いてきて、戦闘意欲が旺盛になる。生命など惜しくなくなってしまう。戦争はこれが怖いのだ。常軌を逸するからである。

負けてるのに、負ける気がしない。負けていると思わない。きっと勝つ。必ず勝つと信じ思い込んでいる。いざという決定的瞬間には、神風が吹く。絶対に負けない神州神国を、最後まで信じかつ抱き続けたのだ。戦争は人の心や精神を狂わせるから怖い。正常な判断力が、外的にも内的にも奪われてしまうのだ。

空襲の怖さ。戦争は絶対にしてはならない。

◆空襲体験を書き残し、戦争に反対しよう◆

恐ろしい空襲体験は、あの当時を生き抜いた人なら、どなたもお持ちでしょう。あなたの場合はどうでしたか。機銃でしたか。それとも爆弾ですか。あるいは焼夷弾でしたか。

命からがら逃げた状況が、思い浮かぶでしょう。狙われたら最後、死の恐怖と隣り合わせの毎日。首尾よく被弾せずに逃げきっても、あの緊迫した凍るような心境は、思い出してもゾッとする、息の詰まる思い出でしょう。

日本中、どこもかしこもそうでした。生きながらえたのが、不思議なくらいです。幸運だと喜んでは、死んだ人に申し訳ないので、慎まなければなりませんが、それだけに犠牲になった人々のためにも、二度と戦争を起こさないよう、各自がそれぞれの空襲体験を綴って書き残すことです。

人が人を、空から自由自在に狙い撃つ。面白いように大量殺戮(さつりく)していく。それが空襲です。憎みて余りあることです。戦争絶対反対です。

35　囮（おとり）戦法

疑似風船による囮作戦の失敗

囮作戦の囮とは、誘い寄せたり、おびき寄せたりして、相手を叩く戦法。太平洋戦争末期、帝国海軍なけなしの機動部隊（空母艦隊）を囮に使って、台湾付近を遊弋（ゆうよく）させ、それを目掛けて敵の主力機動部隊が吊上げられた隙を狙って、大和、武蔵の連合艦隊がレイテ湾に突入して、敵輸送船団を撃滅しようとした作戦がそれにあたる。

横芝飛行場で行ったのは、囮作戦でもあり、それ以上に目くらまし作戦、つまり、相撲の技に「猫だまし」というのがあるが、それに近いはぐらかしや騙し戦術で、いかにも稚拙丸出しのものだった。

窮余の一策とはいえ、科学万能の近代戦で、このような子供騙しのような戦術しか採り得ないところに勝ち目は無かったといえるのである。

それより一宮海岸から飛ばした風船爆弾は、同じ風船でも理にかない科学的で効果の上がる戦法だった。偏西風に乗せ、高空のために攻撃されることも無く、確実に米本土に着弾できるから、米国は青くなった。

現に、数十発はロッキー山中やプレリー平原に、着弾していたらしい。恐怖を感じた米政府は、徹底的に情報管制を敷き、日本に着弾情報を漏らさなかった。

日本軍はやきもきした。平静を装うアメリカ社会を見て、米本土へは着かずに、途中の太平洋に落下したと思い込んでしまう。

その間、着弾した爆弾の布や土を徹底分析して、爆弾作成場所は群馬県の桐生や太田であることを突き止め、攻撃して工場を破壊してしまった。これなどは惜しい作戦だったが、情報戦、科学戦で負けた典型事例であった。


囮戦法、だまかし戦法が横芝飛行場で始まったのは、戦争が負け戦になってからである。勿論、住民はそれとは知らず、知っても負け戦とまでは考えられずに見ていた。

まず、最初は何機だったか忘れたが、木製の重爆撃機を作って、滑走路に並べた。半ば威嚇のため、他方まだまだ多くの攻撃機が存在することを、誤認させるため、はたまた、本当のところは、それを攻撃目標にさせて、残余の飛行機や兵舎等の施設や兵士への攻撃を回避させようとする狙いからやったことらしい。

何とまあ姑息で情けない戦法か。アメリカだって上空から見ればすぐわかることで、引っ掛かるはずもない。子供騙しもいいところだ。呆れたことに、そんなまやかしものに、一機の製作費を当時の金で一万円も掛けたと聞いて驚いた。噂話だからどこまで本当なのかはわからないが、いずれにしても、馬鹿馬鹿しく無駄で間抜けな話だ。これで勝てるなら苦労も何もいらないことになる。

もう一つは、ある日、突如として気球めいた風船が、飛行場の上空に浮かび上がった。何事かと思い、奇異に感じながら見ていると、風船が紐と共に風に揺れている。確か色つき風船も混じっていて、美しい光景だった。

何のことかと思って聞いてみると、囮だという。敵の攻撃機を近寄らせないようにするためだ。つまり、この気球や風船には、爆弾が仕掛けられていて、飛行機が触れると爆発して撃墜される。危ないから近寄るなと思わせて、敵の攻撃から軍事施設を守ろうとする算段だったらしい。

これまた、なんと知恵の無い、これが大人の考えることかと、笑ってしまうほどの幼稚な愚策である。案の定、一機たりとも触れるもの無く、この戦法は失敗に終わってしまった。

貧すれば鈍するではないが、大国アメリカに対して、こんな愚かな戦法で勝てると思う軍部の貧弱な思考力に愛想尽かさなかった国民も国民で、負けるべくして負けたのだ。

◆だまかしや神頼みでは勝てません◆

日本軍は、科学技術や情報戦で負けました。レーダーや原子爆弾がその典型事例です。戦後三十年近くして、日本の教育現場に普及したＯＨＰ等は、戦時中にアメリカ軍が使っていたものです。その他、挙げれば切りがありません。

今日のＩＴ社会だって、元はといえば、アメリカの軍事産業に端を発したものと聞きます。近代戦は、科学技術や情報工学の競争に勝たなければ勝負になりません。

それなのに、おまじないや神頼み、果ては迷信にまで惑わされるようでは、勝てようはずがありません。馬鹿げた話は、本気で神風が吹いて最後は日本が勝つと信じていたことです。鎖国だ攘夷だと、島国根性丸出しの保守的閉鎖性が招いた帰結だったのです。

みなさんの所にも、囮や偽物、まやかし作戦があったでしょう。神州日本にまつわる、いかがわしい信仰や迷信が、軍国主義と係わってあったでしょう。それを書いておきましょう。

36 空中戦

無敵の空戦部隊とその衰退

空中戦は戦争の華。最高の戦いでこれを行うものは、大空の勇士と称えられ、役者でいえば花形役者であった。

それだけに男子の憧れであった。なかでも零式艦上戦闘機のパイロットは技倆が抜群で、開戦当初は無敵を誇っていた。

上になり下になり、くるくる回ったり、急降下急上昇、体には猛烈な重力がかかる。ジェットコースターに乗った時の、内臓の動きのあの大きなものの連続である。地面が天上になったり、海が横に見えたり、目が回ってしまっては戦にならない。

とにかく素早く旋回や宙返りをして、敵の背後上方に位置しなければならない。また、太陽を背にして戦わなければ、眩しくて敵を発見できない。勝つための条件はいろいろで、様々な方法が必要だ。

零戦は運動性能に勝り、航続距離が長く、東京から岡山まで行って十分位の空戦をして帰ってこられた。したがって、南方戦線最大の基地ラバウルから千キロ近くも離れたガダルカナル島やニューギニア島のポートモレスビーやラエまで進出し、敵戦闘機群を撃滅していた。

それが敗戦前には、無残な負け方をするようになった。わずかに源田サーカスと呼ばれた新鋭機「紫電改」部隊が、四国松山で満を持して敵を迎え討ち、バッタバッタと撃墜して面目を施した華華しい活躍を最後に、日本の戦闘機部隊は壊滅状態になってしまった。

折しも、そうした状況下での、横芝飛行場上空での空中戦だった。練習の方がずっと迫力があった。戦闘にもならず、赤児が一思いに捻り潰されるような光景で、悔し涙の中で合掌するほかなかった。

空中戦は空の上で、戦闘機と戦闘機が格闘したり、戦闘機が爆撃機、雷撃機、偵察機、輸送機等と戦闘を行うことをいう。また、広くは爆撃機同士の戦いや飛行船やグライダー、それから練習機まで含めた、空の上でのすべての戦いをいうのではないかと思う。

太平洋戦争は、終わってみれば空の戦いだった。それまでの戦争が、陸や海の上での戦いであったのに対し、この戦争は空で雌雄を決する戦いで、制空権を得た方が勝利したのだった。

それを吹聴するかのように、巷には〝いざ決戦の大空へ〟とか〝空の勇士〟とかのポスターが貼られ、航空戦に勝利しようとの気風が蔓延していた。

その航空戦の花形が空中戦であり、その中でも戦闘機同士のくんずほぐれず、追いつ追われつの空での格闘が中心であった。

昭和十五年から十七年前半頃までは、横芝の飛行練習場でも、今でいう航空ショーのような催しが開かれていた。練習用の飛行場だから、スマートな格好のよい新鋭の実戦機は無く、使い古した二葉の戦闘機や、足の引っ込まない一葉の戦闘機や爆撃機の旧式機ばかりだ。

それでも、轟音を轟かせて飛び上がり飛び去る姿は、胸をスカッとさせてくれる。その頃は、学校にも招待があって、何度か見学に行った。

カーキ色をした絹張りの二葉の飛行機より、脚は出たままでも銀色に光る一葉の練習用戦闘機の方に注目が集まる。飛行帽に飛行眼鏡を着けた半長靴の操縦士が、乗り込む姿は颯爽としていた。

ショーでは低空飛行、旋回飛行、宙返り、急降下、急上昇、きりもみ飛行と、ありとあらゆる飛び方を演じて見せてくれて、楽しませてくれた。

なかでも圧巻だったのは、終尾を飾る模擬空中戦だった。エンジン音の唸り、くるくると回りながら、上昇したり降下したりの連続で、思わず固唾を呑み、拍手が鳴り止まなかった。空中戦はまさに空の戦いの華であるのを知った。

しかし、本物はそうはいかない。文字通り喰うか喰われるかの死闘である。あらゆる飛行技と愛機の性能をフルに使って、立ち回らねばならない。一瞬の油断や隙も許されない。ましてや敵機が性能において勝る場合は、それを補って余りある闘志や技倆が必要となる。それなるが故に、猛練習をせねばならないのだ。

空中戦に勝利するには、まず敵より先に発見すること。次に、敵より高度を高くとること。また、敵の背後上方に位置すること。そして、晴れていれば、太陽を背にすること等が条件になる。格闘に入る前の必須条件だ。

その上で、重力との闘いに耐えられる強靭な肉体、機敏な判断と処置力、的確な射撃力等の、いくつもの能力が、複合的に働かなければ勝ち目はない。

戦いは一瞬の間だ。空戦はスピード勝負でもあり、長くても二〜三十分で決着してしまう。肉体精神共に過酷な激戦が空中戦なのだ。

戦争が激しくなるにつれ、練習用とはいえ、飛行場には違いない横芝にも、敵機は容赦なく襲いかかるようになってきた。

そんなある日のこと、裏山の森陰から見ていると、日本の練習用戦闘機が一機飛んでいるのを見つけた。珍しいこともあるものだ、日本の飛行機がまだいたんだと嬉しくなって見ていると、どこからともなく三機編隊の機影が現れた。目を凝らして見ると、どうも日本の飛行機ではなさそうだ。思わず敵機だと叫ぶ。敵は三機、味方はたったの一機だ。それも子供にもそれとわかった、栗山飛行場の練習機だ。大丈夫かなとの不安と、日本は強い、大丈夫だとの思いが交錯しながら、成り行きを見守る。

日本の飛行機が唸りをあげて、急上昇しだす。いかにも遅い。必死に敵に向かっていく。間髪を入れずに、上空から敵戦闘機が襲いかかって、急降下してくる。

タンタンタン。ターン、ターンと、軽い音鳴りの機銃音が聞こえたと思ったら、その瞬間にドドドドッという、物凄い音鳴りの機関砲の発射音がしだす。ハッとして見れば、日本の飛行機がもんどり打って真っ黒な煙に包まれ、紅蓮の炎を吐きながら、真っ逆さまに墜落していく。

初めは敵機だとばかり思って万歳しかけたが、すぐさまあれは日本機だなと思い直すまでに、何秒とかからない。逸(はや)る胸が萎む。

黒煙の中に、白いものが、パッと開いたように見えた。落下傘だ、と思った瞬間に、敵機がサッと降下してきて、翼で切ったか機銃で仕留めたか、白いものが見えなくなり、黒い粒のようなものが、地上に猛烈な速さで落ちていくのが見えた。

上空には、勝ち誇ったように旋回する敵機があった。別の獲物を探しているように見えた。友軍機はこれ一機で、他に離陸した形跡はない。

軍律厳しい中なれど、情報はすぐ伝わってきた。清水から新島地先の畑の中に陸軍中尉だった搭乗員が落下し戦死したと。やはり日本機の、飛行場上空での負け戦だったのだった。

信奉する価値観が、大きく違っていた。恐ろしいことだった。可哀想という気持ちが湧かない。どうしてだろう。死が肯定されている時代だからである。見事な戦死と思うのだ。散華という言葉が、盛んに使われていた。大空に華と散るという意味だろうが、まさにこの空中戦で一瞬のうちに空の彼方で、パッと散ったあの光景は散華そのものであった。

悔しい、憎らしい、無念、落胆、おのれ今に見ておれの気概も出ず、がっかりするでもなく、放心状態で木陰から、今眼前で起った空中戦を思いながら空を見上げていた。

これが戦争なんだ。あの真っ黒な黒煙の中から、紅蓮の炎を吐きながら、墜落していく日本の日の丸をつけた飛行機は、目に焼きついていて離れない。それでもあの時は負けているとも、負けるとも思わず、勝つものだとばかり思っていた。

冷静に考えれば、スピードも違う、大きさや頑丈さも違う。なにより驚いたのは、耳に焼きついてる日本軍のタン、タン、ターンという軽い機銃音、恐らく日本機のものであっただろう。それにひきかえ、ドドドドドーッと、はらわたが抉られるような機関砲、あれはグラマン機のものに間違いない。その証拠に、友軍機はもんどり打って、一瞬の間に火を噴き落ちていった。これを聞いたり見たりしたら、明らかに性能も技倆も負けてることがわかるはずだ。それがそうではない。しかし、決して負け惜しみでもなく、落されて殺されているのに、勝っている勝てると信じ込んでしまっている精神の異常さが、今思えば不思議なのだ。

人間の心や精神をそこまで追い込み、徹底して信じ込ませてしまう教育の恐ろしさが、今思うとゾッとするばかりである。

あの飛行士の死を悼む人間的な素朴な感情が、封殺されてしまう怖さ。戦争のむごさ悲惨さは、そうしたところにもあって計り知れない。

どんなに空の勇士、お国の為に横芝上空に散華すると、名誉の戦死を称えられても、浮かばれるものではない。ただ、無念さが残るのみ。

開戦当初は中国戦線から南方方面、そして、ハワイ沖と、日本海軍の零式艦上戦闘機は無敵を誇り、世界一の優秀戦闘機と自他共に認められていた。

「ゼロが来たら逃げろ」が敵の合い言葉だった。それほどスピードが速く、小回りや宙返りの旋回力に優る、航続距離の長い戦闘能力にたけた飛行機だった。かてて加えて、海軍独特の猛訓練で、一人ひとりのパイロットの技倆が抜群であったのだ。一回の空戦で、一人で五機も六機も撃墜する強者がたくさんいて強かった。

それがアリューシャン列島で、通信機をやられて、母艦の位置がわからずに不時着したゼロ戦をアメリカ軍が捕獲し、徹底的に研究してからは、零戦の弱点を突く遥かに強い戦闘機が作られ、空の王者は所変えてしまうのだ。

それをまざまざと見せられた。確かな証拠はないのだが、どうも零戦らしき機影の飛行機が、一機飛んできたかと思ったら、例によってアメリカの戦闘機が三機で追ってきた。ゼロ戦なら無敵だから、みんなやっつけてくれるだろうと安心して見ていると、一瞬空戦体制に入ったなと思ったら、そのまま急降下して、地上すれすれにどこへともなく逃げ去ってしまった。アメリカ機も暫くは追いかけたが、途中で諦らめ、編隊を組み直して飛び去った。

あと空中戦といえば、Ｂ29の重爆撃機に、白蟻のような米粒ほどの友軍機が、一万メートルもの上空で、くるくると上になったり下になったりして挑んでいるのを、何回か見ただけである。煙を吐いて逃げるＢ29を二機ほど見たが、撃墜は別記の一機しか見ていない。

本土に進攻が始まってからは、飛行機も優秀なパイロットも、南方前線で消耗しつくしてしまって、日本には勝てる戦闘機もパイロットもいなかったのだ。だから、横芝飛行場の練習生の教官を勤める中尉が、旧式戦闘機で立ち向かわなければならなかったのだろう。戦争の悲劇は、横芝光町の上空にもあったのだった。

◆散る桜残る桜も散る桜の戦争はいやです◆

負ける時の悔しさ、とりわけ火を噴き操縦不能になって墜落して行く、その間のパイロットの心境はいかばかりか察して余りあるものがあります。横芝上空で散華したあの勇敢な兵士の無念さと、死地に赴く気持ちを思うと、胸が張り裂ける思いに駆られます。

大空の勇士なんて煽てられても、死んでしまっては、何にもなりません。とはいえそれは平和時の今の考え方です。

当時はそんな女々しい思いなどしたら、ぶん殴られてしまいます。立派だった。見事な戦死だったと称賛しなければならなかったのです。死ぬことは勇ましいこと、名誉なことで、喜ばなければならないとされていました。

ですから、気の毒とか可哀想とかの感情は、封じられていて、言葉や態度には出せませんでした。戦争の恐ろしさは、そういうところにもあるだけに、二度としてはなりません。空中戦をご存じだったら書き残してください。

37 特攻隊

空しかった特攻作戦

特攻隊の最前線基地といえば、海軍の鹿児島県の鹿屋、陸軍の知覧が有名であるが、実は横芝光町のような知られてない所でも、全国各地に特攻基地があったのだ。

物量や技倆で負けて、追い詰められた日本軍は、地球より重い人命を、爆弾にするという暴挙に出てしまった。それが特攻隊である。今の自爆テロのはしりである。

人命を軽視して粗末にする国が勝利するなんてことは、考えられないことなのだが、当時はそれがそうではなく、人心が完全に狂ってしまって、特攻隊を賛美し、憧れの的にしてしまっていたのだ。

面従腹背も多少はいただろうが、大方は欣喜雀躍して志願し、お国の為に死んで行ったのだ。武士道だか大和魂だか知らないが、日の丸鉢巻で大いに意気がかり高揚していた。恥ずかしながら自分もそうだった。戦後になって、それは違うと否定する論が多くなるも、当時は帝大の学徒でさえ、先駆けになるのを志すものが多かった。

開聞岳を祖国の見納めにして別れを告げ、いざ決戦の沖縄へ飛び立った若武者が、どれほどいて帰らぬ人になったことか。

訓練時間が足らない。ただでさえやっと飛ぶだけの腕前しかないのに、急降下時に、翼にかかる猛烈重で、操縦管が効かなくなった愛機を、敵艦に体当たりさせることができようか。加えて飛行機は老朽機。それより何より、迎撃戦闘機や対空砲火の餌食になってしまう機がほとんどだ。

確かに神風特別攻撃隊の最初の頃は、ベテランパイロットがいて、高度な技術と不屈の闘魂で体当たりして、撃沈という成果をあげ得たが、それはごくわずかで、八割から九割は犬死の惨敗作戦であったのだ。

特攻隊も身近な存在だった。白いマフラーを首に巻き、半長靴を履いて歩く姿は格好よかった。眩しくて憧れの的でもあった。

何も知らない、知らされない怖さが、そこにあったのだ。「命惜しまぬ予科錬の…」と歌われ、神風特別攻撃隊ともてはやされ、やがて軍神となって、靖国神社に祭られる。と持ち上げられれば、当時は誰もがコロッと靡いて、特攻隊志願に走ってしまうのだった。

死がどういうことであるのか。家や家族がどうなるのか等は、眼中になかった。煽てられるままに、お国の為、尽忠報国の士になって、一命を捧げる潔さに、人々は酔いしれてしまったのだ。

敗色濃い昭和十九年秋、フィリピンはルソン島マバラカット飛行場から、海軍士官某大尉が、零式艦上戦闘機に二百五十キロ爆弾を抱いて、敵空母に体当たり攻撃をしたのが、特攻の先駆けであった。

要するに、まともな戦いはできなくなり、こうした捨て身の戦法しか、残っていなかったということである。

それでも最初の頃は、生命を大切にする民主主義の国のアメリカ人は、そうした戦法は考えもつかずに油断していたので、体当たりは成功したようである。それに味を占めてエスカレートしていくのだが、気付いたアメリカは、レーダーで網を張り、待ち伏せして邀撃しだした。

こうなると、性能に劣る日本の飛行機は、敵艦隊に辿り着く遥か手前で、撃墜されてしまう。虎の子のなけなしの飛行機もパイロットも、犬死で散華してしまう。それでも、これに代る方法がなかった日本陸海軍は、飛行機ばかりでなく、艦船まで特攻作戦に出して全滅したのだ。

横芝飛行場にも海軍の天山部隊が駐屯し、特攻のための猛訓練をしていたことを記したが、これは硫黄島方面の敵艦船への特攻隊であった。

休日には外出を自由にしたらしく、若くて凜々しい海軍士官たちが歩いていた。家の庭にも裏山から入ってきて、通してくださいと敬礼しながら表に出て、近所の行きつけの家に行く人がいた。

誰いうともなく、あの人は特攻隊だよと囁かれていた。

当時、若い娘さんたちは、こうした人たちのために、小さな人形を作ってあげた。十代後半から二十代前半の隊員は、それをお守りのように大事にしたという。

ある者は体に、またある隊員は機内に吊るして、敵艦に突っ込んで行った。我家の庭をよく通った隊員も、二十になるかならぬかの若武者で、作ってもらったお人形を嬉しそうに持ち歩いていた。

この兵隊さんは、大分県の出身の方で、戦後、復員してから、中学校に入り直したと聞いたが、其後どうなったかはわからない。

何故、出撃しなかったかの理由は、定かではないが、訓練中に敵もさるもので、空襲が激しくなり、横芝にいては、訓練ができないばかりか、下手をすると、虎の子の飛行機もろとも、やられてしまう。そこで難を逃れるような形で、北海道の千歳に移動し、そこで不足する練習を続けながら出番を待ったと聞いている。しかし、その辺のところは、千歳を含めて真偽のほどは明らかではない。

そうした中で、運よく終戦になったということで、無事帰還したということらしい。それこそ運不運の狭間を潜っての生還は、こんなところにもあって、あと十日あと一か月戦争が長引けば、どうなっていたかわからない。

羨ましかったのは、特攻隊は何でも持っていた。明日をも知れず確実に死ぬ身だから、当時にあっては最高の待遇をしていた。酒もビールも最上級のもの、白米の御飯に魚貝、肉類の副食、なんといっても甘い物やパイカン等、見たことも口にしたこともない品を与えられていた。それを食べきれないので、お世話になる家庭に持ち込んだ。煙草、ウイスキー、ハム、栗羊羹、各種缶詰等を抱えきれないほど持って、家の庭を通る隊員を、子供心に特攻隊はいいなあっと、憧れながら羨しく見ていたものだった。

腕に白地の日の丸、飛行服姿に純白のマフラー、手に桜の小枝をかざして颯爽と歩く姿は勇壮で、誰もが称え、憧れた勇姿であった。

遠く故郷に敬礼の別れを告げ、親兄弟の肉親への断ち難き思いを胸に、祖国を離れて死地に赴く、若武者たち十代の心境やいかに。

皇国の興廃この一戦にあり、諸子らの健闘を祈ると煽てられ、高揚されて、ただお国の為、天皇陛下の為にと信じて、あたら尊い前途ある若者、といっても十代の子供たちが、よたよた飛びの飛行機で、爆弾抱えて体当たりしていく。なんと惨いことか。

当時はそれが美しいことと立派なことだった。そんな特攻兵士が、我が町にもいたという歴史的事実は、忘れてはならないことである。

今となってはすべてが悪であり、決して犯してはならないことなのだが、それでは死んだ魂は浮かばれない。せめて特攻隊が残した、死を賭して事にあたる覚悟や決意の大事さ必要性を、死なずに平和な世界建設のための糧として生きたい。

死を美化してはいけません◆

薩摩半島南端の知覧の特攻記念館、何度も行きました。行く度に涙が止めどなく流れ出しました。出撃の思い、父母や知人友人への惜別の情を、切々と名文で書き残した遺書を読むにつけ、戦争の悲惨さを身につまされて知り、二度とやってはならないと誓いました。

知覧や鹿屋ばかりでなく、日本中に特攻隊はいました。横芝光町にもいました。基地はなくても、どこの村や町からも特攻兵は出ています。その人たちの、出撃と発進までの胸中を思うといたたまれません。

それを思って、これからは絶対に戦争は起こさないぞという、堅い信念と不屈の覚悟を抱き、それを特攻精神で平和のために死守することです。そうでないと、いつまた正義の戦争論をかざして、戦争を始めようとする人が出ないとも限りません。歴史は繰り返します。歴史はそれを教えてくれます。戦争反対のために、大いに特攻隊の記述を書き残しておきましょう。

38 群馬県への移住

疎開

「群馬まで歩いて、二百キロも」「そんな話があったんですか。本当に」「この横芝光町に」「知らなかった。驚きましたね」と、後世の人々がびっくりする話が当時は実際にあった。

食糧、炊事用具、寝具、衣服等、最低限の生活必需品を大八車やリヤカーに積んで、何日もかけて遠い群馬の山間地まで逃げる。草履(ぞうり)を何足も履きかえ、夜道を雨の日も風の日も歩き続けるのだ。

それは地獄の逃避行だ。水を求め、寺や学校に泊り、野宿覚悟で、小学生と老人が、空襲を避けながら逃げ延びなければならない。考えられないほどの過酷なことが、現実になるのが戦争の恐ろしさなのだ。

本来、疎開とはまばらにするという意味で、空襲などに備えて、都市の建物、住民を、田舎等に分散することである。

その意味でいえば、昭和十八年後半頃から、都会の子供や老人が親戚や知人を頼って田舎に移住し出し、多くの都会っ子が地方の学校に転校してきた。

よそ者を蔑視する気風のある封建的な農村では、いじめ問題が排除の論理から起こった。貧しくていじけた農民の心理に、都会の人々の豊かさへの報復心が根にあって、疎開者との摩擦が起ったのは事実だった。特に、疎開児は、生活様式や文化の違いに悩み苦しんだようだった。

しかし、それも束の間のことで、国策でもあったので、集団疎開が始まり、寺や神社に学校が丸ごと移転する頃になると、対立などしていられなくなった。

民族大移動にも等しい人の動きが、都市から農山村に流れたのだ。我が町にも大勢の疎開者が来た。それが逆に、再度群馬へ疎開ということで、右往左往となった。


群馬県へ退去せよの噂が、どこからともなく流れ出したのが、昭和二十年の六月から七月頃にかけてのことだった。

群馬県がどこにあるのか。どれくらい遠い所なのかも知らないのに、突然に降ってきた噂に、耳を疑うばかりだった。それ以上に、なんでまたそんなことをしなくてはならないか。

敵が攻めてきたって、日本軍は無敵であり、負けるはずはない。それに帝都防衛の我国最強の部隊がいるではないかと、最初は誰もが信じなかった。いや信じようとしなかった。

ところが、段々と日が経つに従って、この噂がまことしやかに語られるようになってきた。そして、どうやら本当らしいということになり、人々は慌てだす。それは軍部から出た命令情報だったからかもしれなかった。

若い男は兵隊に行って一人も残っていない。男は四十代後半からのわずかな人と、老人しか残っていない。老人を除いた四十代から五十代の人は、残って職場や村落を守り、兵隊と一緒になって戦う。女は老人を除き、竹槍を持って抗戦するために残る。敵兵が上陸するまでは、竹槍戦法の猛訓練をしながら待つ。

あとの老人と子供は、家財道具や食糧を大八車やリヤカーに積み、それを引いたり押したりしながら、徒歩で群馬県の山間部まで退去するという話であった。

その実施は夏から秋にかけ、遅くも十月までには、全家庭の引き揚げ完了が目標のようだった。しかし、そこまで話が具体化し煮詰まってきても、人々は半信半疑で、重い腰をあげようとはしなかった。

今度の戦争ではデマがよく飛んだ。それも敗色濃くなる昭和十九年頃からは頻繁になった。後で考えてみると、噂やデマは的中するものが多く、本当に近い話だったが、その頃は容易に信じられず、無視して捨て去っていた。

我家でも大人たちは、内心ではどうすべきか。父母は残らねばならないから、あとは伯母が中心になって、腰の曲った祖母をリヤカーに乗せ、我々姉弟三人が家財道具や食糧を大八車に積んで、それを引いたり押したりしながら行くしかあるまいと話し合っていたようである。

今、考えてみればゾッとするような話である。群馬県までは二百キロはあろう。その頃は道路は悪い。知らない悪路を、それも夜通し歩いて行くのだ。昼間は空襲を避けるために、隠れて睡眠を取らねばならない。乏しい食糧もどこまで持ちこたえられるか。行った先に住む家はあるのか。山また山で、働き手の無い家族が、どうやって暮らしていくのか。考えてみても、身の毛のよだつ無謀な逃避行計画だ。

戦後わかったことだったが、米軍は十一月に南九州と九十九里浜に上陸する予定だった。スパイから漏れたか。九十九里浜上陸は本当だったのだった。もうすこし終戦が遅れたら、九十九里地方は戦場となり、日本兵はいうに及ばず、住民は皆殺しにされ、壊滅的な被害を被ることになったであろう。群馬へ逃げ込もうとした女、子供、老人も途中で追いつかれたり、空襲でやられたりして、到着する者は少なかっただろう。考えてみれば馬鹿くさいことであり、犬死になる地獄話の恐怖から解放されたことは、この上ない救いであった。

悲劇が起こらないうちに、遅まきながら降伏してくれたので助かったものの、もう少し一億火の玉、総玉砕と抗戦が続けられていたら、今の横芝光町はどうなっていたか。思ってみても空恐ろしいことであった。

小学校六年生。昭和二十年六月。終戦の一か月半前の我町に起こっていた戦争物語である。滑稽(こっけい)なことは、武器がなく竹槍や赤錆の鉄砲で、火焔放射器や機関銃に立ち向かう戦法で、まことしやかに勝てると思っていたこと。

食糧が皆無の状態で、昔から腹が減っては戦にならぬといわれながら、泥水すすり、草を噛んでも勝てると信じていたこと。老人や子供の足で二十日から一か月かけて二百キロもの長丁場を逃げ、群馬の山の中で暮らせとの命令。負けるべくして負けた戦争だったのだ。

◆疎開の辛さ苦しみを書き残そう◆

疎開者は全国各地に散って行きました。親切にされた所や人はたくさんありました。その反面、白い目で見られたり陰口たたかれたり、いじめや村八分にされて苦労なさった人も多かったようです。みなさんはどうでしたか。

とりわけ、農作業の難しさ辛さ、農村の文化やしきたりになじめず困ったのは、どなたにも共通した悩みではなかったでしょうか。

これらのことは、すべて戦争がもたらした負の遺産です。ですから二度と戦争を起こしてはならないのです。そのためにも疎開をした人、受け入れた人のそれぞれの思い出が必要になり、役立ってくるのです。是非とも記憶を辿って書き綴り子孫に読んでもらいましょう。

山奥への逃避行は都市ばかりでなく、横芝光町のような所も、全国にはあって、それぞれに計画があり実行があって苦しんだことでしょう。

それを書き残し、戦争を絶対に止めさせることです。今しかないのです。頑張ってください。

39　校舎校庭

スパイ活動

戦争は悪の固まりだ。何から何までが、悪で卑劣極まりない。だからやってはならない。卑劣といったのは卑怯がまかり通るからだ。

心が卑しい、薄汚い、腹黒い、ずるい、狡猾、邪悪、よこしまで暗い等々の暗闘世界になってしまう。

社会や集団が陰湿になり、人が信じられなくなる。常に疑い疑われるという、息苦しくて悲しい社会になってしまうのだ。

壁に耳あり、障子に目ありの不気味な毎日、絶えず怯えて戦々恐々としていなければならない。油断も隙もない。

味方を警戒しなければならない。いつ欺かれて、寝首をかかれないとも限らない。背反、寝返り、裏切り、造反、闇討ち、騙し討ち等が横行跋扈するからである。

戦時下、背筋が寒くなる思いがしたのは、スパイ問題だ。まさかあの時代に、日本人が敵方に密通しているとは考えられもしないことだった。それだけに今もって信用できないで、単なる噂だったのではなかったかとも思うのだが…。

あの厳戒体制の中で、一億総火の玉となって、生きるか死ぬかの戦いの最中に、利敵行為のスパイができようか。とても考えられないことだった。それもこの片田舎の草深い農村に、そうした日本人がいようとは、疑うだけでも馬鹿馬鹿しく、歯牙にかけない噂話として聞き流していた。

ところが、火のない所に煙立たずの例えのように、ひょっとするとあったのではないかの話が、戦後流れ出した。真偽の程はわからない。本当だったら、日本は負けるべくして負けたんだの思いだ。

内部崩壊の怖さが身に沁みる話である。


銃撃の恐ろしさ。校舎が蜂の巣のようにされてしまった。機銃掃射だ。敵機の狙い撃ちだ。バシッ、バシッ、バシッと銃弾がはじける。瓦が跳ね返る。丁度、雨の日に大粒の雨が道路を叩きつけるように降ってはじけるあの様だ。あれをもっと大きく強くしたものが、雨霰と一直線に飛んでくるのだ。

弾丸が当たった跡はめくれ上がり、穴は屋根を突きぬける。それが無数に校舎全域に広がる。あっという間の出来事としてである。

勿論、直撃弾を受ければ即死だろう。運よく急所をはずれても、重傷は免れない。機銃掃射は盲滅法撃つのではなく的を絞って、正確に撃ってくるので、狙われたら最後である。

なにもこんな田舎の小さな小学校、軍事施設でもないものを、狙って破壊しなくてもよいのにと思うのだが、その頃には軍事施設はすべて破壊しつくされ、目標は無くなっていた。

そこで学校やその他の公共施設、橋や大きな建物等が狙われるようになっていった。

因みに、横芝駅も狙われ、機銃の穴だらけになった。川向こうの目と鼻の先の工場もやられた。ことほど左様に、危険は身近に迫っていた。

小学校が襲われた理由には、もう一つ別の理由があった。それは戦争末期に陸軍が駐留占拠し、校舎は兵舎代わりに使用され、多くの兵士が寝泊りをしていた。

それを米軍は知っての攻撃だったのかもしれない。その頃、日本軍の情勢は、敵のスパイ活動によって、筒抜けだったというから、このあたりの情報はすべて握っていたのかもしれない。日本人にも要注意人物がいたからだ。

こうした説がまことしやかに考えられるには、それなりの論拠があった。それは昭和二十年十一月には連合軍は、九十九里浜に上陸する作戦を立てていたからだ。それには横芝光町を他町村同様にしらみつぶしに調べ、障害となるものをあらかじめ空から除去しておかねばならないからの攻撃に違いなかったのだ。

不思議なことに、兵隊さんが駐留していた新校舎が滅茶苦茶にやられ、他の校舎はさほどでもなかった点を考えても、従前の調べがついている上での攻撃と考えられるのだ。

また、校庭は兵隊さんたちの食料となる、さつま芋畑になっていた。なにしろ極度の食料不足の食料難に陥っていたので、軍といえども食べるものが無かったのだ。

そこで窮余の策で自給自足体制をとり、運動場まで芋畑にしてしまったというわけである。もはや教育どころではない。教育なんかどうでもよい。食うや食わずで、興国の一戦ここにありの本土決戦は戦えないの思いだったのだろう。こんなことまでしなければならない惨状で、勝てるはずがないのに、盲目に化した軍部は、やみくもに九十九里水際防戦に、すべてを犠牲にして対処したのだった。

兵隊が芋畑で働くのを上空から見ただろう。偵察機は一日中上空にあって写真を撮っていたし、地上にあっては、アメリカに秘かに通じる人がいて、逐次知らせていたのかもしれない。

スパイの影は見えねども、時折見かけるハンチング姿の叔父さんは、誰いうともなく、あれが怖い特高警察だと、囁かれていた。

そうした存在がうろつくのを見れば、明らかにスパイ探しで、この付近にもスパイがいるんだということがわかろうものである。

そうこう考えてみると、日本は情報戦に負けたといってもよい。アメリカは物理的には、レーダーのような目に見えないものを写し出す機械を開発し、心理的にはスパイを使って、あらゆる情報を集め活用していたのだった。

暗号も早くから解読されていて、山本五十六元帥は明らかに待ち伏せで撃墜された典型で、彼我の差の一つには、情報通信力があったのは間違いないことであった。

学校も駅も町工場も総なめになり出し、身の危険が差し迫ったころ、群馬県への疎開の話が真剣化してくるのだった。早く負けてくれて助かったというのが、正直な感想である。

価値観が違い狂ってしまうのが戦争です◆

味方を騙すのは最悪です。利敵行為は極悪です。許し難い卑怯で卑劣な行為です。スパイはもってのほかのことです。

だが、そのスパイ行為で戦争が早く負けて終わったとなると、スパイ活動は勇気ある善行となるのでしょうか。事実かどうかはわかりませんが、九十九里浜上陸作戦も未然に防止できたし、群馬県へ行かずにすみました。

どうもその点がすっきりしません。あの頃のスパイへの憤りはなんだったのか。悪いのは信じていた国家の方であって、騙された国民が悪いとなるとやりきれません。ましてや、スパイが正当化されては、たまったものではありません。こんなジレンマを感じませんか。

学び舎が破壊され、傷病人を乗せた赤十字マークの船が撃沈され、非戦闘員の罪無き人々がどれほど殺戮されたかわかりません。理不尽で無慈悲な戦争はこりごりです。どんな正当論にも迷うことなく反対すべきです。

40　特高・憲兵

特高の暗躍

影の見えない恐怖。姿や形のない脅迫。ゾッとして、ゾクゾクっと身震いする恐ろしさや、背筋に冷たいものが走る恐怖。

特高は国民にそうした精神的恐怖を与え続けていた。敵からの爆弾攻撃や機銃掃射も怖いけど、見えるからまだよい。

どこにいるのかもわからず、しかも、味方の中のだれがそうかもわからない、姿無き敵ほど無気味なものはない。

憲兵は泣く子も黙るといわれるほど、恐ろしがられた怖い存在だったが、大方は憲兵という腕章を巻いていたから、すぐわかって用心したり逃げたりできた。

ところが、特高は服装から何から、すべて住民になりすまして、まぎれ込んでいるから、見分けがつかずに始末が悪い。

まさに壁に耳あり障子に目ありの恐怖感で、絶えず警戒しながら言動を慎しみ、後ろ指を指されないようにして生きねばならない。ほんとうに息苦しい時代だった。

反政府者や共産主義者、それから売国奴やスパイを、探して追いかけていたのが主任務であったようだが、善良な国民でも、国家の悪口をいったり、政策に反した言動を取る者は、容赦なく投獄するという役目を、併せもっていたようである。

あの人、特高だよ。気をつけろ。という噂を聞くことが頻繁にあった。こんな田舎にも、来ていたのは間違いないことだった。薄気味悪い存在だった。

それというのも、九十九里浜は、敵の本土進攻の上陸地であったらしいので、スパイによる偵察行動と、密告活動が暗躍していて、それを突き止め逮捕するために、潜入していたのではなかろうか。これは内部戦争で後味の悪いものであった。


特攻は特別攻撃隊のことで、あまりにも有名であるが、これから書くもう一つの特高の方は、軍隊用語ではなく、警察用語で、表向きはあまり使われていない言葉だった。

というのは、その存在が隠れていて見えないからであり、姿なき人への称号だからである。また、あまり騒がれては、忍びの行動がとり難くなるからであったのもその理由である。

とにかく、目の鋭い、目だけ不気味に光る人間を見たら、特高かなとゾッとする思いと、背筋が寒くなる感じがしたのは確かだ。

ハンチングをかぶったり、いろいろと変装しながら、一般の人には気付かれないようにして、何食わぬ顔で巷を徘徊しては、情報収集に当たっていた。恐ろしい男たちであった。

特別高等警察官といったらよいのか、警察の特務機関に勤める人だったのではないか。民間人の中に、国策に反対したり批判をする人がいないか。共産主義の人はおらぬかと、特に思想犯関係を探し出し、逮捕する役目を持った人たちだったように思われていた。

それだけに薄気味悪く、「あの人特高じゃない？」と、人々は身震いしながら用心し警戒したものだ。あらぬ嫌疑をかけられたら最後、帰ってはこられないことを、人々は聞き及んで承知していたから、尚更怖がったのである。

横芝光町周辺は軍隊が駐屯していたので、憲兵の目も光っていて怖かった。憲兵とは、主に軍隊内の警察活動を受けもつ兵のことをいうのだが、時折、民間の方へも、監視の眼を向けることがあって、気味の悪い存在だった。

ただ、この憲兵の方は、腕に憲兵という腕章を巻いていたので、すぐそれとわかった。それでも「泣く子も黙る」とまで恐れられた存在だったので、国民は兵隊に限らず、だれもが恐れていた。睨まれたら大変だった。

特高に憲兵。いやな存在であり忌まわしい人々だった。ナチスのゲシュタポやソ連のゲーペーウーを、真似たのかどうか知らぬが、影になり風になり、どこからともなくスッと現れてくる。そして、有無もいわさず連れ去られてしまう。

時局は大政翼賛会一色、一億火の玉、一心同体による国家総動員体制だ。どんな小さなことでも、不平や不満を漏らしたら、国賊にみなされる。ましてや、国家の悪口ややり方に文句をいったり批判をしたら、立ちどころに連れ去られてしまい、場合によっては、消されてしまう。どこそこには特高がきたそうだ。○○はどうも憲兵に追われてるらしい。負けるなんていおうものなら、直ちに連れ去られてしまう。だから「ものいわぬ人」に、誰もがなった。ものいえば唇寒しの例えではないが、言論統制の厳しさとともに、思想統制が喧しく、迂闊なことはいえなかった。それだけに暗くもの悲しい時代であった。

常に外からは敵に狙われ、内からは官憲につきまとわれ、息苦しい毎日を、下を向いて逃げるように生きねばならなかったのだ。壁に耳あり障子に目ありの辛い戦時下だった。

◆特高警察・憲兵の怖さに戦いていました◆

人間同志が、お互いを信じられないことほど、辛く悲しいことはありません。みんなで一致協力して、死にもの狂いで戦っている最中に、一人こっそり無線機を叩いて、スパイ活動をしていた人が、近隣同胞の中にいたとしたら、憎悪の念で逆上して、何をしでかすかわからないでしょう。それが大方の国民感情でした。

それなのに平気で利敵行為を鏡を使ったり、その他色々の方法を使って、サインを出し続けて行っていた人が結構いたようでした。その頃の噂話ですから、そのまま信じることはできませんが、話だけでもいやになってしまいます。こんな話が出ては、戦争には勝てません。

スパイばかりが、裏切り者ではありません。闇商売でボロ儲けをしていた悪徳業者もかなりいたらしく、そちらの方も警察だけでなく、特高が追いかけていたという話も聞きました。
戦争は肉体ばかりでなく、人間の心をむしばみ、傷つけて駄目にしますから怖いのです。

41 半鐘叩きと消防活動

恐怖の半鐘叩き

戦争はすべてにわたって、あらゆるものが怖くて恐ろしいことで、毎日が明日をも知れない綱渡りの生活だった。

少年たちも必死だった。子供だからといって、誰も許してはくれないし守ってもくれない。大人と一緒になって働き、国家のために戦わなければならなかった。

小学校五、六年生ともなれば、もはや一人前の働きが期待され、事実そうなったのだ。だから子供といって馬鹿にはできないし、決して侮れない存在になっていた。

その証拠に、あの垂直に立った、高い火の見櫓に登って、早鐘を撞くという、芸当をしてしまうのだから驚きである。大人だって足が震え体が竦んで、半鐘を叩くどころではない。それを窮すれば通ずで、子供たちがやったのだから立派であった。

雨の日も風の日もだから容易ではない。滑るし揺れるしで、危険極まりないのだ。その上、敵機が真近に迫ってきているとなると、狙撃の対象になってしまう。

なにしろ終戦間際の頃には、男がいなかった。女や老人では、とても無理な話である。そこで身軽な小学校五、六年生の男子が、この大事な仕事を請負ったのだ。

人々の生命と財産が、この仕事によって守られるのだ。考えてみれば重大な責任ある行為だ。しかし、当時はそんなことを考えてる暇はない。警戒警報や空襲警報発令と同時に、一目散に駆け出し、一刻を争ってよじ登り、力任せに半鐘を叩くのだ。それも一つ二つではない。スリバンの時は手が棒になり感じがなくなる。

小学生が、嘘のような大働きをしたのだ。つくづく思う、人間の子は偉大だ。やらせればなんでもやるし、できるのだ。


半鐘とは火災警報などに使う、小型の吊鐘をいう。この半鐘は火の見櫓（やぐら）、つまり、火事を発見したり、火事の方向、距離などを見張るための櫓、望楼に取り付けられている場合が多い。

大方は梯子を垂直に建て、その頂点近くに半鐘を吊し、傍に木槌をぶら下げてある火の見櫓だ。鉄製の頑丈なものもあったが、それらは鉄の供出で取り払われ、ほとんどが木製の櫓だった。

集落ごとに、一本の櫓と半鐘が備えられていて、火事になると、消防団員が登って行って、半鐘を鳴らして、みんなに知らせるのだ。

遠くまで見えるように、少しでも高くと建ててあるので、下を見ると目が回りそうだ。丸裸で囲いがないから、危険極まりない。それに風の日はぐらぐら揺れるし、雨の日はつるつる滑る。そんな中で、片手で掴まりながら、もう一方の手で半鐘を叩かねばならない。力任せに打たないと、遠くまで響かない。

約束があって、遠くの火事やボヤのような時は、ゆっくり鳴らす。近くで大火事の場合は、スリバンといって、ジャン、ジャン、ジャンとけたたましく連打する。力の限りを尽くさねば、人は急ぎ集まらないので、燃え広がってしまう。腕は棒のようになってしまう。消えたら消えたで、消火の合図の鐘を鳴らさなければならない。半鐘叩きは命懸けの重労働である。

これだけでも大変なのに、戦時中は火事に加えて、空襲も半鐘を使って周知させたのだ。警戒警報はゆっくりと間をおいて三回、それを四、五回繰り返して打つ。空襲警報はスリバンの連打で、大至急逃げるよう報じねばならない。また、空襲や警戒警報解除も、知らせなければならず、これがまた大変な仕事だった。

ラジオが全家庭にない時代だから、どうしてもこういう方法でしか、地区民全員に緊急避難を告げる方法はなかったのだ。それだけに、集落の命運と人々の命を守る重要な任務だったのだ。

しかし、戦争が激しくなると、困ったことが起こってきた。消防団員はいうに及ばず、男という男はみな兵隊や軍属、徴用で出払い、女子供と老人しか集落にはいなくなってしまった。高等科の生徒も防火隊で学校に張りつき、半鐘を叩く人がいなくなってしまったのだ。

敵機は容赦なく四六時中襲ってくる。誰かが任務を果たさねばならない。子供の出番だ。別に頼まれたわけではないが、自分から進んで危ない仕事に取り組んだ。六年生の上級生としての自覚が、そうさせたのだった。

学校にはほとんど行けない状態であったから、好都合でもあった。幸い家にラジオがあり、火の見櫓は、橋場の場合は十字路にあったので、家からは目と鼻の先だった。

警報が出るやいなや、いち早く駆けつけ、火の見櫓によじ登り、半鐘を叩くのだが、すぐ息が切れてしまう。それに高いしぐらぐら揺れるしで、怖いのなんの震える思いであった。

それでも毎日何回かやっているうちに、慣れてくる。遠くも見下ろせ、叩く力も強くなり、スリバンに勢いも出てきて、みなさんに喜ばれ褒められるようになってきた。

丁度その頃だったと思うが、役場からのお達しや計らいで、半鐘打ちが、敵機に狙われるケースが出てきたということから、半鐘を低い所に下げてくれた。それだと登る苦労や高所恐怖はなくなったが、逆に低いと遠くまで聞こえなくなる。叩く力を二倍も三倍も強くしないといけない。低いといっても、民家の屋根ぐらいはあるから、大変なことには変わりがない。贅沢はいっていられない。必死だった。

小学校の子供が、今では考えられない、こんなことまでしたのだ。それによって集落の人々や道行く人が、警報を知り避難し、身の安全や家財を守ったのだ。子供だってその気になれば、こんな大きな仕事ができるのである。

敵機が乱舞するなかでは、さすがに打ってはおれず、来たら防空壕へ逃げ帰るのだが、それがまた、わずか百五〜六十メートルだが怖かった。それもこれも忘れられない小国民のお国への奉公であり、国民の義務の履行だったのである。よくやったと我ながら感心する。

当時は少ないながらも火事もあった。また、敗戦後も暫くの間は、復員兵が帰ってくるまでは男手がなかったから、半鐘叩きはしていた。

そればかりか、たまさか起こる火災の消火活動にも従事した。その頃はガソリンポンプは東町に一台あるきりで、それとて人間が引っ張って行かねばならない。橋場は村だから手漕ぎポンプしかない。

火事となったら自分の集落だけでなく、近隣町村の遠くまで、消火に行く習わしだった。これがまた大変な重労働、女子供で重いポンプ車を押したり引いたりして、行かねばならない。火事が消えてから到着しては意味はなく、もの笑いになるだけだ。一刻を争って駆けつけなければならない。身一つ走るだけでも大変なのに、あの手漕ぎポンプ車を引いていくのだから、言語に尽くし得ぬ苦痛を伴うのだ。

ハァハァドキドキ、顎ばかりが前に出て足はついてこない。小学生が先頭で引き、老人や女たちが後から押して行くのだ。目が眩(くら)む思いで、火事場に着いたら、ヘナヘナと倒れかかるほどだ。なにせ食料難でろくなものを食っていない。水ばかり飲んで腹を膨らませている身体には、この重労働は死の苦しみだ。

だが、着いてからが本番なのだ。火を見るから、一時は火事場の馬鹿力が出るが、後は腰砕けになる。そうすると水は出ない。タラタラと萎み出なくなる。お互いに気合いを掛けながら、エッサーエッサーウンサウンサと、みんなで押し棒を押す。力が弱いので水を遠くまで放水できない。

仕方なく、燃えているすぐ側まで近付ける。熱いのなんの火傷しそうだった。

行きはよいよい帰りは辛いで、ポンプ車を何度休み休み連れ帰ったことか。自動車ポンプの時代では想像もつかないことを、我々は小学生の時代に体験した。戦争はご免である。

◆お国の為に危険な仕事も致しました◆

下を見ると目が眩むような、高所恐怖症の人には、聞いただけでも気が遠くなるような高い火の見櫓の上で、片手で櫓に掴まりながら、もう一方の手で力任せに半鐘を叩くのです。一刻を争ってスリバンで叩きますので、息が切れ腕はしびれて危険そのものです。

本来は訓練を積んだベテラン消防士の仕事ですから、素人には無理な仕事です。ましてや子供には、絶対にやらせてはならないことです。

それをやらせるというより、やらざるを得なかったので、自ら進んでやったというのが正直なところで、当時の子供たちはそれだけ逞しくしっかりしていたのです。

それればかりではなく、火災消火の仕事にも携わり、大人顔負けの仕事をしていたのです。銃後の守りは文字通り女子供の仕事で、それを立派にやり通したのですから、凄いことでした。同様の活躍話があったらお知らせください。

42 敵兵

恐ろしい戦争の仕打ち

人間は恐ろしい。底無しに怖くて恐ろしい存在だ。そこまでやるのかよの、まさかのまさかの残忍行為を、白昼堂々とそれも女性の何人かがするのをこの目で見た。

横芝光町の静かな林の中で一人の米兵が死んでいるにも拘らず、猛烈な残虐行為を受けていた。父の仇、兄の怨、夫の仕返しと叫びながら、物凄い形相で報復攻撃をしていた。復讐の鬼の姿だ。

これだもの、戦地ではどれほど酷い行為があったか、計り知れない。二頭の馬による股裂きや人体実験等、想像もできないような、極悪非道の殺傷行為が、あったに違いないと思わざるを得ない。

こういう行為を眼の当りにすると、人間には悪魔が住んでいるというのは、本当のことのように思えてならなくなる。あの優しく美しく親切な人に、はたまた、上品で教養豊かな紳士淑女の中に魔物が住むとは、到底思えないことだが、それは違う。

一旦戦争となると、理性も徳性も失って、悪魔丸出しになってしまうのだ。どんなに立派な大学で深く勉強した人でも、そうなってしまったのが今度の戦争だったのだ。だから戦争は悪であり、やってはならない大罪行為なのである。

阿鼻叫喚とは、阿鼻地獄という八大地獄の一つである無間地獄で、猛火で肉体を焼かれ、絶え間なく苦しみ叫ぶ声のことだが、それ以上に苦しみもがく状態が、戦争によって引き起こされるのである。

平時では考えられないことであり、人間は利巧で進歩発展しているから、今はもうそのような愚かなことはしないと思う人ばかりだろう。しかし、甘くはない、かなり根が深いから用心怠りなしである。

我が町にも敵兵が来た。それも戦時中である。こう書くとびっくりするだろうが、正確には来たは来たのだが、すぐ死んでしまった。

墜落死だ。米軍機が北清水の林の中に墜落して炎上した。死体は一人だったと記憶しているので、おそらく戦闘機、それも艦載機で、航空母艦から飛び発ってきたものであろう。

当時の風説では、我家の上空から急降下する定型コースで飛行場攻撃に入ったのだが、運悪く後の味方機の攻撃弾に、尾翼を撃ち抜かれて、上昇できなくなり、そのまま突っ込んで、炎上してしまったということである。

おそらく軍は、自分たちが撃ち落としたといっていただろうが、その頃には味方はやられ尽くしてしまって、高射砲も機銃もなかったのを住民の多くは見て知っていたし、迎撃した音も様子も聞いたり見たりしたことがなかった。それ故、風説通りか操縦ミスか、はたまた故障かによるもので、せんじつめれば味方の誤射か不慮のトラブルかのいずれかによる墜落であったのではないかと思っている。

「敵機が墜ちた」「アメリカの飛行機が墜落した」「どこだどこだ」「いい気味だ」「ざまあみろ」「やったやった」と、あっという間に情報が伝わってきた。物凄く早かった。

半信半疑だったが、どうも本当らしいということで、墜落現場を見てみたくなった。家人にいえば、危ないからと止められるに決まっている。だったら、こっそり隠れて行くしかない。友だちを誘えばばれる可能性がある。弟と二人だけなら大丈夫だろう。

もう一つ理由があった。当時は戦争中、男子の中には、爆薬や火薬を使った遊びがはやっていた。それはケース鉄砲作りと、その銃による鳥類の捕獲、はては喧嘩の道具や武器にするという、危険なものだった。

鉄砲の台座を糸鋸で板を切って作り、その上に鉄パイプを打ちつけて砲身にする。自転車のスポークとゴム紐で、バネ仕掛けの引き金を作り、それを取りつけて完成である。

撃つ時には火薬を砲の根元に入れ、次に小さな鉄玉や石を詰め、最後に綿玉で砲身の先を塞ぐ。発砲は、運動会のピストルで使う雷紙を、砲の根元と引金の間に挟み、その上で引き金を引くと、雷紙の火薬が破裂して、その火花が小さな穴を通して、砲身の中の火薬に引火し、大きな爆発音や火花と共に、鉄玉や小石が飛び出すというものである。

極めて危険な遊びで、自分の手や指を逆爆発で落とした子も随分と出た。絶対禁止の遊びだが、スリルがあり冒険心をくすぐって面白いので、教師や親の目を盗んで盛んにやられていた。

ところが、物資が無くなってくると、特に、鉄パイプが手に入らなくなった。大方は自転車やリヤカーの廃材からもらったものだったが、それすら無くなってしまっていた。

丁度そんな時の墜落である。飛行機なら何百本と、たくさんあるだろう。一本や二本もらってもかまわぬだろう。どうせ敵国アメリカの墜落機のものだ。と悪気は全然ないまま無性に欲しくなって、川沿いの堤防をすすきを掻き分けながら、四、五キロメートルもある清水まで夢中で走って行った。

考えてみれば無謀なことをしたものである。敵機が報復攻撃で襲来することなど全然頭になく、ただ、アメリカ人と敵機が見たさに、あわよくば二、三本の細い鉄パイプを、黙ってもらってこようとの一心で行ってしまった。

着いてみると大変な人だかりである。周囲の木や草は焼けただれ、ガソリンの臭いがプンプンしている。人垣を掻き分けて、潜り込んでみると、そこには異様な光景が、死臭と共に広がっていた。見るも凄惨そのものの地獄絵だ。強烈なパンチを食らって、思わず後ずさりしながら、固唾を呑んで目を伏せ覆った。

無残に破壊され、燃えつきた戦闘機の残骸が、周囲に散乱し、まだブスブスいって煙を出している。主翼も尾翼も滅茶滅茶で、計器や部品類が散乱し、オイルが流れ出し、物凄い状況で足が竦む。

戦争の凄さ恐ろしさを実感する。

真ん中には目を剝き出した、鼻の高い黒焦げになった米兵が転がっている。それをこともあろうに、何人もの人が、棒や鎌で叩いたり斬ったりして怒り狂っている。

はらわたが飛び出し、赤い血が滴り、蝿や蟻が群がり、烏が上空から狙っている。脳味噌を、棒で突いている人もいる。奥さんや御婆さん方が大半だ。

「この野郎らに殺された」「こん畜生に、家の息子はやられた」「仇討ちだ」と泣きじゃくり、ある者は大声あげて、怒りをあらん限りにぶつけていた。その形相たるやまるで悪魔の顔だった。地獄絵だ。人間の業の深さの恐ろしさを、まざまざと見せつけられた思いだ。

おそらく警察もいただろう。警防団や軍隊もいただろうに、誰一人止める人はいなかった。可哀想な思いと、呆れた思いと、空恐ろしさで、いたたまれなくなって逃げ帰ってきた。戦争の恐ろしさ、卑劣さ惨さを肌で感じたが、まだそれをいっては、殺されるので封印した。

戦後になって聞いた話だが、奇特な人の計らいで、「米軍無名戦士の墓」が建てられたという。また、米兵の親族が訪れ、大変に感謝されたとの噂話は聞いたが、詳細で正確なところは不明である。

人間は敵も味方も分け隔て無く、戦死者は懇ろに弔ってやるのが人道。本来はそうあるべきである。ましてや日本には、「死者を鞭打たず」の伝統文化があり、死んだ人への悪口は絶対にいってはならないという暗黙の掟があって、日本人はそれを守ってきた民族だ。

戦争は恐ろしい。その文化や常識を人道にしてきたことまで、あっさりと平気で捨て去り、死人に鞭どころか虐待の限りを尽くす。

目には目を、歯には歯の報復であり、復讐である。自分の子が、夫が、父が殺されたことへの怒り、憎しみ、怨み、悔しさ等々の、ありとあらゆる悪心が結集し、悪の権化となってしまう。戦争は人を狂わせ、すべてを破壊し、無にしてしまう。戦争の罪悪は計り知れない。

昭和十九年も秋の深まった十一月頃から、本土上空への空襲は始まった。最初はサイパン・テニアン島の陥落によって、急造された飛行場から発進してくるB29というとてつもなく大きくて頑丈な重爆撃機によるものであった。

六、七千キロ以上の航続距離を有し、防弾防禦に図抜け、当時は考えられもしなかった一万メートル上空を高速で飛翔することのできる性能をもった超重爆撃機で、搭乗員は七、八名が乗っていたらしいと聞いている。

秋の澄んだ高空を、白い飛行機雲を引きながら、銀色の翼を光らせて悠々と飛び去る姿は、憎らしくもあり美しくもあった。

最初の頃は残っていた腕のよいパイロットが、陸軍では飛燕や疾風、海軍では紫電改、雷電、月光等の新鋭戦闘機で迎撃していたが、防禦力が固くて銃弾が当たっても跳ね返されて墜ちない。足が速いので、体勢を立て直して二撃目を加えようとすると、追いつかずに逃げられてしまう。かっての主力戦闘機の隼やゼロ戦では太刀打ちはできない。特に、日本の戦闘機は、頑張っても七、八千メートル位しか上昇できず、無理して行っても、酸欠状態になって長い時間を戦うことができなかったのだ。

それでも最初の頃は、かなりの機数を撃墜した。東京を攻撃して帰る編隊が、銚子付近から海へ出る。白い豆粒のような日本の戦闘機が、巨体のB29の上下を、くるくる回りながら絡みついて追っているが、なかなか墜ちない。

グォーングォーンとはらわたにしみるような金属音に混じって、彼我の交戦する機銃音が聞こえてくる。撃墜してくれと祈る思いで見ていた。

高射砲は最初の頃はドンドコ撃っていたが、音ばかり大きくてとどかない。遥か下の方でパッパッと炸裂している。これでは何にもならず、いつの間にか止めてしまった。

たまさか黒煙を吐きながら飛ぶB29を見たが、それでも墜落しないで逃げ延びる。海上まで辿り着けば、落下傘降下の兵士を待ち受ける艦船が九十九里沖に遊弋（ゆうよく）しているからだ。

思い余って、B29へ体当たり攻撃を仕掛けて、撃墜させた戦闘機もかなりあったようである。秋から冬への攻撃は昼間が多かったが、迎撃力が弱まった冬から春は、夜間攻撃が多くなり、小癪（こしゃく）にも三百メートルから二千メートル位までの低空で飛来して、ピンポイント攻撃や総焼野ヶ原を目指した徹底攻撃に変わった。

昼間は制海権制空権を失ったので、目と鼻の先の海上から、艦載機が波状攻撃をしてくる。また、硫黄島が陥落してからは、そこから中型のコンソリテーデットB24とかB25の爆撃機や、足の長い陸軍の双胴戦闘機P51等が、のべつ幕なしに襲来するようになり、手がつけられない状態となっていく。

まだそうならない頃、一万メートルの頭上で、火を噴くB29を発見した。次第に友軍機から遅れていく。完全に一機になり、おいてかれたな、うまくいくと海まで逃げ切れないうちに墜落するぞと見ていたら、パッパッと二つ三つ、四つ五つと純白の落下傘が開く。

万歳万歳の声、おそらく山武、印旛、香取、海匝の北総の多くの人々は見ていて喜んだことだろう。玉砕玉砕の上に、本土まで空襲されるほど追いつめられ、負け戦にうんざりしていた矢先だっただけに、鬱憤晴らしの喜びは大きく、万歳の嵐になったのだった。

海まで逃げ切れずに、巨体は香取郡神代村に墜落した。搭乗員はこの目で見た通り落下傘降下を図り、黒煙の中をフワリフワリと落下してきた。

二十キロ余も離れていたので、見には行けなかったが、情報はすぐ伝わってきた。これもその頃聞いた話で、デマかもしれないが、着地してきた敵兵は、銃やピストルを持っていて、最初は抗戦の構えをとっていたらしい。

なかには松の木の枝に引っかかってしまい、地上に降りられずに樹上から銃を構え、発砲してきたという話も聞いている。

あわてた住民は、軍隊が駆けつけるまでは、恐怖のどん底にあったのではなかろうか。おそらく日本にはない自動小銃や機関銃を携行していただろうから、恐ろしかったに違いない。

しかし、そこは戦争である。警官を先頭に住民が応戦したらしく、また、軍隊が到着するまで、逃げられないように包囲をしたという。さらには猟銃を持ち出して発射し、殺傷したとの話もある。軍隊が来てからは何名かを射殺し、降伏した米兵は、捕虜として連れ去ったという。

付近の住民なら、そのあたりの真相を知っている人が現存しているだろうが、子供の頃に聞いた話だから、それ以上のことは知らないし、この話が本当かどうかもわからない。

ただ戦後五十年余りたってから、東京の大江戸博物館に行った折に、千葉県香取郡下に墜落したアメリカ軍のB29の機関砲が、展示されていたのを見たことがある。それからしてもここに書いた記述は、全くの根も葉もない話ではなく、それらしき状態があってのことだったと思っている。横芝と違って、生きている米兵との戦闘が、本土内であったという話である。

話はもどって、横芝の飛行場への米軍機の攻撃は、季節というより風向きによって異なった。つまり風がどちらから吹いてくるかという向きによって、我家の上空から南側の飛行場めがけて急降下して、爆弾投下やロケット弾を発射する。反対の場合は、海側から急降下してきて攻撃をし、終わったら我家をかすめて急上昇して行くコースを辿っていた。

その際、我家をかすめるように飛び上っていく時に、チラッと風防内の米兵の顔が見えるのを知った。また、攻撃を終わって上昇に入る飛行機は、人間が真下にいるのを見つけても攻撃はできない。旋回してきてからでないと撃てないことを、数多くの空襲被害の中で体験知として知った。ましてや樹上の葉蔭なら発見はされまいと予測し、南側から攻撃し、我家をかすめて北側の空に飛び去る空襲の時は、裏山の大木の葉蔭に身を潜めて、米兵の顔を見ればはっきりと見えるのではないかと、子供心に予測し、何度か試みてみた。

それは、あまりにも鬼畜米英の宣伝が徹底していたので、本当に鬼だと思い込み、どんな顔か見て確めたくなったからだった。

鬱蒼たる楠やタブの大木が大揺れに揺れるほど、低空をかすめて飛び上がる飛行機の中に、首だけ出した米兵を何度も見た。鼻が高い等の記憶は鮮明で、目が青く皮膚が白いのもこの目で確かに見ることができた。

人間なんじゃないかの第一印象。ふっと思い出されたのは、幼児の頃二回ほど一、二か月の滞在で、神戸の伯母宅で暮らした時に、三の宮や港町で度々出会った紅毛人が浮かび、なんだあの時に見た外国人と同じで、鬼でもなければ、獣でもないと感じたのだった。

同僚誤射が真実かどうかは不明だが、薬莢は降るほど落ちてきたが、実弾はただの一発も、我家やその周辺には落ちなかった。川向こうの兵舎までは、四～五百メートルなのにである。それだけ正確な射撃を繰り返す戦闘力、それを支える科学の力と米兵に負けたのだった。

◆戦争は人間の悪心から起こります◆

自分もやられたんだから、やり返して何が悪い、当然のことではないかと、敵討ちの正当性を主張する人がいます。それでよいのでしょうか。戦争はそうして起こります。国家も個人も同じです。

憎しみ、怨、屈辱感等の悪心。はたまた、敵愾心、対抗心、負けず嫌いの勝ち気、羨望や嫉妬心等々が禍の元凶となって、人間は争い戦争をします。覇権や支配欲、競争心や征服欲、優位性等も原因になります。欲望もそうです。これらは悪魔を呼び込んだり、悪魔に変質したりして、戦争を起こしますから、危険極まりない人間の気質ではないかと思います。

むごさ、みじめさ、いやしさ、苦しさ、悲しさ、ずるさ、ひもじさ、悪さのすべてが出て、人を悪魔にしてしまう戦争。殺す方も殺される方も最悪です。身近な戦争体験の恐ろしさを綴って、戦争絶対反対を叫びましょう。

43 帝都防衛最強部隊

本土決戦・一億総玉砕

昭和二十年になると、全国どこもかしこも戦雲暗く、本土決戦・一億総玉砕が、まことしやかに叫ばれるようになった。

玉砕とは全力を尽くして戦い、潔く負けて死ぬことである。戦法としては「万歳突撃」と称される全滅を覚悟の総突撃が主となる。本土を最後の主戦場にして、一兵卒、一国民一人残らず戦って、最後は日本人すべてが玉砕して国に殉じる。

横芝光町はその先兵にさせられ、先駆けになるところだった。危なかった。もう少しのところだったのだ。突入していたらどうなっていたか。思い出してもゾッとする。負けて助かって本当によかった。

昭和十七年、日本の国防圏の北端、アリューシャン列島のアッツ島で、山崎大佐率いる守備隊が、初めて壮烈な万歳玉砕をしてから、ニューギニア、マキン、タラワ、ガダルカナルと、日本軍は玉砕を繰り返して、あっという間に、硫黄島や沖縄にまで攻め込まれ、激戦の末に奪われてしまった。その頃から本土決戦近しの話になり、米軍上陸予定地の南九州と九十九里地方は、緊張に包まれていったのだ。

それなのに、守備隊はといえば、まことにお粗末な装備の、よたよた兵士の集まりの部隊が派遣されてくる。横芝栗山の飛行場にいた兵隊や駐屯落下傘部隊の方が、まだましに思えるほどの脆弱な部隊だ。

毎日、汗を流しながら〝たこつぼ〟を裸体で掘っている。食料が欠乏しているのか、どす黒い顔で、あばら骨丸出しの体は弱々しいばかり。これで本当に勝てるのかと、子供心に思ったことは何度かあったが、殺されるので口には出さなかった。

負けるべくして、負けて当然の戦争だった。

太平洋戦争の末期、九十九里一帯には、帝都（東京）を防衛するために、日本陸軍最強部隊が派遣されてきた。俗にいう「信州部隊」である。おそらく遠浅の九十九里浜が敵の上陸地になるであろうことを想定しての配備であったに違いない。

最強部隊が、何故、信州（長野県）部隊かといえば、信州や東北、九州で生まれた人は、気候、風土、環境が厳しく、生活も極貧の中で生まれ育った人が多い。冬は雪や氷に閉ざされて寒く、山また山、谷また谷の峻険な山国、食料とて無い、惨憺たる状況を生き抜いてきた人間は、戦火を厭わぬ強さと、根性がある。鍛えに鍛えてもへこたれない。それに比して、温暖な環境と、食料に恵まれて育った、平野県出身の兵士には、このしたたかさが無い。飲まず食わずでもしぶとく生き抜く力、困難を撥ね除け、何が何でも生き抜く生命力が、激戦の場ではものをいうのである。

そんなわけで千葉県出身の部隊には、郷土であっても任すことができないとして、この信州人部隊が送り込まれてきたと聞いている。

この部隊、いつか「たこつぼ部隊」という異名を貰うことになる。それというのは、蛸壷のような、人間一人が入れる穴ばかりを掘っていたからである。蛸壷には蛸が一匹住みつくが、それと同じように、兵隊一人が入れる穴を掘り、その中で敵を迎え撃つという、情ないゲリラ戦法のためのものだった。

もぐら部隊のように、朝から晩まで穴を掘っていた。住民には何故そんなことをするのか、皆目わからなかった。後でわかったことだが、敵の戦車や飛行機を迎え撃つには、穴の中に隠れていて、近づいたら攻撃する方法しかないと、考えてのことらしかった。

万歳突撃による一網打尽の殲滅を免れるための玉砕戦法から学んだ作戦らしいが、いかにも幼稚で子供っぽい方法である。こんなことで、本当に勝てるのかいなと、誰もが思ったことである。

兵舎が無いので、幼稚園、学校、お寺や神社が、この部隊に接収されて、兵士たちはそこで寝泊りしていた。学校の校庭や運動場は、兵隊の食料となる南瓜や芋畑になっていた。

子供たちは、青空教室での勉強になるが、それも空襲でほとんどできず、毎日二、三キロメートルも離れた学校の田や畑での勤労体験学習だった。鍬や鎌を持っての食料増産作業。トビ鍬や万能で、松の根の「ひでぼっか」を、三、四人一組で一日二本掘り出す重労働などもあった。これなどは、ガソリンが無くなったので、零戦が飛べない。それを松根油で補うために、させられた作業だった。松の根のヤニから、ガソリンを精製しなければならないほど、窮乏していたのだ。それでどうして勝てようか。

兵隊さんたちは、みんなぐったりとして、目ばかりギョロつかせていた。腹が減って、立つも歩くも出来ない栄養失調状態だったのだ。赤錆びの銃剣を、もの憂さそうに磨くのが仕事で、年中ゴロゴロしていたようである。

これで最強部隊かと、不思議に思わないほうが、どうかしているのだが、当時は、それがそうではなく、いざという時は、物凄い力を発揮する部隊なんだろうと、信じていたのである。

夜になると、肥桶を担いで栗山川沿いに海の方に行く。何をしに行くのか不思議だった。後でわかったことだが、自分たちの糞尿を捨てに行くのと、帰りには桶を洗って、その中に海水を汲んで持ち帰る作業だったのである。

塩が無かった。味噌など全然無い。塩汁が塩分補給の味噌汁代わりだったのだ。塩汁に浮かぶのは芋の葉一～二枚、きゅうり等を持ち込んであげると、競争で奪い合うようにして貪り食べる。

夜、きゅうりや南瓜、芋の葉等の農作物が荒され盗まれるのは、疑いたくはないが、若い空腹の兵士たちの仕業であったらしい。米などほとんど食い尽くして無いらしく、満州からのコーリャンが主食であったらしい。これではいかに信州部隊でも勝てようはずがない。

重火器、重装備の上に、十分な訓錬を積んだ海兵隊が上陸してくるのだ。多少なりとも強かった軍団は、既に、フィリピン、硫黄島、沖縄で潰滅している。

残った本土決戦部隊の最強部隊が、この有様である。火焔放射器で、すべてを焼き尽くしながら攻め込む米兵。その前に艦砲射撃で、飛行機からの空爆で、完膚なきまでに叩いてから、戦車を先頭に上陸してくるのだ。

我方には飛行機も戦車も無い。大砲は旧式のものが、丘陵地帯の数か所に配備されていただけで、丸裸も同然の三八銃で一発一発弾丸を詰め替えて狙い撃つ。あとは近づく敵兵へ赤錆の銃剣で突撃する。自動小銃や機関銃で、あっという間になぎ倒されてしまう。

そんなことは、兵隊ですら知らぬことで、日本は神国で、神風が最後は吹いて守ってくれる。負けるなんて考えられもしない。と、能天気な人々が、この後に及んでも呑気に考えていた。危険への緊張感はどこにもなかったのである。

戦前、連合艦隊司令長官の山本五十六大将は、彼我の国力差は四十倍もある。絶対に勝てる相手ではないからと、猛反対したそうだが、終戦真際では四十倍どころか、百倍にもなっていたのではなかろうか。

そんなことはつゆ知らず、精神主義で勝つんだ勝てるんだと信じた軍部も国民もおめでたい間抜け人間であったということである。

あばら骨丸出しの痩せこけた青黒い顔の兵隊。目ばかりギョロつかせて、行動にしまりのない

〝ふぬけ人間〟の帝都防衛、本土決戦最強部隊が、上陸地と予想される最前線の九十九里浜平野に配備され、連合軍の上陸を何をするのでもなく、ただ漫然と時を過ごしながら、待っていたというのが、真相ではなかったか。

本当に上陸されたら、一日か二日で東京へ攻め込まれたんではないか。余りにも戦力差が大きく、戦争にならない、大人と子供の戦いよりも始末の悪い状態であった。すべてはみな後でわかったことで、早く負けてよかった。

本土決戦や戦争体験を書き残そう◆

本土決戦になっていたら、今の私たちの町、横芝光町は無かったでしょう。あと二、三か月のところで助かりました。みなさんの所はどうでしたか。大なり小なり本土決戦の国防体制はあって、それなりの対策があったでしょう。兵隊さんたちは駐屯していましたか。彼等はどんな状況で何をしておりましたか。

今思っても身の毛のよだつのは、玉音放送が流れてからも特攻が出る。徹底抗戦派が一億総玉砕を騒いで、戦争続行を敢行しようとしたことです。戦争がエスカレートすると、ああした人をたくさん作るから怖いのです。

好戦派、潜在的に闘争本能が強く負けず嫌いの人はいるものです。そうでない人でも、戦火に煽られ血を見ると気持ちが高揚し、敵愾心に燃えてしまう。なかには死なば諸共と、自分だけ死ぬのが嫌で、他人を道連れにしようとする者も出る。共同責任にされ、戦犯者の巻き添えにされる一億総玉砕論だったのです。

44　二大爆発

横芝にも成東にも大爆発が

たった一発の爆弾でも、何軒もの家は破壊され、多くの人命が、一瞬のうちに奪われるのだ。それが貨車に積まれた何発もの砲弾が誘爆したのだからたまらない。成東駅の大惨事は、想像を絶するものだった。

横芝飛行場の大爆発も、これまた友軍、つまり、味方の日本軍の魚雷や爆弾の誘爆ではなかったか。どちらも、近隣に大きな衝撃と甚大な被害をもたらした。

戦争は怖い。敵にやられるばかりではなく、こうして日本軍の味方の弾薬によっても、殺傷されるからである。誤射や誤爆だけではない。日本軍が様々な理由から、味方を撃ち殺したりする、恐ろしいことも起こり得るからである。

爆発の凄まじさは、見たもの体験した人でなければわからない。一瞬にして大音響とともにに、破壊しつくされて、大穴があく。

人間など手足が転っていればよい方で、跡形もなく飛散してしまう。恐怖や苦痛を感じる間もなく、死に追いやられる。

苦痛といえば、小さなトゲでも痛いのに、銃弾や爆弾の破片が貫通するのだ。少しの火傷でも大変なのに、焼肉がジュウジュウ焼かれるように、火焔放射器で生肉が真っ黒になるまで焼きつくされるのだ。

その苦しみや痛さたるやは、想像に絶するもので、まさに地獄そのものである。それを、いとも平気で、殺し合い傷つけ合うのだから、正気の沙汰ではない。戦争とはそういうものである。

閑静で、何の変哲もない田舎の村にも、恐るべき爆弾攻撃や、味方弾薬の大爆発があったのだから、全国各地には、どれほど大きな爆発があったことか。また、多くの人が死んだことか。震えが止まらない。

戦時中、横芝光町の内外に、二つの大きな爆発があった。どちらも日本軍の爆薬である。

一つは、成東駅の爆破である。

昭和二十年（一九四五）八月十三日、惨事は終戦二日前の昼に起きた。停車していた貨車に積まれた弾薬が米軍機の機銃掃射で引火、駅職員や兵士らが消火しようとしたが、大音響とともに爆発し、駅職員十五人、将兵二十七人が死亡した。犠牲者には若者も多かった。

駅員だった大木昭晃さん（80）は、駅事務室から約五十メートル離れた井戸で水をくみ、歩き始めた時に爆発が起きた。「気がついたら、周囲に人が死んでいた。駅舎は吹き飛んでなくなり、ホームには大きな穴があいていた」。駅舎から離れた場所にいたので一命を取り留めたのだ。

腕から血が噴き出していたが、懸命に仲間を探したという。「死体はほとんど裸で駅前広場は地獄絵そのままだった」（後略、平成二十一年八月十三日（木）朝日新聞千葉版）

夏休みで家にいた。突然の大音響と共に爆風を感じた。これは大きいと直感した。「またかよ」「今度はどこだ」と戦慄の中、段々危険が身に迫ってきているのを肌で感じた。夕方には成東駅が爆破された噂が流れ出した。すべてはヒソヒソ話で、真相など知るよしもなかった。

戦後、客観的な事実が明るみに出て、真相の一部始終を知るところとなったが、まともな体験談を直接聞いたのは、随分後になってからのことである。

昭和五十年代半ばに、全国教育研究所連盟の共同研究が、福岡県の篠栗町の福岡県立教育センターで開かれた折、たまたま同室になった東京都立教育研究所の先生が、軍隊時代にこの爆破惨事の処理にあたった話を聞かせてくれた。

その日、駐屯地東金から歩いて松尾町大平地区の無線所に向かう道中だった。成東町大富地区の富田附近を歩いている時、背後から閃光が走り、大音響とともに爆風でよろめいた。振り向くと成東駅に火柱の立つような光景が目に入り、大爆発とわかった。

行軍の一隊は、何分もたたない前に分かれて成東駅の警護に行っている。仲間がすわ一大事とばかりに、脱兎の如く引き返し、駅に着く。

目も当てられない惨状がそこにあった。つい今しがた何事もなかった成東駅が跡形もなく飛散し、死体が至る所に転がっていた。

片手の無い者、両足切断された兵、血まみれになって呻く駅員、目をむき出して死んでいる人等々、まさに地獄絵そのものの光景に立ち竦み、しばし呆然として、どこから手をつけてよいやら、わからなかったという。

ついさっきまで語り合い、肩組んで歩いていた戦友の変り果てた姿に愕然としながら、死体整理や負傷者の搬出に当たったという。

聞けば味方の弾薬が、敵機の機銃によって爆発し、それによってこの惨事が起こったという。やりきれない悲惨事であったのだ。

もう一つは、横芝光町の中で起こった。成東駅爆破より前のことだったと記憶している。場所は飛行場内か、その周辺らしかった。

戦争も終わりに近い頃、横芝の栗山地先の陸軍の飛行場には、海軍の特攻隊が南半分を借りて駐屯していた。

もともとこの飛行場は、陸軍の練習用に造られたもので、水戸や熊谷、入間等から陸兵が来ては、二葉の旧式戦闘機や使い古した新型機で練習飛行をしていた。また、遠く福岡県の大刀洗陸軍航空部隊との交流もあったらしい。

その陸軍の飛行場に何故、海軍の航空部隊、それも当時の攻撃部隊の精鋭が乗り込んできて同居していたか。

それは、開戦当時、海軍は帝都防衛を含め、攻撃用の大型基地を、厚木に次いで干潟に造ろうとしていた。名付けて香取海軍航空隊基地である。

横須賀も木更津も館山も、戦前に造った古い飛行場故、狭くて近代戦には使い勝手が悪かった。そこで広大な干潟八万石の土地に目をつけ、アジア一の大型飛行場を造ったのだ。

そのねらいは、帝都東方の防衛と、南東洋上から攻めてくるアメリカ航空母艦群の殲滅にあった。総武本線の銚子行列車が八日市場を過ぎると、旭駅までの間、窓は鎧戸を閉めさせられ、造成工事がスパイされないように厳戒体制の下、突貫作業で完成した飛行場だ。大方は異国人労働者によるものと聞いていたが、真偽のほどは不明である。

こうして出来上った巨大基地は、将官旗が翻るほどの海軍有数の飛行場になり、周囲は針鼠のように幾重もの機銃や高角砲が張りめぐらされ、中には日本帝国海軍が誇る様々な新鋭戦闘機や攻撃機が配備されていた。

その航空隊が数度の敵艦載機の攻撃で、手もなく破壊されてしまった。要塞はかなりの抵抗は示したものの、彼我の戦力の差は如何ともし難く、壊滅的な打撃を受け、滑走路は破壊しつくされ、離着陸不能の飛行場になってしまった。

そこで目をつけられたのが、陸軍の練習用の飛行場だ。たいした軍事施設も無く、それさえ破壊されて、攻撃目標の無くなった横芝飛行場。それも北側は爆弾投下で滑走路が使えないので、南側を拡張して海軍が借り、報復用の飛行場にしようとしたというわけだ。

香取が完膚なきまで叩かれた海軍は、面子面目にかけても、一矢報いなければならないと、温存残存兵力をかき集めて、特別攻撃隊天山部隊を編成し、横芝に進駐させた。

天山と命名された航空機は、艦上攻撃機で三人乗りの雷撃機である。もともとは航空母艦から発進して、敵機動部隊に魚雷攻撃をする飛行機である。

この部隊が、日中は敵の攻撃を避けていて、夕方から夜間にかけて、猛烈な特攻訓練をする。物凄いバリバリバリバリという爆音を轟かせて、離着陸をするので耳がつんざかれるようだった。

攻撃目標は、硫黄島周辺から本土東南方洋上を遊弋(ゆうよく)する敵機動部隊へ夜間の特攻攻撃を仕掛けることにあった。したがって、掩体(えんたい)壕や弾薬穴には、魚雷を中心に弾薬各種が運び込まれ、出撃に備え、貯蔵されていた。

その弾薬が、敵の機銃攻撃か、味方の不始末かわからないが、大爆発を起こしたのだった。

丁度、倉の西側下の畑にいた時だった。

南東方向の北清水のあたりに、一大閃光が走ったかと思ったら、とてつもない大音響が耳をつんざくように襲ってきた。鼓膜が破れたのではないかと思うほどだった。顔に当たった爆風の凄まじさも物凄く、今もその風圧感覚は頬に残っている。

子供心に、芝生がちょろちょろ燃えていって、引火して大爆発になったと聞かされたのを未だに覚えている。本当かどうかはわからない。

我家のガラスは大丈夫であったが、近所のお店の厚いガラス戸等は、爆風の通り道だったのか、粉々に割られて、甚大な被害を受けた。

人命等の被害は、軍隊内の爆発事故のため、完全に情報遮断され、人命の損傷度については隠匿されてしまったようだった。

成東駅の場合は、民間人が働く場所であり、駅前には商店や人家があって、大勢の人の目に触れたので、たちまちのうちに、大惨事の状況が伝わり、知られていったものと思われる。

それに比して、横芝光町の清水地先の爆発は、松林に覆われ、人家の無い、完全に軍に掌握された場所の中のこと故、遠くから大爆発を見たり感じたりする者はいても、どれほどの犠牲が出たか、人命や施設設備の損傷度は不問に付されて、その後も知るよしもなかった。

ただ想像されることは、五キロメートル以上も離れている所にも、被害が出ていることからすれば、無傷ですまされたとは、到底考えられないことであった。

二つの味方の弾薬の大爆発。ゾッとする身の毛のよだつ思い出が脳裡に刻まれている。

爆発の怖さ恐ろしさを後世に伝えよう◆

戦争末期には怖いものなしになっていました。南の海側から飛行場を攻撃する時は、爆弾を落した後だから、木に登って飛び去る米兵を見ていました。楠やタブの大木すれすれにかすめて急上昇していきます。風防ガラス越しに、目が青く鼻の高い色白のアメリカ兵をはっきりと見て、なんだ鬼畜じゃない。四つ五つの時、神戸の街で見掛けた紅毛外人じゃないかと思ったのを覚えています。

彼等の攻撃は確かに凄まじいものでした。小さな飛行場に爆弾、ロケット弾等、驟雨の如く浴びせかけ、周辺村落にも容赦なく攻撃をしました。

爆発の凄さ恐ろしさは、肌身に沁みついています。音、光、風、振動、熱の凄さ、凄まじさ、血だらけの肉片が飛び散る惨たらしさ、火薬の恐ろしさ、戦争の残虐さは、書いても書いても書ききれないものがございます。

皆さんの所にも、そうした悲劇が起こっていたでしょう。それを書き残しておきましょう。

45 終戦

怒り心頭の終戦

「戦争に負けてよかった」

この言葉は不謹慎で絶対にいってはならない。何故ならば、この戦争で何百万という非業の死を遂げた人にすまないからだ。

しかし、心で泣いて詫びて、断腸の思いで、「申し訳なかったが、負けたお陰で戦争は終わり、平和で豊かな日本になりました。みなさんの尊い生命の犠牲は忘れません。許してください。二度と戦争はいたしません。この日本を平和で繁栄する国にすることをお誓いします。安らかにお眠りください」と、いいたい。

四年間の戦争は長かった。そして、予想だにしない犠牲を伴って敗戦となった。泣くに泣けない思いで呆然自失した。

昭和二十年八月十五日。終戦をした。生涯忘れ得ぬ名状し難い落胆と絶望の淵に陥れられた心の傷は深い。

いつまでも信じられなかった。諦められなかった。騙された怒りを覚えるまでには、時間がかかった。小学校の六年生ですらそうだったのだから、死闘を繰り返していた兵士や大人の人たちは、それこそ胸が張り裂けんばかりの思いだったに違いない。軍国主義者を八つ裂きにして尚余りある憎しみが渦巻いたことだろう。

そんな思いもいつしか消えた。消えたというより消さざるを得なかったのだ。食うや食わずの、奈落の底に突きのめされたのだから、新たな地獄の戦争に立ち向かわなければならない。誰もが必死だった。戦争はどこまでも人を傷つける。

戦争したがり屋、支配欲の強い覇権主義者、抜け目無い悪徳業者、声の高い戦争煽動者は、要注意で警戒しなければならない。二度と騙されてはならぬことだ。

青い空だった。どこまでもどこまでも青い空だった。十二歳になる今までに見た最も青い空だった。暑かった。朝から焼けつくような暑さだ。真っ青な空に、真っ赤な太陽がじりじりと焼きつくように燃えていた。

昭和二十年八月十五日。日本が戦争に負けた日はそんな日だった。朝から汗が噴き出し、いつもと違った暑さを感じていた。正午になんだか知らないが、重大放送があると聞かされた。また大本営発表の大戦果の放送だろうと、さほど気にも留めないでいた。

家のラジオは調子が悪く、よく聞こえないので、隣家に行って聞くことにした。近所の人々が何人か集まっていて、「なんでしょうね」と皆不安そうだ。しかし、誰もが負けるとは思っていない。さりとて空気は重い。何かあるなの不吉な予感が走る。

不思議とこの日ばかりは、朝から空襲もなく、警戒警報すら出ない。それだけに無気味だった。段々と居合わせた人々は下を向き、黙りこくっていく。誰もが心配でいたたまれない心境なのだろう。五分十分の正午までの待ち時間が、いやに長く感じたのを覚えている。

正午になった。重大放送が始まった。何をいってるのか、跡切れ跡切れでよく聞こえない。そこへもってきて、雑音がジャージャーと入るので、何をいってるのかさっぱりわからない。

それでも聞き耳を立てて一生懸命聞いていると、どうやら天皇陛下のお言葉のようである。なんだろうと必死に聞く、「大平を開かんとす…」というようなお言葉が耳に入る。

六年生には難しい言辞の放送でよくわからない。しかし、なんとなく戦争が終わったんだという感触を得る。それでも負けたとは思わない。勝って終わるんだろうと考えた。

しかし、どうも腑に落ちない。天皇陛下のお言葉に力がない。勢いがなくて沈んでいる。これはひょっとすると負けたのかな。無条件降伏というような言葉もあったように聞こえた。これは一大事だ。まさかそんなことはあるまい。負けるはずがないと思いつつ、心配の余り周囲の人々の顔を見る。

皆、沈痛の面持ちで下を向き、誰もが黙っている。やっぱりそうか。これは負けたんだ。降伏降参したんだ。それにしてもどうして？　何があったんだ。負けるはずがないのに…。

あれほど昨日まで勝った勝ったと放送していたのに、負けるなんて信じられない。嘘だろう、嘘だと何度も自問自答する。しかし、否定すればするほど不安が募り、やるせ無い思いになってくる。泣きたい思いだ。

その頃、年長のおじいさんがやっと重い口を開いた。「この話は日本が戦争に負けたんじゃないか」と。居合わせた人は皆そう思ったらしく顔が青い。すすり泣く声もする。「本当でしょうか」と目を真っ赤にして聞く婦人。「これからどうなるんでしょう」と、心配顔で聞きだす人も出てくる。やっぱり負けたんだと思うと、脇の下から冷や汗が出てきた。

段々と気がうすれ、遠くなっていく。脱力感だ。緊張の糸がプッツンと切れてしまった。放心状態が始まる。すべてが上の空でもの憂い。夢遊病者のようになって家へと帰った。

家人はみな同じ思いなのか。誰もが無口だ。泣きたい気持ちを耐えている。今までの苦労は何だったのか。努力はどこへ行ってしまったのか。あんなに頑張ったのにと思うと、急に情けなくなって涙が止めどなく出てくる。

諦めても諦めきれない。何時かを経た頃、伯母がポツンといった。「これで今夜から電灯が付けられる」と。そうかとその一言で我に返った。負けたということは、そういうことだったんだ。それは有難い。それだけでも嬉しい。今夜から逃げないで、枕を高くして寝られるんだ。それだけでも良しとしなければ。

だが、その先、明日からはどうなるんだ。その心配が、大きな不安の黒雲になって、覆いかぶさってくる。鬼畜米英の兵隊に殺されるのか。そうなったら口惜しくて居たたまれない。

考えても先のことはわからない。その時はその時だと、度胸や覚悟が湧いてくる。その頃になってやっと落ち着き、自分が取り戻せたようだ。悔しさが込み上げてくる。

敗戦国民の心情は、みな同じ思いだったろう。空しさ、落胆、気落ち、空虚さ、うつろさが、全身を覆う。怒りが込み上げてくるのはそれからのことである。周囲のものを蹴散らし、怒り心頭に達し、狂ったように暴れたい思いだ。

わけのわからない一日が夕方になっていた。どこから来たのか、日の丸をつけた飛行機が、ビラを撒いている。何だろうと思って拾ってみると、我々は一兵卒になるまで戦う。戦争は止めない。一億総玉砕だ。日本は必ず勝つ。というようなことが書いてある。

何を今更の思いと、我が意を得た思いが交錯して、最後まで戦い抜こうという気持ちが持ち上がる。奈落の底から浮かび上がれたように思われる。だが現実に目覚めて、すぐまた気が重く沈んでいく。負けた人間の背負わねばならない、心の葛藤であり、痛みなのであろう。

ビラなど撒いていないで、戦ったらどうだ。今まで逃げ隠れしていたかと思うと腹が立つ。友軍の飛行機は一機も無いと思っていたのに、負けたとなったら飛び出した飛行機に、深い怒りを覚え、バカ野郎と叫びたい思いだった。

その頃、厚木海軍航空隊を始め、各地で戦争継続部隊が決起し、大分県の宇佐だか佐伯だかの基地からは、特攻隊生みの親の司令官が沖縄に飛び発っている。

宮城をめぐっては、「一日が一番長い日」となって、抗戦派部隊が暴れ回り、帝都は修羅場と化し、多くの人が凶弾に倒れたり自決したりした。幸か不幸か、横芝光町に駐屯していた兵隊さんは過激な反乱は起こさず、粛々と除隊し、我先にと故郷へ帰ってしまった。

戦争は終われば終わったで、勝っても負けても混乱は残り、大変である。負ければ占領時代が待っている。これがまた死に苦しみの長い長い時代となる。だから、戦争は全面損なのだ。

人間の精神的な危機を感じました◆

戦争に負けると人間の心が空胴化します。腑抜け人間、無気力人間が増えます。心が死んで無くなってしまうからです。これが怖いのです。人間廃業、人間喪失につながります。終戦を迎えてこの方、強く感じたことでした。

また、こんなことでも困ります。それは心が腐ってしまうからです。どうでもよいの捨てばちの気持ちが広がり、良心を失います。心が荒んで規範意識が弱まり、世の中が乱れます。戦後社会が一時期、無法社会に近い、秩序喪失時代を現出したのが、それを如実に物語っています。戦争に負けたお陰でした。

人間はどんなに貧しくても、心が健全で確かなれば、必ず立ち直れます。人間が人間でいられるのは、精神があるからだと思います。

戦争は、その大切な精神的な生命を、ずたずたに引き裂き、死滅させてしまうから怖いのです。

終戦の日の空虚感、屈辱感、無力感は二度と味わいたくないですね。どんな思いでしたか。

46　軍需物資の放出

軍事物資の奪い合い

千人針。女の人だったら誰もがやった。万感の思いを込めて。また、銃後の女性は、必勝祈願と夫や息子の武運長久を、朝な夕な神社仏閣に祈った。その甲斐もなく、日本は戦争に負けてしまった。

放心虚脱状態となる。気がついてみると、頭上高く荷物を背負い、両手にこれまた大荷物をぶらさげた復員兵たちが、よれよれになって帰ってくる。

暫くして無一物の兵士たちが、外地から帰還してくる。北は舞鶴、境港、南は鹿児島、博多、下関、神戸、名古屋、横浜等々へ、続々と上陸し、復員列車は屋根まで鈴なりとなる。日本列島大混乱となる。待てど帰らぬ人も多く、悲喜こもごもだった。内地からの帰還兵は、持てる限りの軍需物資を背負って帰ったからまだ良かったが、外地の戦場からの復員兵は、着のみ着のまま命からがら辿り着く。持ち帰ったものは、蚤、虱、南京虫、マラリヤ、赤痢、コレラの吸血虫や伝染病等で、厭がられた。

人口は一気に膨れあがった。物資の奪い合いが始まる。ストックされていた軍事物資が放出されるが、十分に行きわたらない。かなりの量は闇屋に流れ、インフレ経済を助長してしまった。

道徳は地に落ち、お国のために一命を捧げて出撃を待っていた特攻隊員までが、特攻崩れと称されるやくざや愚連隊になるものが出たという。推して知るべしだ。ズルが横行する。悪がはびこる。不正がまかり通る。他人を蹴飛ばし押しのけて生きようとする、殺伐とした世の中になる。

すべては物不足、物の奪い合いに起因した、戦争の落し子現象だった。

戦争が終わった。呆然とした。大負けだった。八月十五日正午、日本国民は奈落の底に突き落とされた。

真っ青な抜けるような青空が眩しかった。一種の拍子抜けの落胆だ。頑張ってきたのは何だったたのか。損をした。これからどうなるだろうの不安が入り混じって、言いようのない虚無感、脱力感に襲われたのを思い出す。

考えてみれば、東京を始め日本国中が焼け野原にされているのだから、明らかに負けているのがわかるはずだが、その頃は違っていた。

負けてる意識、負けるような気分はさらさら無かった。竹槍でも勝てると真剣に思っていた。一億総玉砕、神州日本には必ず神風が吹いて、最後にはきっと勝つと信じていた。

終戦直後は、誰もが騙されたとは思わなかった。しかし、何でだろう。国民はまだやろう、戦争を続けようと思っているのに、降伏するとはの思いは強かった。ただ心のどこかに、これで空襲がなくなった。電灯の下で眠れるというホッとした思いが湧いたのも確かだ。

負けたとなると、世の中の変わり様は早かった。一目散に我先にと、アメリカ兵に捕まらないうちに、兵隊たちは故郷へ逃げ帰った。

駅は復員兵で溢れた。どの兵隊も着膨れて、背中には大荷物を背負い、両手には抱えきれないほどの荷物を持っている。いわずもがなで、それらはみな軍需物資、衣服や食料等、当面の生活用品を、強奪同然に持ち出した荷物である。

それだけ軍には物資が残っていたということだ。私の従兄弟などは、三島から千葉県まで馬で帰ってきた。聞けば鉄道は超満員で本数も少なく、いつ乗れるかわからない。とりわけ始発駅ではない、中間駅の三島では乗れそうもない。大阪、名古屋方面から超々満員、屋根まで復員兵が群がって乗る始末だったという。

一計を案じた。騎兵だった従兄弟は、自分が可愛がっていた愛馬を、置いてくるには忍びない。これを連れ帰って、農耕用に使おうと考えて、馬と自分の食料、それに積めるだけの必需品を背に積んで帰ってきた。さすがに道路も混んでいて、二日ぐらいかかったらしい。

ことほど左様に、兵隊が手荷物にして、はた又馬や車で持ち帰った軍需物資は、莫大な量だっただろう。しかし、それでも後に置き去りにされた物品は、かなりの量であった。これらは周辺住民への山分けとなった。

布団、毛布、軍服、軍靴、帽子、ベルト、蚊帳、等々、衣類関係の品物が山ほど放出された。食料品も無い無いとケチケチしていたが、敵が上陸時の激戦に備えて、陸軍は大量に備蓄していたことがこの時わかった。

サケ缶が、一家に十缶以上も配給になった。イワシ、タラ、ニシン、サバ等の安値の保存食が、捨てられたり放置されたりしていた。

変わったところでは、落下傘部隊だったので、落下傘の布やバンドが大量に放出された。もらってもミシンが無く、どうしようもない代物だが、それでもみんな手を出してもらっては、洋服やシャツに作り替えて着た。それ以上に落下傘バンドは、誰にも重宝がられて、飛ぶように出た。一種のブームになり、落下傘バンドを着けることが、流行になっていたからである。当時は、格好よいファッションとして、もてはやされたからでもある。

マッチやその他生活必需品、工具やエンピ等々の様々なものが放出され、より取り見取りの配給となって、近隣民家を潤した。

私などは下痢の治りがかりに、これまでに食べたことのない、サケ缶その他を競争で食べまくったお陰で、赤痢だか大腸カタルだかの大病を患ってしまい、学校を四か月も休むことになってしまったほどである。

負けた途端に、停電は多かったが電灯は点り、一時的とはいえ、軍需物資が大量に放出されたので、生活は一変した。国民だれもが、軍服、軍帽、軍靴、ゲートル姿で、生活の建て直しに取りかかっていった。何も無かった乞食生活だったが、次第に元気を取り戻し、明るくなった。

ただ、今にして思うには、「欲しがりません勝つまでは」の耐乏の結果による窮乏は、言語に尽くし得ぬ酷いものだった。それでもみな我慢し、苦しいとか、たまらないとかの、泣き言や不平不満をいう人はいなかった。

生活は犬猫同然、いや、それ以下のもので、今では考えられない衣食住の生活、その上の戦火に追われる逃亡生活だから、何をかいわんやである。それでも必死に生きながらえた。

人間その気になり、いざという時には、こうもしぶとくしたたかに生きられるものかの、生きた証拠や手本になる生き様であった。

それが負けた途端に、噴き出すように貪欲になった。野良犬が餌をあさるが如く、卑しさ丸出しで食料を求めて動き出した。

アメリカ兵に、チューインガムを貰わんと、群がる子供たち。栄養価を吸い取ったカスの脱脂粉乳を、アメリカから喧嘩腰で、恵んでもらう政府。酷い時代であった。戦争の恐ろしさ、いやらしさ、惨めさが募る戦後だった。

◆軍需物資放出と人々の動きを書こう◆

接ぎはぎだらけのズボンやモンペをはいた、垢だらけの人々が、食料を求めて、野良猫、野良犬のように徘徊していた姿が目に浮かびます。ひもじかったですね。食べものの無い怖さ、惨めさ苦しさは忘れられません。

それにひきかえ、軍需物資があれほどあったとは驚きでした。国民からお国の為と称して巻き上げ吸い取って、自分たちそれも一部上層部だけがたらふく食べていたかと思うと、はらわたが煮えくり返ります。

人間の浅ましさ、口では仲良く共生を説いても、裏ではずる賢い要領のいい人間がうまいことをして、自分だけよい思いをしてしまう。

これが世の中といってしまえばおしまいですが、戦後一時期は、それがもろに出てしまいました。とにかく物不足の、酷い時代でした。

戦争をして負ければ、またあのような世の中になります。そうさせないために、みなさんで戦後の混乱期を書き残しておきましょう。

47　伝染病

伝染病との死闘

人間は戦争によって、あらゆることから、命を奪われる。その一つは、人と人との殺し合いで、二つ目は、食料難から、三つ目は、病気によって殺される。大別して以上のようなことで、人は戦時下に死んでいくのであるが、この他にも死ななくてよいのに死なねばならないことがある。

戦争の手段は、毒殺にしろ、水攻めや兵糧攻め、生物兵器の使用にしろ、すべて敵を倒し殺すという殺人戦法である。

相手方が故意に腸チフスや赤痢菌等の病原菌を撒かなくても、戦争をしていると衛生環境が悪くなって、伝染病が発生して流行する。加えて、食料不足からくる栄養失調の体は、伝染病菌の格好の餌食になってしまう。日本人が国民病として恐れ苦しんだ結核は、その代表であった。

若者が多く罹患した。兵士や大学生、村の青年に蔓延し、治療法が無かったので、手のほどこしようがなかった。

また、急性伝染病もしばしば発生し、多くの生命が奪われた。これなどは戦争が無ければ、未然に防げもしたし、何より治療によって治すことができただろうが、何せ医者は軍医に採られておらず、薬も栄養剤もないのだから助けようがない。死ぬのを待つしかなかった。

ご多分に漏れず、自分も伝染病と思われる難病に罹った。一日何十回という血便というより、最後は血の泡が出る。体温は四十二度、朦朧とした意識の下で死線を彷徨う。医者も薬もない。奇蹟の生還を遂げる。生命力と運としかいいようがない。敵弾をくぐり、病魔と戦い、栄養失調に苦しめられた戦時の生存であった。


今は見られなくなったが、戦時中は「脚気（かっけ）」「寄生虫」「肺結核」の三大病が蔓延していた。国民病といってもよいぐらいだった。

脚気とはどのような病気かというと、ビタミンB_1の欠乏のため、心臓や神経系に障害を起こし、足が痺（しび）れたり、浮腫（むく）んだりする病気のことである。この病気になると青膨（あおぶく）れの体になり、もの憂くて行動や反応が鈍くなる。

そこで身体検査では、必ず膝頭を叩いてみて、ピョンと反応するかどうかを調べたものだ。兵隊さんたちに多い病気で、戦意や戦闘行為に著しく障害となって、困っていたようだ。

この病気になると、医者は必ずといってよいぐらい、白米を食うな、玄米に近い米に大麦を混ぜた麦飯を食えといっていた。糠や麦には、ビタミンB_1が含まれているからであろうか。
また、この病気になるといろいろの余病、特に、様々な伝染病に移る危険性があって恐れられた。
とにかく根気ややる気がなくなるので、ものぐさ病、横着病といわれた。

とにかくだるい。いいようのないこわさだるさで、身の置きどころのない辛い病気なのだ。これでは働きようもない。意気もあがらず、意欲はさらさら湧いてこない。

そうした兵士がたくさんいたのだ。これでは戦いようもない。それでも勝てると思っていたし、勝たねばならないと叫んでいたのだ。

第一線で活躍すべき兵隊さんが、こうした病に罹っているということは、銃後を守る人々も同じことで、国民の大半が大なり小なり、この病気に罹っていたのだった。

寄生虫は国民のほとんどの人に宿っていた。いろんな種類の寄生虫が、それぞれに、好みの内臓に陣取り巣喰って寄生し、栄養分を横取りしたり、血液を吸って生きていた。

当時は人糞は貴重な肥料だった。しかし、そのまま使うと、寄生虫が野菜を通して体内に侵入してしまう。そこで寄生虫退治のために、排便直後の人糞は、暫く瓶等に入れて保存し、腐らせてから使うようにしていた。つまり、寄生虫の卵を死滅させるための方法だったのだ。ところが、戦時中は極度の肥料不足に陥って、それが守れなくなってしまったのだ。

いうまでもなく、排便直後の大便には、寄生虫の卵が混じっていて、それを腐らせれば寄生虫の卵も死んでしまうのだが、そのまま野菜に掛けると、葉の間や柄に引っ掛かって残ってしまう。そうなると、よほど丁寧に洗いもしない限り、卵は生きたまま残ってしまう。

それとは知らず、生野菜を食べると、寄生虫の卵は生きたまま口から入ってしまう。そして、居心地のよい人間の体内で孵るのだ。

当時の国民食は菜食中心であったので、寄生虫保持者は全国に多く存在していた。

生魚や生肉にもジストマなどの寄生虫がいて、刺身などを食べることによって口から入ってしまう。なかには、或種の寄生虫は、皮膚を喰い破って人の体内に入って寄生するものもある。侵入経路は様々だが、とにかく国民のほとんどが、この病気に罹って青膨れになり、血の気を失った体で、もの憂く生きていた。

寄生虫で一番多かったのは、何といっても回虫である。線形動物線虫類の寄生虫で、人や家畜の小腸に寄生する。黄紅色のうどん状の体系で、体長は約十五～三十cmと長大である。栄養を横取りされるから、慢性の栄養失調になる。時々暴れるので、猛烈な腹痛を起こすという症状で、多くの人が苦しんだ。

尻から何かぶらさがってプルプルしている。気持ちが悪いので、新聞紙を切って、それで掴んで引き抜くと、ブランとした二十～三十cmにも成長した回虫が、体をくねらせながら出てくる。

一年生の時に鼻から出てきた子がいて、受持ちの女の先生が引き抜くのを真近で見たことがある。口から出てくる人は多く、母などは無類の寄生虫持ちだったので、よく口から吐き出していた。自分は口や鼻から出たことは無かったが、尻からは何度も出た。自然にひとりでに成長し過ぎて、居られなくなって出てくる場合と、薬によって出されてくる場合とがあった。どちらにしても気持ちのよいものではなかったし、憎らしい存在であった。

始末に負えないのは十二指腸虫だった。これは人間の十二指腸に寄生する鉤虫で、容易に駆除ができずに困った。

この寄生虫に罹ると、消し炭や茶殻を、無性に食べたくなり、母などは隠れてそうしたものを食べていた。今ならよい薬があるが、当時は一生かかっても駆除できなかった人がいたとも聞いている。

寄生虫は、今では脚気同様、ほとんど無くなったが、ピロリ菌のように、今尚その当時から寄生して、居座って生き延びているものもある。

まったく知らなかったが、慢性胃炎で苦しみ、検査したところ、ピロリ菌が発見された。子供の頃飲んだ生水から入り、七十年も自分の体内に住みついていたらしい。今六十代からの人の七〇～八〇％は、この菌に冒されてるという。

厄介なことに、この菌は胃壁の中に住みつき、胃炎、胃潰瘍、胃癌の元凶となる。慢性胃炎で止っていればよいが、胃潰瘍から胃癌に進んで、命を落とすケースが多くて危険な菌である。

該当する年齢の人は、一度調べてもらって、巣喰っていたら退治することだ。放っておくとろくなことがない。今はよい薬があるので、一週間ほどの服用で、簡単に駆除できる。

戦時中、最も恐れられた病気は結核である。この病気は一言でいうと、結核菌によって起こる炎症性の病気で、肺結核と腸結核がある。

具体的には、結核菌が体内で炎症を起こし、その部分の組織を化膿させる病気である。微熱が続き顔色は蒼白となり、痩せて常時コンコンという軽い咳をし、しまいには喀血して死亡する。カリエス等、結核菌によって骨が冒され、膿が出て腐ったり溶けたりする、恐ろしい病気などを併発することもあるので怖い病気だ。

治療法がなく薬もない。寝たきりで死ぬのを待つしかない。医者は結核患者を五人も持てば食って行けると悪口いわれるぐらい、厄介な難病で人々は恐れおののいていた。

空気伝染なものだから、移ると一家全滅となる。特に気管や肺が弱い体質の家族などは、それこそ枕を並べて、討ち死にせねばならないような破局に追い込まれていた。

伝染を防ぐために、発病者が出ると、離れ家や小屋を建てて隔離し、他の家族に移らないようにしたものだ。

厄介なことに若者に多い病気のため、兵隊さんや血気盛んな青年たちが、あれよあれよという間に罹ってしまい、結核病棟は満員だった。本当に深刻だった。内からの難敵である。

「青瓢箪」というはやし言葉や忌み言葉が流行していた。これは結核患者のような痩せて顔色の青い人を嘲っていう言葉なのだが、結核患者の代名詞のように使われ、人々はそういわれることを極力恐れ怖がった。

レッテルを貼られたが最後、人が近寄らなくなるからだ。今でいう風評被害を蒙るのだ。なかには悪い奴がいて、相手を陥(おとしい)れて社会的に抹殺しようとする時に、盛んにこの言葉を使った。卑劣極まりない行為が横行していたのだ。それほど結核とその患者は嫌われ疎まれていて、可哀想な存在であった。

家の近くにも若いみそらでこの病気に罹り、苦しみ悩んで死んだ人がいたが、この人などは竹藪の中に掘っ建て小屋を作り、そこに一人で寝せられていた。

小屋の周囲には、蝮が赤裸にされたのが二〜三匹逆さ吊りにされ、その下に盃が置いてあった。蝮から滴り落ちる生血を盃に受け、それを飲むのだ。蝮の生血は強壮剤になるといわれ、それによって体力強化を図り、自力で治すしか方法がなかったのである。スッポンの生き血も同様で、結核患者に愛用されていたのだ。

とにかく罹ったら最後、五年も十年も治らず、金喰い病故に、一家は破産し家族は全滅の憂きめに遭ってしまう。同時に人々からバッシングされ排除されてしまう。鼻をつまんで息を止めて、その家の前を走り去るえげつなさだ。

この他には「コロリン」と呼ばれるコレラや赤痢、腸チフス、ジフテリヤ等の死に直結する、危険な伝染病も流行していた。酷いものは、朝発病して夕方に亡くなるもの、それほどでなくても、三、四日から長くて一週間、十日で死亡する強烈な伝染病が存在していた。

どこの村にも、避病舎と呼ばれる伝染病隔離収容施設があった。大方は人里離れた林の中や田んぼの中に建てられていた。

チフスや赤痢のように、蚊や蝿、鼠等によって、伝染する病気を防ぐために、こうした措置を役場がとり、公共施設として管理していた。まさに野中や山の中の一軒家である。

伝染病患者が出ると、家中がクレゾール消毒をされ、病人は戸板に乗せられ、手拭で口にマスクをした四人の近所の男衆に担がれて、丁度姥捨山に連れて行かれるように、この避病舎に送り込まれるのだ。みんな目をそむけ、鼻をつまみ、息を凝らしながら遠くから見送ったものである。

入舎すると、回診にくる医者や看護婦によって治療されたと聞くが、食事や身の回りの世話は誰がどうやったのかは、詳しくは知らない。有無をいわせずの入舎であり、当事者は勿論、家族も途方に暮れたであろう。

その上、結核同様に周囲から冷たい目で見られて、村八分同様の扱いをされるのだからたまったものではない。お前のせいでみんなが伝染病になったり、こんな目に遭って苦しむ。どうしてくれるんだと、暗に責め立てるのである。

病人は病気で苦しむだけでなく、こうした世間の目や口や冷たい仕打ち、排除の論や態度に、恐れおののき悩み苦しむのである。

戦時下だからばかりではない。民主化された今日だって、多かれ少なかれそうした気風は残っている。病気になりたては、大騒ぎして見舞いをくれたりするが、長引くと潮が引くように遠ざかり、見向きもしなくなるのだ。

病気になったらおしまいだ。最後は誰も見向きもしなくなり、寄り付きもしない。仕方がない、運のつきだ、諦めるしかないと見放されてしまう。すべてがそうだとはいわないが、今だって長くなったり治せなかったりすると、「お歳相応ですな」と、医者までが見捨てた口をきく者もいて、このことを実証する。

ましてや戦時中である。病人なぞ構ってはいられないのだ。同情だ、憐愍(れんびん)だ、気の毒だとなど、思ってはいられない逼迫した毎日だった。

他人どころではない。自分だって今日か明日かも知れぬ身なのだ。病気に罹ったら運のつき、諦めるしかない。自業自得だと、口には出さないが、思っていた人が多かったのではなかろうか。可哀想に思っても、拘ってやれない、差し迫った現実があったからだ。

丁度戦地で病気で倒れたり、敵弾に撃たれた兵士、それも昨日まで肝胆相照らす仲だった戦友が、背負いきれなくなると、敬礼一つして置き去りにしていく、あれと一緒である。だから戦争はしてはならないのだ。戦争ほど惨いものはない。人間、何だかんだいっても、残念ながらいざとなると、こうなってしまうのだ。悲しいけれども、そんな面を持つのだ。

厭味に聞こえるかもしれないが、動物や鳥類も同じだ。病や怪我で傷ついた仲間が出ると、大騒ぎしてみんなで寄ってくるが、助からないと思ったり死んでしまうと、潮が引くようにさっといなくなってしまう。どこか人間世界と似ていて、やりきれない思いである。

自分がそんな目にあったから、すべてがそうだ、今だって同じだと、その考えが通じると思うのは、ナンセンスと叱られるかもしれないが、当たっていなければ幸いである。

終戦は六年生の時だった。夏休み中の八月十五日に、終戦の詔書が渙発され、太平洋戦争は終わった。真夏の真っ青な空に、太陽がギラギラと輝く暑い日の正午のことだった。国民は一億玉砕の覚悟で戦っていたのに、何たることか。信じられなかった。がっかりだった。途方に暮れ、これからどうなることかと不安にもなった。

青柿や口に入るものを、手当たり次第にやけ食いをして空腹を満たした。それでも気持ちは治まらない。ところがそれがいけなかった。緊張感が、どこかで無意識のうちに解けたのか、たちまち酷い下痢に襲われてしまった。

二、三日苦しんだ。やっと峠を越し治ってきたなと思われた頃、軍事物資がどっと放出されてきた。陸海軍が持っていた品が、一挙に民間に配られたのだ。無論食料品もである。

その中に、食べたことのない鮭缶があった。十箇以上配給になった。止せばよいのに食べなければ損とばかりに、他のものと共にしこたま食べてしまった。それがいけなかった。

まだ治りきらない下痢腹に、食べつけない食品を次から次へと食べまくったので、一気に悪化してしまった。翌朝目が覚めると、酷い高熱である。真夏だというのに、猛烈な悪寒でがたがた震える。熱を測ると四十二度近くある。そのうちに猛烈な下痢と激痛が始まる。

「痛いよ」「苦しいよ」の連発である。そのうちに目の前が霞んでくる。朦朧としてくる。何回か吐く。うまく息がつけない。呼吸困難である。身体は高熱のためチリチリして焼けるように熱い。酷い熱である。

たまらず母が抱きかかえてくれる。「治れ治れ」と叫びながら、必死になって激痛の下腹部を摩ってくれる。男だ、泣くものかの思いで耐える。まさに苦闘の連続である。

そのうちに血便が出だす。これは大変と隣家に伯母が相談に行く。この家はもともとが医者だが、先代は亡くなり、医者になった息子は、軍医で応召して家にはいない。近隣の医者も、みな同様でどこにも一人もいない。絶体絶命だ。

隣家の先代の奥さんが、看護婦あがりの人だったから、その人にアドバイスをもらう。すぐ駆けつけてきてくれ、状態を聞き様子を見て、これは大変だと思ったらしい。

母に耳打ちしたことは、裏山に穴を掘って排便させ、終わったら直ちに土を被せて埋めよということだった。明らかに伝染病を意識してのアドバイスである。お陰で家人や近所への伝染は、もし赤痢であったとしても、この方法で防げたのだ。有難いことであった。

医者がいない。薬は無い。届け出てもその頃は運ぶ人もいなければ、避病舎は荒れ放題で使いものにはならない。何の病気かもわからないので、迂闊な話はできない。

暗黙のうちに、隣家の先代奥さんから伯母あたりに、生存は難しいとのサインが出ていたらしい。意識がうすれ高熱にうなされながら、一人奥の間に寝せられていた耳に、台所の方から気丈な伯母が「時なら仕方がない。兄もジフテリヤで三年生で死んでいるんだ。もう一人弟が残っている。諦めるしかない」と騒いでいるのが聞こえてきた。どうやら母を戒め叱り元気づけているらしい。

「あら、俺が死ぬと思っている」と、苦しい生死の境を彷徨う中で思ったのを、今もはっきりと覚えている。そして、その会話を聞いても死ぬのかなとも、死ぬものかとも思わなかったことも併せて覚えている。

生きるものは生きる。どんな逆境や過酷な運命下にあっても、生きるべきものは生き、死ぬべきものは死ぬようになっているのが、自然の掟であり、理法であるを知るのである。

大きな家の奥の間から、庭に出るまでがかなり広くて長い。そこから裏山までが六～七十メートル。健康ならば何のことない距離が歩けない。母の背中にしがみつき、「痛いよ、痛いよ」と叫びながら、裏山の穴に排便に行く。

深く掘った穴に、出たら砂を被せる。一つの穴で七～八回用を足す。穴が十近くも掘られていた。出るものが無くなって血の泡となる。数えただけでも六十五回を覚えている。

これでは助かりようもない。最後の方は布団まで辿り着けない。途中に鶏舎（追い込み）があるが、そこまで戻ってくると痛くなって、穴に逆戻りして血の泡を噴く。その繰り返しである。あの痛みと苦しさは地獄のものだ。

母は偉かった。気丈だった。そして優しかった。「治れ治れ」の連呼でおなかを摩り、おんぶしては裏山への何度もの排便をさせてくれた。後で聞いた話だが、その間、日夜、氏神様や集落の南端にある玉崎神社にお百度参りをして、平癒祈願をしてくれていたとのことだった。どこの家でもそうだろうが、戦時下、当時の母親はみなそうした子を思う強い心があったのだ。親の恩は有難く、決して馬鹿にしてはならない。自分が食べなくても子に与え、自分の命に代えても子を守る。それが親であることを、戦中、戦後に誰もが思い知ったことだった。

三日三晩の悪戦苦闘の末、奇蹟は起こった。医者も薬も無いのに、自力で生還したのだ。熱が平熱に下がる。腹痛も嘘のように治る。血便や下痢も徐々ながら少なくなり、子供は元気が出るのも早い。しかし、胃腸が切れてるかもしれないということで、暫くは絶食で快復を待とうということになって、寝かせられていた。

奥庭に夕方になると、鶏が追い込みから放されて回ってくる。それを寝ながら、治ったらあの鶏が食べたいな、卵が食いたいなと、しきりに思ったのを記憶している。それだけ腹が減って空腹感がつのり、快復していたのだった。

それだけに完全に栄養失調になってしまった。立てない、歩けない。思ってもみない恐ろしいことになっていた。またまた第二の苦しみや死線が待っていた。人間、立てない歩けないことほど辛く惨めなものはない。

復員してきた父の教え子の医師が診察してくれ、長期療養でしか方法がないということになり、又々自然治癒を待つことになって、学校を二学期まるまる四か月休むことになる。

父も病弱で高等二年から中学校に入ったのだから、お前も一年遅れて入れといわれていた。しかし、それが気に食わなかった。何としても六年生で受験して入るんだと、心密かに決めていた。二学期中に出校しないと、課外学習で先行している他の受験生に追いつけなくなってしまう。

治った治ったと騒ぎ立てて、止める家人の制止を押し切って、十一月下旬から登校してしまった。まだフラフラな状態だった。

学校へ行ってみると、とんでもないことが待っていた。仲の良かった友までが、みんなで鼻をつまみながら、移るから向こうへ行けと邪険にしだす。どうやら伝染病とみんなに知れ渡っていたらしい。そこで初めて知ったのは、どうりで受け持ちの先生も級友も、ついぞ一人も一回も見舞いに来なかった訳がわかったのだ。

治っていても、ひょっとすると移ると思っているのだろう。排除の論理、弱い者への輪にかかっての袋叩きが始まる。人間の浅ましさを痛感する。昨日の友の豹変ぶりは、青天の霹靂だった。人が信じられなくなった。

完全にいじめだ。弱い者いじめである。戦時中はなかったことが、戦争に負けたら途端に始まった。いつ果てるともなく続く。半月ぐらいたったある日、学校に行くと、嫌がらせが待っていた。明らかに準備され、てぐすねひいて仕掛けられていた。反射的に気づいた。

その時は、かなり体力も快復していたせいか、咄嗟に反抗反撃に出た。十五、六人の悪童共に、大声張り上げて飛び掛かっていった。逃げまくる小者共には目もくれず、首謀者めがけて追いすがり、取っ組み合いの喧嘩になったところに、先生が駆けつけて来て、止めさせられた。

あの気力と迫力、そして、殴り合い、凄まじい闘魂、どこから出たものか、今もって不思議だが、恐らく戦争や長い闘病で、培われたものではなかったかと思われる。

死線を越えたものは強くなるとは、本当かもしれない。この事件があってからは、誰もが手出しをしなくなり、逆に近寄り、媚びてくるようになった。人間の醜さを肌で感じる。

人間、負けてはならぬ。強くなければ、見くびられ付け込まれる。戦争と同じだ。強さ恐ろしさを見せてからは、悪口をいうものもなく、安心して勉強ができ、旧制中学入学を果たした。

いじめ問題は今も続いている。今の方が陰湿になっているだけに、悪質だと人はいうが、自分はそうは思わない。戦後のあの頃だって、いじめられる子は、知らない間に弁当に小便をかけられ、それを昼食で食べてしまってから、みんなから暴露されて、はやされるような悪質のいじめもあった。だからたいして変わっていないのだ。人間の悲しい性(さが)は同じなのである。

いつの時代も意地悪な面を持ち、相手を傷つけ困らせ、苦しめて喜ぶ、醜くて卑劣な心情を、人間はどこかに宿しているようだ。

戦時中は、それが敵に向けられるが、平時になると、味方や仲間に対象が変わってくるのだ。卑怯なことを嫌う者や憎らしく思う相手に向けられ、いい気味だ、ざまあみろと誹謗し、勝ち誇った気分になって、自己満足するのだ。

ことほど左様に、いじめ問題は根が深く、一筋縄では解決できない。弱い者が自分より弱い者をいじめるケースが多いだけに、強くなることだ。根本的解決策はそれしかない。ただ、教育の力で、はた又、社会的な力や法律によって一時的に直すことができても、それらの力が及ばなくなると、すぐまた始まる。

人間の性根に宿る悪心を取り除くか、徹底的に撲滅するかしない限り、どこまでいっても解決できない難問がいじめ問題なのである。

残念ながら優勝劣敗、優っている者が勝ち、劣っている者が負ける。生存競争である。強者・適者が栄え、そうでないものは滅びるが根底にあってのことで、いじめは大きくなれば、戦争に発展する忌むべき行為なのである。

人類が何千年もかかって、今尚取り除けないいじめは、永遠の課題なのかもしれない。強い者が勝ったが最後、領土は奪われ容易に取り戻せないのを見るにつけ、人間の強欲とからんだ強者が、理屈抜きで君臨するは世の常なり。

だから強くなれ、戦争には勝てと、弱肉強食を肯定するつもりはさらさらない。平和至上主義をあくまで信奉し、不可能を可能にする、いじめ撲滅運動に死力を尽くす覚悟である。

病気については、何という病気であったのか。医者もいないし誰にもわからない。ただ、隣の奥さんの推測では、赤痢か大腸カタルかのどちらかではなかったかという話であった。

一旦、死にかかって息を吹き返した人間は、強いとよくいわれるが、まことその通りになり、その後、下痢や腹痛を起こしたことがない。その点は、禍転じて福となすで、有難いことだった。しかし、プラスがあれば物事必ずマイナスがあって、調子に乗り過ぎ、戦時下のひもじさの挽回も手伝って、美食大食漢になり、やがて糖尿病を発症してしまう。粗食に耐えてでも生き抜けるように、戦時下に作られた体は、飽食時代にはついて行けず、血管の未発達（昭和一桁時代の共通欠陥）も手伝って、一生涯苦しむことになる。

しかし、それでも頑健で倒れることなく過せたのは、戦時中に鍛えられた不屈の精神と肉体のお陰である。不謹慎だが、戦争が残したプラス面をそうした点に感じてもいる。

◆病気も栄養失調も辛く苦しいことでした◆

死線を越えてからが大変でした。栄養失調で手足が細くなり、寝たきり少年で、歩けるようになるまでに、一～二か月かかりました。

毎日、寝ながら食べ物のことばかり考えていました。庭を歩く鶏を見れば、卵が食べたい、あの太った鶏を食べたらおいしかろうと、そんなことばかり考えたり、思い浮かべたりしていました。ひもじさの辛さを、嫌というほど実体感した四か月でした。

治ってから家人に隠れて、笊（ざる）一杯のふかし芋を抱えて、裏山に行って食べた嬉しさおいしさは忘れられません。人間食い物に不自由すると、意地が汚くなるとは本当のことです。

戦時下から終戦後の食料難の時に、芋一本おにぎり一つを恵んでやった人から、未だに折につけて御礼をいわれるのをみても、食物の有難さがどれほど大きいかわかろうものです。戦争中の苦しい病床体験等を記して、みんなで戦争を起こさせないようにしましょう。

48 国債

紙くずとなった国債

国債は危険だ。人はそれを一番安心だと思って買う。相手が国家だから大丈夫と考える。それが落し穴になるのだ。

国は潰れない。国は無くならない。国がついているから安心だ。いざという時は、国が支払ってくれるから大丈夫だ。国は民間の銀行とは違う。公だから間違ったことはしない。ましてや、国民を騙したりはしないから、信用できる。

そんな国家にお役に立つことなら、安心して喜んで国債を買って協力したい。と、人々は国債を買ってしまう。戦時中がそうだった。大多数の国民が買った。

ところが、戦争に負けたら、約束など吹っ飛んでしまって、国債は紙切れ同然になってしまった。泣きっ面に蜂だ。散々戦火に苦しめられ、極貧に悩まされたあげくの果てに、虎の子の財産まで奪われて、戻ってこないとあっては、茫然自失だ。騙された、裏切られたと気づき、怒り心頭に達した時は既に遅く、なす術もなく、泣き寝入りして諦めるしかなかった。

責任をとる者は誰一人いない。国を信用した国民が悪くて馬鹿だったということになってしまった。

戦争は勢いで始められる。時の勢いには逆らえない。愛国だ護国だと、戦争主導者に煽られると、反対できなくなってしまう。戦争正当化論がどんどんエスカレートし、強制力を伴った権力と結びついて、国民を戦争へ戦争へと駆り立ててしまう。

その結果、尊い人命は奪われ、貴重な財産は無くし、何も無くなってしまう。国家は破滅しないと思ったら、それは大間違いだ。戦争をしようとしまいと、国家は人間が操る生き物故破産するのだ。

戦争は、物凄くお金がかかる。何しろ巨大な戦艦や航空母艦、飛行機や戦車、爆弾や砲弾等々、軍備だけでも巨額になる。しかも、それらはすべて消耗品で、どんどん失っていく。増産のいたちごっこが始まる。お金は湯水の如く使われて無くなっていく。何万という兵隊さんにかかる費用も莫大だ。

軍隊を持つだけでも、途方もない額の予算が必要なのに、実際に戦争となると、その何倍何十倍もの費用が加算されるのだ。

北は満州北端からアリューシャン列島、南はソロモン諸島やニューギニア島まで、東はマーシャル諸島から西は中国中部、ビルマ（現ミャンマー）、インド洋にまで、軍隊を進出させて交戦するのだから、想像を絶する気の遠くなるようなお金がかかる。

それを税金で賄うのだが、到底それだけでは追いつかない。そこで国債を発行して国民に買わせる。二重の絞り取りである。国民の稼ぎは、こうしてすべて戦費のために吸い取られていく。働いても働いても暮らしがよくならない理由は、そこにあったのだった。

当時の子供の小遣いは、一日一銭か二銭であった。そんな小額の小遣いも、遣わずに貯金をした。正月のお年玉や伯父、伯母、親戚から貰うお金は、五銭か十銭で、それでも大喜びしたものだ。因みに、一銭が今と比べて、どういう額であったかというと、百銭が一円だから推して知るべしで、一円は大金であったのだ。

その僅かな小遣い銭は、郵便局に積んだり、学校でも貯蓄を奨励して、子供銀行を開設していたので、そちらに預けて、できるだけ遣わないようにした。したがって、結構貯まったものだった。子供たちがそうなら、大人たちもそうで、貯めよ増やせよで、どこの家でも多くの人が、せっせと貯金をしていた。

その一方で、国は莫大な戦費調達のために、今でいう赤字国債を連発していたのだ。戦艦大和を一隻造るには、気の遠くなるほどの大金がかかる。負け戦になってからは、税金だけでは追いつかず、国民から借金をするという形で、赤字国債を幾種類も発行して、それを国民に無理やり押しつけ買わせたのだ。

贅沢は敵、一億総貯蓄などの掛け声で、国民から絞りに絞って、爆弾や戦車、軍艦を造っていった。それがみなやられてしまう。また、造らなければならない。その繰り返しのいたちごっこである。戦争はだから怖いのだ。空穴（からけつ）にされ、身ぐるみ剥がされ、財産など無一文になるまで、供出させられてしまうからだ。

敗戦後、それがどうなったか。猛烈なインフレで、買わされた大金の国債は、二束三文の値打ちになって返ってこない。我家でもなけなしの金をはたいて協力したのに、米一升も買えないものとなり、父は怒って一円、十円、百円の債券を燃してしまった。憤りで怒り心頭だ。

赤字国債は、償還できなくなれば、この手があるから怖い。騙されないことだ。一度インフレ風を吹かせれば、すべてはパーになるのだ。

煮え湯を飲まされた国債でした◆

どうしようもなくなってしまったら、いざという手段にインフレーションがあります。今まで一升一円で買うことができた米を、一万倍の一万円にしてしまえば、千円の家を十軒も建てられるほどの大金だった一万円を持ってた金持ちは、一気に一升の米しか買えない貧乏人になってしまい、明日食べる米にも困るようになるのです。恐ろしい話ではありませんか。戦争中に買わされた国債は、戦後になると率は忘れましたが、そのような話になってしまって、国民は大泣きさせられました。

今、世界中の多くの国が借金財政で苦しみ、なかには破綻国家も現れて大騒ぎしています。他人事ではなく、日本は世界一財政赤字を抱えた借金国家です。国債の利子が値上がりしたらとんでもないことになって、いつか来た道になってしまいます。戦時中の苦い思いを教訓にして、道を誤らせないことです。そのためにも当時の国債を語り継いでください。

49　買い出し

危険な食料買い出し列車

食料の買い出しで命を落とす。折角あの戦争の時代を生き延びてきたのにである。両国や千葉から県内に向かう列車は、食料の買い出しの人々で超々満員だった。

列車の屋根という屋根は、人が鈴なりだ。車内やデッキに入れない客が、客車の屋根の上や、機関車の前や脇にしがみついている。炭車の薪や石炭の上も黒山の人だ。

そうした人々が、途中で何人も振り落とされる。また、陸橋を潜る際に、後向きに乗っていた人は、橋に激突して放り出されて死ぬという具合いに、各地で都会からの買い出しの人たちが、あたら尊い命を失っていった。これも考えてみれば、戦争が残した爪痕であったり、後遺症のようなものではなかったか。

食料難はとにかく酷かった。そこへもってきて、乏しい食料の奪い合いが起こる。闇屋が法外な値段でボロ儲けをする。ただでさえ少ない品が、闇屋に横流しをしてストックされるので、庶民には全くといってよいぐらい回ってこなくなってしまう。

お金では買い切れないから、腕時計や洋服、着物等の高級品との物々交換となる。それも自分で東京や千葉を離れて、不便な農村に出向いて、三拝九拝して、やっとリュックサック一杯の芋や南瓜が得られるという有様だった。

それすら一週間で食べつくしてしまう。また、出掛ける。子供まで運び屋として連れ出す。農家にだって、そうそうあるわけではないので、買えずに空戻りする日もある。こうして餓死者がたくさん出た。

戦争をすれば、血を見て死ぬばかりではない。何万何十万という人が、飢えと栄養失調で死ぬのだ。恐ろしいことである。

「腹ぺコ」とは、腹がペコペコに空くこと。何も食べない、食べられないから空腹で何日もいる。栄養が取れずに死んでしまう状態だ。

冷や汗が出る。目が回る。震える。ガタガタとする。腹の虫がグウグウと泣く。立つも歩くもできなくなる。目が霞んで見えなくなる。

食べたい。だが食べる物が無い。何でもよいから食べなけりゃ死んでしまう。心臓がドキドキしてくる。息がハァハァして呼吸が苦しくなる。意識が薄れてくる。低血糖状態。

戦時中、それも末期にはそうした人がたくさん出た。こんな状態で、水ばかり飲んで空腹を満たす。乏しい食料、三度の食事など夢のまた夢、一度それもほんのさつま芋半かけら。そんな食生活で、国民の大半は栄養失調となる。

餓死者がどれほど出たことか。腹が減っては戦えぬというが、あの食料難で戦うのだから勝てっこない。戦うほどに食料不足になり、戦わずして食料不足で負けたようなものだ。

戦争は恐ろしい。死闘も怖いが、この飢えという地獄の戦いも苦しくて恐ろしい。人間、食い物が無くなったら最後、地獄のような惨状となる。味方同士の食料の奪い合い。酷い時には戦地では、戦友の人肉まで食ったという話さえ聞かされたほどだ。

こんなに惨く(むご)て悲惨なことはない。戦争なるが故に、そうしたことが起こるのである。すべては戦争が悪いのだ。戦争をすればいずれそうなるのだ。それがわかっていてもやる。愚かな話だが、勝てば楽になるからと騙され、甘言に躍らされてやってしまう。

後悔先に立たずで、戦争をしたが最後、勝っても負けても悲惨な目に遭うは必定で、我々が体験しただけでなく、古今東西、歴史が証明するところである。

銃後の内地でもそうだから、戦地ではもっと酷く、それこそ泥水をすすり、草を噛み、鼠や蛇、うじ虫まで食べて、飢えをしのぎつつ戦った。そこまでして何の意味があるのか。

もっと怖いのは戦争に負けてからの毎日だ。戦中は不正や泥棒をすれば、死刑等の極刑が容赦なく施行されるので、我慢し耐えていた。

それが負けた途端に、たがが外れたように、奪い合い争い合いの無法状態となる。農作物は荒され放題、盗まれかっぱらわれ、米麦、芋、野菜は手当たり次第、田畑から倉や納屋から、盗まれ持ち逃げされる。

戦後暫くの農村では、そうした状態が続いた。稲を刈り、「おだ」に干し、あと一日か二日で脱穀しようとする前日の夜、ごっそりとみんな盗まれてしまう。西瓜や南瓜、野菜なども、番屋を作って不寝番をしていても、盗まれてしまう。

農村でも、そうした状態の中で飢えた人がゴロゴロといたのだから、都会の状況たるや、想像に絶するものがあったと聞かされている。

終戦が昭和二十年八月十五日だから、それ以降の二十年、二十一年、二十二年頃は、日本人は飢餓状態におかれ、食料を求め、必死に駆けずり回った二〜三年であったのだった。

汽車は石炭が無いので薪で走っていた。薪では火力が弱く、蒸気が上がらず、のろのろ運転ですぐ止まってしまう。薪も乏しく車輌不足もあって、一日二、三本しか運行できない。

客車が足りないので、貨車や天井のない荷物車に人間が乗る。本数が少ない上に、東京方面からの買い出し人が繰り出したので、どの列車も満員。人が鈴なりになって溢れている。

デッキや窓にぶらさがっている。客車や貨車の天井にも、リュックサックを背負った「買い出し客」が黒山だ。機関車の前から横、石炭車の石炭の上も人、人、人である。

これではスピードどころではない。ましてや薪炭車だ。ノロノロ運転が関の山で、止まらないだけよいとしなければならなかった。おそらく東京から、三〜四時間以上はかかったのではないか。

土気の坂を昇れないので、房州から東京方面に向かう上り列車は、成東まで出てきて、総武本線経由で運行していた始末である。

都会の人は気の毒であった。可哀想だが親戚といえども背に腹は代えられず、思うような援助ができなかった。窮状は推して知るべしで、自分や自分の家族が食べられないのだから、人どころではない。しかし、そうした中でも、可能な限り分かち合ってやったのも事実だ。

米麦はほとんど入手困難、黒山の人が都会から知人、友人、縁者、親戚を頼って、食料を物色に来た目当ては、さつま芋や大根南瓜等であった。特に、さつま芋やじゃが芋が手に入れば大喜び。手を合わせ泣き泣き感謝して帰る人を、何度も見たことだった。

芋畑まで入ってきて、土下座して芋の切れ端や屑芋、大根の葉っぱでよいから、分けてくださいと懇願された場面に、母の手伝いで芋掘り作業中に何度も出合った。

高価な着物や指輪、マントや洋服等を持ってきての、食料との物々交換だ。猛烈なインフレで、お札での売買は成立しない。可哀想なので、ついつい情にほだされて、随分と分けてやった。

さつま芋は日本人を何度も救ってきた。古くは江戸時代の飢饉の時、青木昆陽によって奨励され、多くの人々を救ったことに始まり、何度も日本人を飢餓から解放してきた。

今度の戦争でも、この芋が無かったら、日本人は全滅していたかもしれない。大した肥料がなくても、北海道を除く全土で生産できた。

おいらんと呼ばれた白くて甘い種類、大正赤と名付けられた黄色くてホクホクした芋等が、戦前は作られていたが、戦中戦後は大きな芋がゴロゴロと大量にできる、澱粉芋の沖縄種が多く栽培された。これは味がまずかったので、後に農林一号等の改良品種が作られるようになった。これだと味もそこそこで量も多く採れたので、農家は競って農林一号と沖縄を作った。それでも飛ぶように売れて無くなった。

戦後も一段落した昭和二十三年以降は、甘味用に芋飴が作られるようになり、そのための澱粉用甘藷として、沖縄を始め多くのさつま芋が栽培されるようになった。全国至る所で桑畑がさつま芋畑に変わっていったのだった。

我家も家の周りの畑、川向こうや芝崎地先の遠い畑、すべてさつま芋を植えて、自家用の食料を賄った。米も作るには作ったが、当時は収穫量が低く、七人家族を賄う量にはほど遠かったから、この芋で不足を補った。

戦前、四～五十俵も来ていた年貢米、それぞれの小作者が、旗を立てた牛車や荷車で運び込んだ米俵は、夢の又夢の幻で、一俵も入らなくなっていた。

小学校四、五年生から、母親の手伝いで農作業に従事した。初めの頃は、手を芋の渋で真っ黒にしながら、芋の蔓(つる)抜き、蔓刈りや芋拾い、そして、運般である。大八車やリヤカーに積んで、弟と二人で家まで運ぶ。戦時中は、それこそ空襲を避けながらの、農作業だから大変だった。しかし、やらねば死ぬしかないのだから、食うためには必死でやった。疲れるのこわいの痛いのなんていってはいられない。血へどを吐くほど、くたくたになるまで働いたのだ。

六年生以降は、戦争も終わったので、敵機から逃げ回ることもなく労働はできたが、大きくなったので、芋掘りをやらされるようになった。

これがまた機械も何も無い時代だから、手作業の肉体労働で、死ぬ苦しみの重労働だった。腰にくるので腰痛で立てない。足が棒になる。鍬を何百何千回と振り下ろし、土と芋を持ち上げるのだ。ただでさえ食料難で空腹、栄養失調の体には、過酷そのものだった。

頑張れば、布製のグローブを買ってくれるとの約束で、夢中でやった。戦後の少年たちの楽しみは、アメリカ軍が持ち込んだ野球だった。

文字通り〝草野球〟である。田んぼの中や草原で、三角ベースの野球を楽しんだ。皮製のグローブやスパイクはどこにもなく、やっと布製のゴワゴワで、すぐ破れてしまうものが出回った頃であった。それでも素手でやるよりは痛くないので、母親にねだって買ってもらったのだ。その代価が、主にこの過酷な芋掘りという重労働だったというわけである。

その頃、周囲では戦地から復員兵が続々と帰ってきて、仕事がないのでゴロゴロしていた。その人たちが、手間賃を芋でもらう約束で、随分と芋掘り作業などの農事に携った。お金は無いし、あってもインフレで少々の額では何も買えない。食い物が無い。そこでみんな働いた分を芋でもらったのだ。

楽しみといえば、少し余裕ができた頃、昭和二十三、四年頃、野球同様に、素人演芸会が流行した。物差しを刀に見立てて三尺帯に差し、国定忠治に扮して、赤城の子守唄を歌ったり踊ったりしたものだ。

橋場では、放光院の側を流れる水路に沿った所に空地があって、草原になっていた。そこに共同作業場を作ったのだが、その前庭の広場が演芸会場になり、そこで若者たちが楽しんだ。

その頃、かの有名な美空ひばりは、加藤和枝という本名で売り出し中であった。その加藤和枝、後の美空ひばりが、この草深い橋場の素人演芸会に来て歌ったとか歌うとかという話を聞いた覚えがある。本当に来たかどうかは、見てないのでわからない。

話はもどるが、その頃、ある裁判官だか検事だか、とにかく法曹界の人が法を守り、一切闇商品は口にしないと頑張って、餓死したという悲話があったが、世の中は裏社会闇社会で、不正をしなければ生きていけない大変な時代であったのだ。今でこそとんでもない話と糾弾されるが、食べ物が何も無く生きるか死ぬかの瀬戸際では、法も何もあったものではない。法を守って死んだら、馬鹿な奴だと手を叩いて笑われた。考えられない時代だった。だから戦争は駄目なんだ。こうなってしまい、人間が人間らしく生きられなくなるからだ。

公然と闇屋が罷り通る。朝の上りは、闇米を背負いきれないほど背負った闇屋で満員だ。下りは、闇米や芋を買い出しに来る都会の人で溢れている。東京、千葉ばかりでなく、遠く甲州や埼玉、神奈川からも買い出し部隊が来た。都会ばかりでなく、山国でも米や芋がなく、炭を背負って物々交換に来た人もいた。

当時、米は統制品だった。したがって、取り締まりを厳しくした。各駅にはおまわりさんが張りつき、荷物検査をしていた。米など不正な物品が出れば、即刻没収で牢屋行きである。

ところが、その米は、背に腹は代えられないおまわりが、横取りして食べたり闇値で売ってもうけたりという噂が蔓延するほどのシッチャカメッチャカの、闇また闇の真っ暗闇の暗黒社会だったのだ。

母里が大きな農家だったので、母は生家に行くと何升かの米をもらってきた。それを八日市場駅で巡査に咎められ、散々説教され、油を絞られた上に没収され、闇屋でないことを証明して帰宅が許されたことが何度かあった。それからは、母は歩いて十数キロの生家に行っていた。それは我が母ばかりではなく、日本中で、どこでもそうしたことがされていたのだった。

牢屋に入れられても、出てきたらまた闇屋をやる。買い出しの善良な人々も、米を買ったがために闇屋に間違えられて処罰された人も多い。辛く悲しく暗い戦争の爪痕の残る時代だった。

命懸けで食料の買い出しに行きました◆

畑の土の上にへたり込んで、涙を流しながら、芋の切れっ端を売ってください。芋の葉や大根の葉でもよいから分けてくださいと、すがりつく婦人を何人も見ました。

都会から朝早く出て、何時間も空腹のまま、満員列車に揺られて来てのお願いなのです。土のついた小芋をくださいといって、目の前で生芋をかじり飢えを満たし、幾度も幾度も感謝のお辞儀をされたのを覚えています。

可哀想でした。本当に気の毒で、こちらももらい泣きしたほどでした。しかし、同情してばかりはいられません。一人に分けてやると雲霞の如く、聞きつけた人々が、後から後からと押し寄せてくるからです。

聞けば、犬猫の肉まで食べたという話さえ聞かされました。昭和二十年から二十二年頃までの戦後の日本は、食料不足で地獄の世界でした。あの思いだけは、絶対にしたくありません。みんなで戦争を憎み、防止に努めましょう。

50　黒豹倶楽部

平和をかみしめ志向した野球

太陽も青空も眩しかった。世の中はこんなにも明るかったのか。戦争が終わって初めて知ったことである。

そして、何よりも自由が嬉しかった。暗い束縛の時代からの解放を心から実感し、喜んだ。すべてが伸び伸びしていた。

広い野原やグラウンドで、無心に白球を追った。だれの顔からも笑顔がはじけた。好きなこと面白いことが、飽きるほどできる幸せを、心の底から味わった。

まるで別世界到来だ。あの暗く隠鬱な、押し潰されるような時代。死の恐怖につきまとわれ、生きることが許されない、暗黒社会での、窒息しそうな生活からの脱出が、夢のようであった。

周囲は焦土と化して何も無い。食べるものも着るものも無い。住む家さえままならない地獄のような日々だったが、野球が少年たちに夢と希望を与えてくれた。恐れることも怯えおののくことも無く、自由にベースボールに興じることができた。戦争の無い世の中の有難さをいやというほど痛感し、喜び感謝をした。

勉強は全くしない。明けても暮れても野球ばかりをしていた。お陰で身体が大きくなって丈夫になった。気力に溢れ、意欲満々、不撓不屈(ふとうふくつ)の精神力が漲る。夢や希望が湧き、理想に燃えて、飽く無き闘志がはじける。すべてが新鮮で、好奇心と創造性が芽生え、日々前進進歩を遂げる。

平和の有難さと平和の価値の大きさを、戦時体験との比較のなかで、いやというほど知らされた。また、生きる値打ちや意味も悟った。そして、民主日本創造への責任と覚悟を少年野球に夢中になる過程で授けられ、悟ったのである。

気がついたら野球をしていた。昭和二十一年四月、旧制の県立匝瑳中学校入学間もなくの頃だった。戦争に負けてまだ一年もたたなかった。それなのに、もう敵国のスポーツが始まっていたのだ。こんな草深い田舎にも、あっという間に浸透し、若者たちを虜にしてしまった。それだけ魅力があったのだろう。

唸るボール、曲がるボール、イレギュラーするボール、怖いし恐ろしい。手が痛い、体に当たれば猛烈な激痛だ。極めて危険な遊びだ。突き指の痛さ、急所に当たった時の苦しさ、打撲、すり傷、骨折、死球の怪我と隣り合わせである。その上、走る、打つ、捕る、追う、ぶつかり合う等の過激な特訓練習と試合である。肉体的な負担は想像に絶するものである。

水っ腹、すきっ腹の栄養失調の少年たちには、過酷なスポーツだ。それなのに、それでも誰もが飛びつき、夢中でボールを追った。勉強そっちのけで、来る日も来る日も野球に熱中した。最初は八日市場や横芝で、同級生とキャッチボールを楽しんでいたが、そのうちにそれだけでは飽き足らず、チームを作って試合がしたくなった。県立中学の同級生は居住区が広く、なかなかまとまれない。そこで目をつけたのが橋場区の後輩たちである。

自分が指導者というより、紹介者になって野球を広めよう。そして、みんなで楽しもうと。幼少時より、竹馬の友として育った同級生と相談し、チームを作ることにした。

早速十二、三人の子供たちを誘ってメンバーにした。年齢は十歳以上だったが、大半は十一歳から十二、三歳の少年たちで、気心知れたものばかりだった。

この子供たちが、新制中学校に入学するようになってからが、本格的な野球チームになるのだが、それまでは野球を教え学ばせる期間だった。大半が小学校高学年であったからだ。

自分が監督になり、竹馬の友が助監督、一つ年下の子が主将となって、毎日人集めに苦労しながら練習に励み、野球を覚えていった。

考えてみれば、餓鬼大将になって県立校の生徒が野球に興じる。幼稚な話に思われただろうが、本人はそんなことにはお構いなしで、いっぱしの指導者気取りで、少年たちの健全育成に明け暮れていたのだった。

餓鬼大将のイメージは、社会的一般的には、悪童のことをいうので悪いものだった。しかし、餓鬼大将にもいろいろあって、自分は結果的には善きリーダーであり、後輩たちをそれなりに夢と希望を持たせながら、善導したという自負がある。

自身にとっても、この餓鬼大将時代に培い学んだことが、後に教師になってから役立ち、ためになったのは間違いないことであって、餓鬼大将もまんざら悪くないことを思い知るのだ。

要するに、大人も子供も、人間社会にはリーダーがつきもので、必要不可欠の存在なのだ。たまたま子供時代のリーダーが、餓鬼の大将や親分ということである。長となると責任が伴う。つまり、人を束ねて、目的を達成する責を負うのだ。

善きにつけ悪しきにつけ、リーダーはそういう能力を身につけなければならないのだ。それが大人社会に入ってから物凄く役に立ち、その経験がものをいうことを、後で知ることになる。だから指導者養成には、そうした餓鬼大将の気分や苦労や努力、そして、知恵を生かして行うことが、大事なように思われてならない。

今振り返って思うに、リーダーに最も必要な人心収攬(しゅうらん)術は、自分の場合はこの時代に、人集めに苦労するなかで覚えて身につけたものだった。バラバラな人の心を、一つにまとめて統一行動をとらせることの難しさ。それを身につけさせるには、大人になってからでは遅い。餓鬼大将でもなんでもよいから、幼少時から体験を通して身につけさせることが肝要と考える。

「人を見て法を説け」、錐(きり)には錐の、のみにはのみの使い方のコツがある。人を使い、人を育て、人を動かすには、それぞれの個性を見抜き、それに対応する方法を用いなければならない。そうした基本も、ここで体得したのだ。

橋場には野球をする場所が無かった。それはどことも同じだった。そこで小学校の運動場が目をつけられ、日曜日は奪い合いとなる。

当然のことながら、所在地の集落チームが優位で、東陽村では小学校のある宮内区に誕生した「ミラクル」という青年チームが、学校のグラウンドをホームグラウンドにしていた。

このチームは、医者一家の兄弟がリーダーになって作ったもので、かなり強かった。戦前、県立成東中学校は野球が強かったが、そこで学んだのか、本格的な指導がなされて、村一番の強いチームであった。

同じく我家の隣の医者の次男は成東中のエースで、県下にその名を轟かせた人だった。この人は橋場には目もくれず、隣町横芝の東町の成東中出身者を集めて「黒鷲チーム」を作り、これまた強いチームに仕立て上げた。

自身はそれにも飽き足らず、郡の中心の東金に出向き、そこで全国レベルの東金倶楽部なるチームを作り、それを率いて活躍をした。

奇しくも東陽村に二軒あった内科医の息子たち（どちらも歯科医）が、野球に精通し野球に没頭していたお陰で、栗山川を挟んで、横芝町と東陽村に県レベルの強力チームができて、覇を競い合っていたのだ。

野球は外来スポーツだから、当時は文化レベルの高い人、とりわけ田舎では医者ぐらいしか知る人、やったことのある人はいなかったのだ。そこで奇しくも因縁の対決となる。

ひいき目で見て五分五分。客観的に見れば、対戦成績で六分四分で黒鷲倶楽部の方がミラクルより強かったようだ。本当のところはわからない。ただ、スマートさや垢抜けした点で、町場のチームだけあって、農村チームの宮内区のミラクルより黒鷲の方に一日の長があったように思えた。また、下総国の小さな匝瑳郡より、上総国の大きな山武郡の方が昔から文化や生活レベルが高く、その反映かとも思われるが、それは僻目（ひがめ）や偏見かもしれない。実際は黒鷲といえども、東金倶楽部には歯が立たなかったのだ。

この黒鷲倶楽部は専用グラウンドが無かったので、栗山の飛行場跡にホームグラウンドを造ることになった。技術の進歩と共に小学校の運動場では狭過ぎて、ガラスの破損等が多く、また、常時使えない不便さもあって、専用グラウンドを造らざるを得なかったのだ。

その頃、橋場では遅ればせながら漸く若者たちが「彗星倶楽部」なる野球チームを結成した。これは少年チームの「黒豹倶楽部」誕生よりかなり遅れてのスタートであった。

指導者がいないので、見よう見真似でやる野球だから、正直いってからきし弱く、出ると負けの弱小チームだった。しかし、強くなりたい一心の若者が何人かはいて、その影響で仕方なく集められた人々も、いつか本気になって、本格的な野球チームに変わっていった。

その後、専用のグラウンドが欲しくなり、黒鷲同様、自分たちで手造りのグラウンドを造ることになった。当然のことながら黒豹倶楽部にも声がかかり、一緒に作業をした。

昔の東陽病院の敷地がそれである。その頃は松林であったが、地主が立木を木材として売却したので雑草地となっていた。そこを借り受け、開墾をしてグラウンドにしようとするのだから大変である。ショベルカーもクレーンも無い時代だ。すべては手作業の力仕事である。

まず、松の根の「ボッカ」掘りから始めねばならない。戦時中、小学生の時に経験はあったとはいえ、これがまた大変な重労働である。何百何千とあるからだ。二、三十名の青少年の手には余る難事業だ。来る日も来る日もトビ鍬を振るって、一つひとつ掘り起こしていったのだ。

何か月もかかった。すべては手弁当の只働きだ。唯闇雲に野球がしたい。専用グラウンドで、自由にやりたい一心からやった。

次は草刈りと草の根起こし、これも広いだけに容易なことではない。手に血豆をいくつも作りながら鎌を振るった。雨の日もやった。寒い日も暑い日も夢中で働いた。人間いざとなると、凄いことができることを知ったのだった。

その後がまた大変だった。土地がデコボコで、起伏に富み、使いものにならない。土の入れ替え作業をして、平らにしなければならない。

これまた毎日もっこ担ぎだ。重い土をもっこに乗せて、天秤棒で担いで低い所へ運ぶ。肩が痛いのなんの、何十回もやると、体中が棒のように疲労でカチンカチンになる。

因みに、その頃の土木工事は、みんなこうした人力によるもので、今の東陽小学校の敷地も、村民一丸のこのような肉体労働の勤労奉仕で、造成されたものである。

橋場の野球場は、我々の手で、こうした血の滲む思いで造られたのだった。しかし、山林の跡だけに、春から夏ともなれば草がびっしりと生え、刈っても刈っても後から後から出てきて、野球練習七分草刈り三分の割合での使用しかできない。まさに草野球場だった。

それでも嬉しかった。自分たちの手で、みんなで協力して造成したグラウンドは宝物だった。来る日も来る日も、自由に白球を追えたのだ。

その野球場が病院用地に収容されることになった時は、大きなショックと怒りを覚えた。死にもの狂いで、命を懸けて造ったグラウンドだ。簡単には諦められなかった。しかし、地主が村に権利を渡してしまったからどうしようもない。それにしても残念無念で、みんなで抗議し反対をしたが、どうにもならなかった。

当時の村長がやり手で先見の明があり、将来を見据えての病院建設であった。財政問題もからんで村を二分する大問題となり、連日連夜、賛成、反対の集会が開かれ、村史に残る大騒動が繰り広げられていたのだ。

今思えば、東陽病院が今日までに果たした社会的な役割は計り知れないほどに大きく、単に野球がしたい、自分たちが血へどを吐く思いで造ったグラウンドを奪われる口惜しさだけで反対した、少年時代の無分別、思慮の無さが反省され、恥ずかしいことだった。しかし、病院の発展と町民の安心安全の陰に、子供たちの夢や努力が犠牲になった事実も知ってもらいたい。

それでも病院ができるまでに、橋場の野球チームは、随分とこのグラウンドのお陰で上手になり強くもなった。また、野球ばかりではなく、何度か橋場区主催による隣組対抗の陸上競技大会や、村内地区対抗少年野球大会も開催されて、村民、地区民のスポーツ振興や親睦活動に、多大の貢献を残したグラウンドだった。

第一回の村内少年野球大会では、地元橋場チームの監督を引受け、小学生たちを指導し、優勝に導いた思い出がある。その時のバックアップ母体が黒豹倶楽部で、総出で指導し、グラウンドを整備し、テント張り等の会場造りをしたのを覚えている。そのかいあって地元橋場チームが優勝し、青年たちが惨敗続きの口惜しさを見事晴らして、溜飲を下げたのだった。

その時のピッチャーは、後に成東高校のピッチングコーチになり、幾多の名投手を育てたと聞くが、このグラウンドからは、そうした名選手も輩出していることを記しておきたい。

このグラウンドができた頃は、まだスパイクも運動靴もなく、裸足でやっていた。冬もそうだった。霜柱が立っていた。怪我をした時は、古くなった足袋を履いてやった。バットが出回るまでは、自分たちで木を削り、バットまがいの棒でやった。グローブは、皮のものは父が戦前に使ったもの一つだけで、あとは布製であった。しかし、野球道具だけは出回りが早く、間もなく皮製のものが手に入るようになった。

ストッキングは自分たちで染めて作った。そのうちに野球帽が購入できるようになり、本物を買って被った時の嬉しさは今も覚えている。それでもスパイクは、布製のものも高くて買えずに、暫くは裸足で何年もやっていた。

ベースやバックネットは、彗星倶楽部を応援する野球好きの橋場区の旦那衆が、寄付を募って買ってくれたので、それを借りて使用した。

とにかく草茫々で、打った球が止まってしまう。山砂でブカブカ、固めてないので流れてしまい、デコボコでイレギュラーバウンド続出。外野は膝までの草丈の原っぱで、ボールがどこに行ったかわからなくなる。一個百円もする「健康ボール」で貴重だ。球探しが容易でない。試合が試合にならないことしばしばだ。それでも楽しかった。面白くて止められない。

暗くなるまで練習し、家事をサボってやるものだから、家族が迎えにくる。苦言をもらう。喧嘩仕掛けの日々が続く。どの子も働き手故、親たちは困り果てていたらしい。

指導者がいないから見様見真似だ。母にねだって芋掘りその他の農事の手伝いでもらう小銭と、鶏の世話でいくばくかの卵代を貯め、後楽園に行き、巨人軍の試合を見て学んだ。

往復六時間以上、朝暗い一番列車は闇屋で満員。その中に混じって立ちんぼで子供たちだけで上京し、ベンチ上の上席を得て、当時の川上選手、千葉選手の一挙手一投足を見て持ち帰り、自分たちの技を磨く糧にしたものだった。

上宮川区は橋場と本郷地区からなっていた。その本郷にも少年チームがあったので、毎日のように練習試合をした。川向こうには、兵舎の払い下げを使って、栗山に高橋学園ができ、そこの運動場で、栗山や東町の子供たちのチームとよく試合をした。毎日のように、この二チームとは練習試合をしていた。

その頃、急速に新制中学の野球が発達し、各校が競って野球に力を入れていた。とりわけ南条中学校は強く、郡代表にもなり、県大会でもそれなりの成績を残していた。立派なグラウンドを持っていたので、東陽小グラウンド同様によく使わせてもらい、試合もした。

横芝町では、駅の北側に千葉窯業という会社が進出して瓦工場を建てた。ここの社長が野球好きでチームを作り、工場内に野球場を造ったので、そのグラウンドでもやらせてもらった。八日市場の小・中学校、匝瑳高へも出掛けて行ってやった。また、遠くは旭市の共和小や八日市場の椿海小まで進出したこともある。当時、東金中学校は県下で有数の強力チームであった。練習試合を申し出て東金まで自転車で出掛けて行き、負けて帰ったのを覚えている。

ことほど左様に、指導者もスポンサーもいない、単なる自分たちだけで運営する、私的な少年野球チーム黒豹倶楽部は異色の存在だった。

小遣い銭を集めて旅費にする。お金が無いので、もっぱら自転車や歩いて他流試合に行く。ボールやバットもお古をもらったり、自分たちの金で買ったり、個人のものを借りて使った。それでも止められずに、遠くまで遠征に行った。

骨の髄まで野球が好きだった。好きになってしまったのだ。好きこそものの上手なりで、努力や工夫を重ね、本当に自分たちの自立心だけで、上手になり強くなっていったのだった。雨の中どれほどやったことか。また、炎天下、近所の井戸が干上がるほどもらい水をして、それを飲み飲み玉の汗をかきながら、真っ黒になってやった。練習の虫、試合の鬼と化して、来る日も来る日も、黒豹倶楽部は野球漬けの日を送っていたのだった。あの水のうまかったこと、杓子に何杯も飲む水のおいしさと、流れ出る汗の猛練習は今も忘れられない。

戦時中、子供といえども容赦しないで、艱難辛苦の過酷な重労働を課された体は、それに立派に耐えて生き延び、今ここに平和の喜びとスポーツの楽しさを得て、蘇生したのだった。人間力の凄さ、生きようとする生命力のしたたかさには、舌を巻くものがある。それだからこそ何千何万という長年月を生き延びたことを、思い知らされた貴重な体験だった。

子供時代の大切さ、少年時に身につけたものがいかに重要かは、後の人生に計り知れない影響を与えることでわかろうものである。教育では、それをこそ大切にして、指導に当たらなければならない点を強調しておきたい。

強くなるために、教わる指導者がいない黒豹倶楽部は、自力で学ばねばならなかった。本を読みあさった。月刊雑誌（ベースボールマガジン等）を回し読みした。強いチームの試合を見て学んだ。遠く東京まで子供たちだけで小遣いをはたいて、プロ野球を見に行き、そこで何がしかの技術を学んで身につけた。

それ以上に多様な強さを学ばんとして、個性的な試合をするチームを求めて、他流試合を申し込み、県下広く遠征して戦った。すべて大人の指導も干渉もない、自分たちだけの裁量采配でやった。これぞ本当の自主自律、独立のあるべき姿であり、真の学びの姿だったのだ。

それが何十年も経てから、千葉県の有能な教師たち四、五十名を引き連れて、何十回となく全国各地の先進県に、他流試合まがいの研修視察となり、はてはアメリカ、シンガポール、中国、韓国、東南アジア諸国への研究他流試合に発展し、教育レベルの深化・拡充・発展に大きな功績を残す基になったのだから驚きである。

また、朝は暗いうちから起き、夜は薄暮から球が見えなくなるまで、時間を惜しみ、雨の日も颪の日も、這いつくばうまで練習をした。

これが大病で生死を彷徨った、病み上がりの体を鍛えるのに、持って来いのことになった。このことから人間は庇（かば）ったら駄目。鍛えてこそ丈夫にもなり、何でもできるようになることを、悟り知るのであった。すべては苦しんで努力をしなければ、健康も幸福も楽な暮らしも、来ないことを身をもって体感体得したのだ。

事実、本当に丈夫になった。鉄人といわれるほどに見違えるまでの頑健な身体と精神になった。大人になってからの徹夜作業や、あらゆる難事を克服する不撓不屈の肉体や精神は、こうして形成されたものと信じている。

球際に強くなれ。これが少年時代に野球で学んだ人生教訓である。守備の捕球で、攻撃のバッティングで、走塁の盗塁やブロックで、球際に強くなることが上手になる秘訣だと学んだ。

それは大人になってからも、仕事に於いて人生に於いて、終わり良ければすべて良しに通じ、締めや急所に全力を尽くすことが、成功や勝利につながるのを、少年時代に身につけたことであった。三つ子の魂百までの実証だ。

赤貧洗うが如しの貧乏は嘆くにあたわず、逆に知恵と努力と協力でいかようにもなることを学んだのも、この頃のチーム運営からだった。

時代が進んで、「新制中学、野球ばかりが強くなり」の川柳が囁かれる頃になると、黒豹倶楽部の後輩たちは中学校の野球部に引き抜かれ、残ったメンバーも中学卒業と同時に、丁稚奉公や就職のために都会に出て行き、チーム編成が困難になってきた。

一方、若者たちで作った彗星倶楽部も、商売や仕事の関係でチームを離れるものが多くなり、残った人も年齢が高くなり、若年化が求められるようになっていた。

そこで、渡りに舟の如く黒豹倶楽部の残留部隊と、彗星倶楽部が合体することになり、混成チームで橋場野球が再生していったのである。それは中学三年から高校入学間もなくの頃であるから、昭和二十三、四年のことだった。ユニフォームを二色持つことになった。

最初は三十歳前後の先輩、十歳以上もの年長者とやるので気後れするところがあったが、グラウンド造成や荷物運びや球拾い等で小さな頃から手伝い、一緒にやってきていたから、すぐに慣れ、たちまちにして主力選手になり、四番バッターを任されるようになっていった。

我々が加入してからは、本気度も増してチャランポランの出ると負けチームが、見違えるような活力と活気のあるチームになった。峠を越し頂上を極めたミラクルチームは、既に斜陽となり、簡単に倒せるようになっていた。

したがって、この頃になって橋場の出番が回ってきて、東陽村を代表するチームとして、彗星倶楽部が郡大会に出場するようになった。

試合当日に大学生を頼んだり、他チームから選手を借りてきて、お茶を濁すようなことをしていた昔の彗星倶楽部とは雲泥の差であった。よくまとまり、若さが漲り、力感に溢れるチームになっていたのだ。

その証拠に今でも覚えているが、匝瑳郡の代表になって、県大会に出場したことがある。その時は橋場区は大喜びで、大応援団が編成され、遠く津田沼の会場まで来てくれた。

真っ暗なうちから大騒ぎして集まり、一番列車で初めて県大会出場のために、津田沼という遠い所まで行った。田舎チームのこと故、場や雰囲気に呑まれたのか、残念ながら実力を発揮できないまま、結果は一回戦で敗退してしまったが、その時の嬉しさと興奮は今もって鮮明に覚えている。

大喜びする大人たちの、身銭を切っての選手一同への労いのご馳走も忘れられない。生まれて初めてのラーメンやコロッケ、世の中にはこんなにうまいものがあるのかと、その他の諸々のことと共に、広い世間を学んだ遠征であった。橋場の野球史に留めおきたい快挙であったことを、記しておきたい。

少年たちの黒豹倶楽部、青年たちの彗星倶楽部、共に橋場の青少年健全育成に果たした役割は大きく、後世の人に伝えたいことであった。

野球の盛んな光町。その原流には、宮内区が生んだミラクルという強力チーム、中学野球の雄「南条中学校」、そして、彗星や黒豹倶楽部があったことを、歴史に留めておきたいと思う。

戦争が終わって、腑抜け（ふぬ）のような虚脱状態に陥っていた人々、とりわけ青少年に希望を与え、何も無くなった焦土や廃墟から若者たちを立ち上がらせたものは、野球だった。

これは我が横芝光町だけではなく、全国どこにも共通することで、日本中が野球で沸き立ち、野球によって元気をもらい、復興へと進んでいったのは間違いないことだった。

鬼畜米英と、あれほどまでに憎んだ敵国のスポーツ、当然ながら戦時中は禁止されていたものを、掌を返すが如くに、夢中になってやった。これって一体、何なのかと思う。

理屈ではない。面白いからだ。日本人を虜にする魅力があるからだ。もっといえば、自由があるからだ。みんなで力を合わせて楽しむことができることも、大きな理由だった。

日本の伝統文化に基づくスポーツといえば、相撲、柔道、剣道のような格闘技で、大方は個人競技だ。それに対して野球は違う。チームプレーを主体とする団体競技である。

野球が民主主義を教えるスポーツであったことを、結果的に後になって知ることになるのだが、日本人は知らず知らずのうちに、野球を通して民主主義や西欧文明に接していったように、振り返ることができるのである。

　野球は一人では勝てない。どんなに強力なピッチャーがいても、他の八人が弱ければ勝てない。衆知を集め、みんなで協力して練習努力し、チーム全体のパワーアップをしない限り強くはならない。人の和、力を合わせることの大切さ。それには一人ひとりを大事にし、みんなの意見や考えを糾合して、合意を作らなければならない。それが民主主義の原理だ。

　いみじくも、黒豹倶楽部は年端もいかない子供たちでありながら、それをやっていたのだ。監督の家やお寺にしばしば集まっては、計画を作り、戦術戦略を錬り、運営経費の集金や使い方、今風にいえば、チームの運営や経営について、話し合い相談して決めていた。これぞ野球が教え導いてくれた民主主義の実体験だった。

　民主主義は、個人が確立しなければ立派なものにはならないことも、野球を通して学んだ。何でもまとまればいいってものじゃあない。

　野球でいえば、個人プレーでは勝てない。さりとて、いくらまとまっても大きな力にはならない。一人ひとりがひ弱では、まとまったよいチームでも、一人ひとりの技倆が脆弱ならば、エラー続出、攻撃力無ければ、これまた勝つことができない。

　戦後、日本の学校の多くの教室に、「みんなが一人のために、一人がみんなのために」という級訓が掲げられた。民主主義を標榜する立派なものだった。それだけにどこでも競ってこれを級訓にした。

　ところが、後で考えてみると、いつの間にか、表現が逆転してしまった。つまり、「一人がみんなのために、みんなが一人のために」というようにである。また、表現は変えなくても、考え方や優先順位が変わったのは間違いない。

同じことじゃない。そんなことどうだってよいと思う人は多いかもしれないが、これは深い所で、大変な違いや間違いを犯すことになるのだ。それはどういうことかというと、日本人の民族意識は、村共同体意識が強いといわれる。それが先祖返りしたがって、いろいろのところで〝みんなのために〟という、みんな至上主義へと変わっていく。

公共の福祉という美名でだ。ところが、つい先日まで大政翼賛会だなんだかんだと、みんな重視を吹聴し、全体主義を煽って戦争という破滅的愚挙に至ったのは、はらわたに沁みわたっているはずなのに忘れてしまっている。

考えてみれば、西洋の民主主義は、個人の人権尊重から始まったことで、当然のことながら、みんなという社会より、一人という個人が優先されねばならないことなのだ。

絆の大切さ。滅私奉公とまではいわないが、公共、公の重要性が個人の尊厳を制限してはばからない。いつか来た道は、個人の考えは我慢せよ。我儘は許されないと封じ込められて、自由は圧殺された。その結果、大敗した。

自由か民主か。理想は両立だが至難の技だ。抑制された自由、個の尊厳優先の民主、これらは理想であって、今もって民主主義に関する政治上の命題になっているのだ。

自由主義か社会主義か。そのどちらでもない第三の道があるのか。人類はこれからそれを模索していくであろうが、それは今後のこととして、日本の庶民の歩み、歩まされた道には、そうしたことがあった点を野球を通して気づかされていたのを、独断と偏見かもしれないが記しておく。

しかし、これだけははっきりいっておきたい。それは野球も民主主義も、一人ひとりが個性的に立派に活躍する力を備えること。つまり、個の確立がない限り、野球は強くなれないし、民主主義は立派なものにはなれない。また、発展しないことだけは銘記しておきたい。

あの忌まわしい悲惨な戦争は終わった。負けてよかったかどうかは問わないが、わが町に野球と民主化が興ったのは確かなことだった。

白球を追いながら生きる力を磨きました◆

ものごとすべて、成功の源は、「持続的集中力」にあると、自分の経験から悟っていますが間違いでしょうか。これは主に少年時代に、野球を通して体験から割り出した、自分なりの鉄則であり、人生の教訓です。

仕事も生活も趣味も、とことんまで徹底して突っ込み貫き通すと、道が開け、哲学が生まれ、自信が湧きます。そして、幸福感と生き甲斐を感じるようになります。

少年時代に、夢中になってうち興じた野球が、これほどまでに大きな影響を与えてくれたかと思うと驚きです。若い日の教育や生き方が、三つ子の魂百までになって付きまといます。

戦中戦後を生きた方なら共感するところ多く、おわかり頂けるのではないでしょうか。お一人おひとりに、それぞれに、様々な貴重な体験がおありでしょう。それをみんなで白日の下にさらし、歴史の舞台に押し上げて、二度とこの日本に戦争を起こさせない糧としましょう。

終章　戦争とは

戦争がもたらした—その①

戦争とは、先に殺さなければ、殺される。とにかく殺すことだ。殺してしまえば殺されないですむ。半殺しでも生きていれば歯向かってきて、傷病兵や女子供に殺される場合だってある。だから完全に息の根を止めてしまうのだ。そうしないと自分が殺されてしまう。

殺してしまえば、抵抗ができない。歯向かってもこられない。ましてや寝首をかかれる危険も無くて安心だ。その上、相手の持ち物や財産、土地等のすべてが自分のものになる。

個人の争いに於いても、国家という集団に於ける戦争にあっても、構図や図式は同じである。終極の核になることは「殺し合い」で、先に殺した方が勝つのである。

勝つということは、先に殺すことであり、負けるということは、殺されてしまうことである。人間の争いも動物の争いも基本は同じで、強いものが勝つのだ。それは相手を先に殺してしまうことができるからである。

相手を先に殺すためには、腕力に勝り武勇の精神にたけていなければならない。その上で知略に富んでいなければ勝てない。いってみれば、人間の総合力の優劣によって勝敗は決まるという、単純明快なことである。

この図式の拡大したものが戦争である。屈強で不死身に近い兵士や戦略戦術に秀でた指揮官を擁する軍隊と、それを支える国家、即ち、豊富な財力、卓越した科学技術、加えて、生産力や民意に相手を凌駕するものを持つ国が勝つのである。

何故、勝ちたいか。殺されないためにである。それが最大の理由である。その他には相手の領土を奪うとか、賠償金が取れるとか、勝つことによって国を富まし大きくすることができるからである。勝てば官軍で、すべてのことが勝利者の思いのままになるのである。

負けるということは、死ぬことであり、滅びることである。すべてを奪われ失い、屈服し隷属すること、奴隷になることなのである。

それ故、やるからには勝たねばならないのだ。そんな恐ろしいことって他にあるだろうか。スポーツは負けても生きられるし、再挑戦が認められるから、負けても安心していられる。戦争とスポーツの違いはそこにあるのである。

さて、その戦争にも歯止め条約や抑制の不文律があって、これだけはやってはならないという国際法上の取り決めがある。例えば、赤十字のマークのついた船や車は攻撃してはならないというようなことが、いくつかある。

しかし、一旦戦争が始まってしまえば、そうしたものは役に立たなくなる。特に、戦争が激しくなって食うか食われるかになれば、そんなことに、構ってはいられない。病院船のふりをして、攻め込んでくるかもしれない。

戦争の根底には不信が渦巻いている。騙し討ちは日常茶飯事である。日ソ中立条約があるにも拘らず、安心していたソ連が、突如条約を破って、戦宣布告をして攻め込んできた。これなどが典型的な例である。

日本国憲法には、九条によって日本国は戦争をしないことを謳っている。それは諸国民の公正と信義に基づいて、そうするのだと述べている。まことに美しい崇高な理念の表明で、世界に二つとない理想的な憲法である。

しかし、現実には自衛隊を有し、抑止力と称して沖縄を中心にアメリカ軍の駐留を認めている。日米安全保障条約に基づいてである。これなどは明らかに転ばぬ先の用心であり、その背後には、他国に攻められるかもしれないという不信の念があってのことであろう。

理想と現実は違う。殺されてしまってからでは後の祭だから、用心したことにこしたことはない。これが大方の民意ではなかろうか。

したがって、我国は理想と現実の二面性を上手に摺り合わせ、二つの顔を巧みに生かしながら戦後世界を生き抜き、お陰で七十年余も戦争をしないで、平和に暮らせる時代を送ることができた。これも戦争に負けた国の、生き抜くための知恵であったのだろう。

ところが、ここにきてその方式でいつまでも行けるだろうかとの心配事が、いろいろな所で様々な形で現れてきた。その代表的な事例が、沖縄県の普天間基地の問題である。これは国防に拘って、これからの我国の安全に対する国民的な関心事である。一人ひとりが真剣に考えなければならない重大問題である。

そうした折に、「わが町にも戦争があった」を執筆した。戦争とは何か。戦争にどう向き合ったらよいか。どういう考えや態度で対処したらよいか。これらのことは普天間問題を契機に、これからの日本人の一人ひとりが、未来永劫に考えて行かねばならないことである。

その際、重要なことは、戦争がもたらす罪悪性の認識である。戦争がいかに非情で罪深いものであるか。また、破壊がどれだけ人を苦しめ生存を脅かすことになるか。さらには、国家や郷土がどうなってしまうのか、等をつぶさに理解することが極めて大事なことである。

本書は、その点に関して、いささかなりともお役に立てるのではないかと、自負するものである。それは子供の素直な目や感覚から得た体験には、かなりの真実が含まれているからである。また、悲痛な叫びは、心ある人の胸に迫り、戦争憎悪の感情と戦争反対の意思を燃え上がらすのに有効に働くものと信ずる。

願わくば、日本中の体験者が、今でしか残せない貴重な体験や思い出を綴り、その中に宿る多くの真実を歴史の舞台に乗せて、本書を補足して頂けるならば、将来に亘って戦争反対の糧となること間違いなく、それを強く望むものである。

そこで本論にもどって、筆者が訴えたかったことは、なんといっても最初は、肉体的苦痛である。死の恐怖と重なる七転八倒の痛みによる苦痛である。

それは、痛みを中心とした、命を奪われる際の断末魔の苦しみで、本文では爆弾で五体がばらばらに吹き飛ばされる苦痛、機銃で体中に貫通銃創を受ける痛み、火焔放射器や焼夷弾で生きたまま真っ黒焦げになって死ぬ時の苦しみ、はては、刀剣類での殺傷や戦車等に押し潰されての、死に拘る苦痛を綴ってきたが、それは地獄の苦しみであって、到底言辞には尽くし得ぬほどの、強烈なものだった。

次に挙げたい点は、飢餓である。戦争中は無論のこと、戦後暫くの間まで、人々は飢えに苦しみ食料難に悩むのである。泥だらけの生芋のかけらを、奪い合うのである。

朝日新聞二〇一〇年七月十七日夕刊「昭和史再訪」には、次の記事が掲載されている。

「広がる栄養失調、コメは皆無、トウモロコシやダイコンの葉しか見えない雑炊とは名ばかりの代物。終戦時、京都大学医学部の学生だった元厚生省技官の苫米地孝之助さん（86）はその粗末などんぶり一杯で空腹をしのぐために、配られた食券を手に食堂前の長い列に並んだ。…（後略）」

ひるがえって、現代は飽食の時代で犬猫や鳥まで糖尿病になるといわれる。日本人の摂取カロリーは二千強～三千キロカロリーを食べている。これに対して昭和二十年は低温と日照不足に見舞われ、大変な凶作となり、コメの配給は一人一日約二合となり、一日三食で千キロカロリーを下回っていた。今の三分の一以下という酷しい状況だったのである。

至る所に痩せて骨と皮ばかりになった餓死者が出る。その惨（むごたら）しさは涙なくしては語れない。残酷というか、これまた地獄の苦しみである。

空腹の辛さ悲しさは、暴力的な痛みとは質的に違った苦しみである。水しか飲めない。草を食べる。手足は細くなる。体はひょろひょろとなって、立つことも歩くこともできなくなる。

食い意地の汚さ丸出しで、他人の物にまで手を出す。それこそハァハァドキドキの死線を彷徨う中では、法もなにもない。必死でそれこそ命懸けで、食べられるものは、何でも口の中に放り込む。あの苦しみばかりは名状し難いもので、身の毛がよだつ恐ろしいことだった。戦争をすれば、必ずそうした苦しみや痛みを受けることになるのである。

最後は、病魔である。戦争になると医師も薬もなくなる。衛生環境が極端に悪くなる。伝染病を始めとするあらゆる病気が発生する。栄養状態が悪化しているので罹患率が高い。

免疫力や体力が落ち、結核を主にありとあらゆる病気になってしまう。病気になったら最後である。非業の死が待っている。痛いよ苦しいよと叫びつつ死んでいくしかない。治しようがないだけでなく、病人など構っていられないからだ。どれほどの人が、戦中、戦後に結核その他の伝染病で亡くなったことか。筆者などは奇蹟というほかない。

絶叫に近い慟哭。身悶。針で刺されるような、鋭利な刃物で切り刻まれるような激痛、しびれるような鈍痛、耐えられない疼痛等々、あらゆる痛みに襲われ、もがき苦しむ。病苦病痛はこれまた死の恐怖を伴う怖いものであって、何と表現してよいかわからない。とにかく、酷い痛みであり苦しみである。早く殺してくれと叫びたいほどのものである。

伝染病といえば、生物兵器と称される細菌によって、殺されることだってある。また、毒ガスやその後遺症で死ぬ場合もあるのだ。

とにかく、戦争とは病気まで使って相手を殺すのだ。その極悪性は最たるもので、戦争ばかりは絶対に許すことができない。

以上は、肉体に関する苦痛の主だったものを挙げたが、その中でも、とりわけ庶民にとって痛ましかったのは、空襲によるものだった。

本土空襲は、一九四二年四月が最初。当初は軍需工場が標的だったが、B29戦略爆撃機の大編隊による一九四五年三月十日の東京大空襲以降、住宅密集地を焼き払う無差別爆撃が本格化した。五大都市を初めとする全国の主要都市の多くが標的となり、同日の東京大空襲では約十万人、大阪では同月十三〜十四日に約四千人、神戸では同年六月五日に約三千五百人が死亡・行方不明になったとされる。民間団体の調べでは、原爆を除く本土空襲の死者は全国で五十万人を超えるとされる。原爆による光と熱風と炎による殺傷は火薬爆弾の比ではなく、一発で何万、何十万という人が殺される。この場合は量も数もさることながら、殺され方の凄惨さは群を抜き、この世のものとは思えない塗炭の苦しみである。

これでも勝つんだ。勝てるんだ。勝たねばならないと、狂気の雄哮をあげる抗戦派がいて困ったのだ。戦争の恐ろしさを身をもって感じ、二度とご免だ、こりごりしたの思いは、この肉体的苦痛から生まれたものだった。

ついでながらもう一つ、暴力による許し難き痛みを付け加えて、戦争反対に追い討ちをかけたい。

戦争は最大の暴力だ。その暴力が肯定されて罷り通る。それは敵を倒すためだけではない。味方同士の喧嘩や争いでも、いや訓練にまで暴力が振るわれる。解決手段はすべて暴力となってしまうのだ。

最悪なことは、教育にまで入り込んできて、脅しや暴力が教育の手段や方法に使われることだ。体罰だ、愛のムチだと、もっともらしく、いとも簡単に暴力を振るって、非を詰り改めさせようとする。懲らしめや制裁による教育である。

暴力闘争に明け暮れる軍隊は、何もかもが暴力であるのは、許せないことだが、わからないことでもない。しかし、いたいけな子供たちの小学校教育にまで入り込んで、暴力教育が主流になるのは許せないことである。

大人も子供も、人間は顔が大事だ。顔は人間のシンボルだからだ。顔は心の鏡。顔がその人を代表しているからだ。「顔色が悪い」といえば、精神的な動揺、即ち、心配事や不安がそうさせる。また、肉体的な疾病や障害によっても起こる。顔は心と体を表現する大切なところである。性格まで写し出すし、時々刻々の喜怒哀楽の感情を表しもする。

顔は機能的には五管の大部分を司る。目が物を見、口が食物を食べ呼吸をし言語を発する。鼻は呼吸をし臭いを嗅ぎ分ける。耳は音を聞き、皮膚は集中する神経とともに、いろいろのものを感受する。また、美しさや品位品格が人を引きつけたり、人に好印象を抱かせたりする。それを補強するためにお化粧をしたり、髭を整えたり、整形をしたりする。

それほど大事な顔が、殴られて傷つけられて毀されたら、人はどう思うか。怒り心頭だろう。戦時中は、それがいとも簡単に平気でなされていた。しかも、学校の中においてでもである。それでも文句はいえない。いう人はいない。

何故か。もっとやられて、場合によっては殺されてしまうからだ。野蛮もなにも畜生以上の仕置である。戦争は日本人同士、味方同士をそうさせてしまうから怖いのだ。

鼻血が吹っ飛び出す。目から火が出る。ガーンと耳の奥が切れるような激痛で卒倒する。意識を失う。水をぶっかけられる。気がつくと蹴られる。起立すると「歯を食いしばれ」の怒号とともに、次から次へと殴打される。今の人には、ほとんど経験のないことだから、実感を伴った受け止め方はできなかろう。

罪無き人間が、いわれなき仕置や折檻を、理由も無くされるのだからたまらない。それもこれも、すべては戦争がなせる業である。ただ勝たんがため、強い兵隊を育てるがために、お国を後盾にして行っていたのだった。

顔面は緊張で蒼白に引き吊って震え、目は憎悪で血走り、髪は怒髪天を衝く。殴る方も殴られる方もである。ボコボコにされる方は、半殺しの状態にされてしまう。

当然、怨は残る。屈辱感は滾(たぎ)る。憎悪感で復讐の鬼と化す。すると「なんだその目は」と、前にも増して殴りしごかれる。だから顔や態度には出せず、やられっぱなしの屈辱に甘んじなければならない。軍隊というところは、そういうところである。それを教育は真似て、純真な子供の心を歪め傷つけるから怖いのだ。

大人の世界では、「顔出し」とか「顔をかせ」とか、「顔に泥をなすられた」とか、顔の重要性を物語る言葉は多い。その大事な顔を、攻撃され痛めつけられるのだからたまらない。腹の虫は治まらない。なにしろ最高の侮辱を受け、人格を否定されるのだから、人間だれしも怒る。子供だって同じである。

「今に見ておれ」「一寸の虫にも五分の魂」「必ず仕返しと復讐をしてやる」と心ははやり、燃え立つ。それをじっと忍んで耐える。面従腹背である。いつか必ずと執念深く怨念を晴らす機会を待つ。

やられたらやり返して何が悪い。お前だってやったんだから、やられて当然だ。仕方がないじゃないか。お互いさまだの論理になってしまう。個人だって国家相互の関係だって、とことん突き詰めてゆけば、最後はそこに行き着いてしまう。子供っぽいとか幼稚だといってみたところで、現実はそうなっていて、戦争や争いはその幼稚性から始まってしまう。

争いはこうして起こり、戦争はこうして始まる。怨念、嫉妬、憎悪心、羨望、排他性、我欲、競争心、支配欲、懲罰、優越感、恥辱心、攻撃性（いじめ）等々の悪心が原因となり引き金となって、争いも戦争も人の心の中から起こる。そして、暴力で抑えつけ、暴力で雌雄を決すべく、血みどろの戦いへと入っていく。

愚かな話だが、何千何万年を経ても、人間はこれだけは止められないでエスカレートするばかりだ。

考えてみれば、戦争は敵国への怨や憎しみだけから始まるものではない。味方同士の中にも原因があることを知ったのが今次の大戦だった。やられ損や泣き寝入りしているうちはよいが、それはいつか必ず爆発する。クーデターやテロとなって暴力闘争になってしまう。

仇討ちは法の世界では否定され禁止されていても、人の心には顕然として残り、事ある度に顔を出し、暴動となる。子供心に戦争の痛みを通して、つくづくと思い知ったことだった。

二番目は、精神的苦痛である。人間が人間扱いされない、屈辱的苦痛を容赦なく受けるのだ。自由のなさ、不自由の苦しみは想像を絶するものであって、到底筆紙には尽くし難い。

奴隷以上の酷使である。人権も何もあったものではない。国体護持がすべてに優先され、国の為、天皇の為に赤子は死をもって喜んで殉じよ。さもなくば非国民、国賊だと罵しられ、牢獄へ入れられてしまう。

言論封殺も思想統制も厳しく、憲兵や特高の目が光り、おちおちものもいえず、戦戦恐恐とした萎縮生活を強いられるのである。この苦しみがまたきつくて毎日が泣きの涙だ。

最も怖いのは、周囲の目である。あらぬ噂を立てられたり、嫌疑をかけられたりしたら、立ち所に白い目で見られ、仲間はずれや村八分にされてしまう。それればかりか、袋叩きにされ、社会的に抹殺されることだってある。

戦争は人々の心に不信を植えつけ、恐怖心とともに、精神的な錯乱状態に陥れて、盲目と判断力の喪失をもたらすので致命的となる。

肉体的苦しみも耐え難いが、考え方によれば、精神的な苦痛はいかんともし難く、心がボロボロにされ、ズタズタに引き裂かれ、人間が腑抜けて動物化してしまう。これは最悪の状態である。戦争の怖さはそこにあるのだ。

三番目は、犬馬の労、いやそれ以上の苛酷な労働と兵役を強いられることにある。兵隊さんの戦場での生死を懸けた悪戦苦闘は勿論のこと、銃後をあずかる老若の国民も、名状し難い苦役を課されて、呻吟（しんぎん）するのである。

それをこの本では筆者の体験談として、少国民時代の戦いの生活を綴ったのであるが、その働きぶりたるや、今では考えられもしない残酷なものだった。

まさに命を摺り減らして、死にものぐるいになって、家事に勤労奉仕に働いたのだった。その姿は滅私奉公そのものであり、悲愴感に満ちていた。戦争とはそういうものであり、子供たちを、そこまで追い込んでしまうのだ。

四番目は、国民の私財を没収し、無一文にしてしまう。戦火に追われ貧苦にあえぐ中で、必死の境地で生産に従事して得た富は、容赦なく供出等で国に奉納させられてしまう。

また、僅かばかりの蓄財も、戦費調達のために、国債を買わされたりして失ってしまう。

その上に、残った建物や家財は、空襲によって破壊されたり、焼失してしまうのだから目も当てられない。翌日からは路頭に迷い、乞食暮らしとなってしまう。

こうした戦災による貧民がどれほど出たことか。戦争は国家財政を破綻させるばかりでなく、国民一人ひとりを経済的窮地に追い込んで、貧苦の責め苦を味わわせることになるのである。「ボロは着てても心は錦」とか「欲しがりません勝つまでは」と、どんなにいわせてみても限度というものがある。それによって、野垂れ死にした人がどれほどいたことか。戦争とは罪作りなものである。それ故、絶対にしてはならぬことだと叫びたいのだ。

五番目は、国土が焦土と化してしまうことにある。どこもかしこも、見渡す限りの焼野ヶ原にされてしまう。特に、都市という都市は、建物はおろか一木一草まで、跡形もなく焼きつくされ破壊されてしまった。

ましてや、原爆を投下された広島や長崎では、一瞬の間に焦土と化し、すべては無に帰し、都市は終焉した。最悪なことは放射能による後遺症を多く残し、今もって苦しみ続ける人がいることだ。国土は荒れ、農地は疲弊して生産が極端に落ち込み、復興までには、長い年月と大変な労力を必要とするようになるのである。

戦争をすればそうなることは自明の理で、わかっているのに、何が何でもやるんだと突っ込んでしまった。その結果がこの有様である。

大東亜共栄圏を建設するのだとの、大義名分や美名の下に始められた戦争。大切な領土まで失って終結した。愚か極まりない国政だった。

戦争がもたらした―その②

ひるがえって、戦争がもたらしたもの、影響を今日に残したものは無かったか。全面否定といいたいが、何がしかのものはある。だからそれも語らなければ、正確な記録とはいえず、偏頗なものになってしまう。しかし、そうだからといって、戦争を肯定するものではないことを強く断っておく。

すべては多分に反面教師的な面や怪我の功名的なものだが、その時代にしか生きられなかった人にとっては有益なこと、自分の人生に役立ったことがある。

人はそうしたことを快く思わないだろう。あれほど酷い目に遭い、戦争絶対反対だと何度も叫びながら、戦争から学んだこと役立ったことといわれても、何を今更、馬鹿馬鹿しいと思うのは当然である。

しかし、本文中でも再三述べた如く、たった一回の人生、それしか体験できなかった人には、せめて何がしかの不幸中の幸いを認めなければ、生存の意味を失ってしまう。それだけはわかって欲しいし許してもらいたい。

悪から生まれたものはすべて悪である、人殺しの戦争から生まれたものは、どんなに人や社会に役立つものやことでも、受け入れてはならないとする、硬直した考えではない点をご理解いただき、批判があればお聞かせ願いたい。

自分の主観的な受け止め方や感想であるが、自分に限っていえば、死中に活を求めて得た体験は、貴重であり二度とできないことであった。戦争と平和の両極端の世界を、両方体験しながら生きることができたことは、今にして思えば奇蹟であり、稀有な人生だったと受けとめたい。そうとでも思わなければ浮かばれない。ただ、犠牲になった人々には、何度もお詫びすることであるが、平和を願う一念に免じてお許しを乞いたい。

別に精神教育を吹聴するものではないが、あの苛酷な軍事スパルタ教育が、皮肉なことに土性骨をしゃんとさせるに効果があったように思われる。

度胸がついた。あの時代を思えば、怖いもの恐れるものは無い。恐怖心がとれた。何ごとにも勇気を持って立ち向かえるようになった。

事実、短刀を突きつけられたり、大勢に囲まれたりの、暴力行為の修羅場をびくともせず、毅然として越えてきた。人の一生で大事を成すには、勇気こそ最も必要なことで、それが得られたのはあの忌まわしい戦争の中で、厭々完膚なきまでに仕込まれ、身につけられたお陰だと思う。

また、死を賭した特攻精神で困難に挑む生き方が、自分にとってはそれしかできなかっただけに、大いに役立ち、ここはと思う人生の節目や大勝負の仕事に効果を発揮した。

逆境を撥ね除け順境に変える英知や不断の努力の尊さと、その実践のあり方を学んで、幾多の不幸や不遇の逆境を克服することができた。これらは死線を越えた人間が身につけた、一種独特の力が働いたように思え、あの苦難が満更でもなく生かされた思いにかられる。

創意や創造性に至っては、あのすべてに亘って困難と貧窮だけの生活から逃れて独立するための必要性から、芽生えて育ったものと思われる。ぎりぎりの追い詰められた危機的場面では、人は火事場的な馬鹿力や、意外性に富んだ創造性や工夫力を発揮するものである。そして、それが生命を守り、危機を克服することになる。物が無ければ無いで、必死になって作ったり代用品を工夫したりするのだ。その必死の境地の中から、貴重な創意や創造性、はた又、工夫力が生まれてきて、身を助けるのである。こうした戦時体験下で知らず知らず身につけた創意や創造性が、後に戦後の混乱期を生き抜くだけでなく、平和な時代になってからも、どれほど役に立ったか計り知れない。

また、ハングリー精神は人間をしぶとくしたたかにして、独立精神を植えつけてくれたようにも考えられる。ただ、この場合、いじけたり、僻んだり、諦めたりのマイナス効果も大きいので、自分にとってはよかったとだけ述べておきたい。

自然にふんだんに触れられたことも、人手不足で大人のやるべき様々なことを体験できたことも、創造性や社会性を啓培する上で大いに役立ち、後の人生に有益に機能した。

教師になってから、体験の重要性をひもとき、生活科創造にあたっては、体験教育を主体に理論構成したのも、思い返せば小学校時代の生活体験に端を発することであった。

ただ、十五年ほど大学で教鞭をとっていたうちには、一部の学生から逆襲を受けたこともある。それは引例に戦時体験や個人体験を持ち出すことへの反発からだった。

理由はといえば、自分たちに強要しているように聞こえて耳障りだ、現代はアカデミーによる科学的で高度な学理が必要で、体験から生まれた古くさい理論はご免だという。

勿論、ごく一部の学生で、大半は温故知新派で好意的に受け止めて熱心に受講してくれた。そこで考えたことだが、忌まわしい戦争体験はそれだけで悪であり下劣と思われるのだろう。また、それを吹聴されると、自分たちに押しつけられるように思えて、迷惑な話は排除しようとする防衛意識が働くようである。

恵まれ過ぎて月とスッポン、極楽と地獄ほどにも違う生活をしている人には、土台わからないし、わかろうとしないのは無理からぬことである。

ただ、真似たり信奉したりは、もとより望むところではないが、自分のルーツである親や祖父母には、そうした厳しい生活があり、消すことのできない事実であること。そうした人と切っても切れない血縁があり、それによって今日の自分があることだけは忘れないで、せめて事実だけには向き合って受け止めて欲しいと願うものである。

ついでながら教育的な見地から考えてみると、戦争のお陰で大人たちから〝かまって〟もらえなかったという恩恵が、創造性を逞しくし、独立心を旺盛にしたという逆説的効果があったように思われる。

親や大人たちは、子供どころではなかった。戦時中の逼迫した状況下では、子供を構ってはいられない。そのお陰で子供たちは親の目や干渉から逃れて、いろいろなことが自由に思い通りに出来た。また、有力な働き手として信頼され、様々なことを任されたのも大きい。

実は、この二つのことは、創造性と自主自律の独立心を育てる上で、欠かせない決定的な要件なのである。それを戦争という非常時が与えてくれたというわけで、まさに怪我の功名だったというほかはない。

皮肉な話だが子供は構ったりいじり過ぎたりすると、依頼心が強くなり、肉体も精神もひ弱になり、惰弱人間になってしまうのだ。子供にとって何よりも大切なのは、さしでがましい大人の干渉を受けずに、自分で自分の能力を開発するということである。つまり、自分で遊びや生活を工夫し、あれこれ思案し、探索し、存分に好奇心を膨らませることだ。

それによって子供は健全に育ち、創造性は豊かに、独立心は強固になるのである。それを平和な時代ではなく、戦時下に得たということは、あまりにも大きな犠牲への償いとして、神が与えてくれたことなのかも知れない。

したがって、これなどは平和的に装いを変えて、教育の世界で大いに活用して、創造性豊かで独立心旺盛な日本人を育成してもらいたい。

これまた自分だけか、いや大方の賛同が得られるかもしれないと思うのだが、体が丈夫になり、少々のことにはへこたれなくなった。間違っているかもしれないが、戦後の困難な復興と、それに続く高度経済成長期を支えた企業戦士たちは、寝ずに働いても倒れない体力と精神力があった。それはどこからきたか。大方はあの忌まわしい戦争時代をくぐりぬけた人たちだけに、そこで鍛えられた力ではなかったか。もしそうだとするならば、自分も含めて、残念ながら結果論の効果を認めないわけにはいかない。

その外に人間関係の絆の強化を挙げることができる。結束の強まりといってもよかろう。何分にも、死なば諸共の時代だから、どうしてもそうならざるを得ない。

先輩方の後輩たちへの面倒みのよさは格別で、心温まるものだった。小さい者や弱い人への思いやりも、強かったように思われる。

大人社会にあっても、例えば、隣組一つとってみても、助け合い、庇い合い、協力し合いの精神が旺盛で、一つ家のような関係で暮らしていたのも、特筆すべきことだった。

「みんな元気かい」「変わりないかい」「何かあったらいってよ。応援するから」と、組長や班長が一軒一軒毎日のように見回りに来ては、声を掛けてくれた。これが女、子供世帯にとっては頼もしくも有難いことで、これによって安心して暮らすことができた。長がそうならば、組内の人々誰もが同じ気持ちで、お互いに声を掛け励まし合って、苦難の日々を過したのだった。まさに「とんとんとんからりと隣組、回して頂戴回覧板…」の歌のイメージ通りのほのぼのとした心温まる絆で、支え合い助け合って生きていたし、それがあったればこそ元気も出て、あの忌まわしい時代を乗り切ることができたのだと思う。

人間明日をも知れない境遇になると、寄り添い助け合い一体化するものらしく、戦時中は特に一丸となって敵に向かっていった。それもこれも勝つためには、そうせざるを得ないという共通認識があってのことであった。

不思議なことは、戦前や戦後にあった他人や隣人の悪口をいったり、足を引っぱったりの妨害や邪魔立ての意地悪行為が影を潜めた点である。

隣に倉が建つと腹立たしくなって、悪口狼藉を働く不埒なひねくれ者がよくいたものだが、そうした者の姿が見られなくなっていた。

婚礼などがあると、どんな嫁かと人を見るより、家財道具や衣装にどんなものを持参したかを物見高く観察して、それを噂話にして楽しむという、嫉妬心や憎悪心、羨望に起因する悪習とそれに基づくいさかいがほとんどなくなっていた。

大人がそうなら子供は尚更で、新しい下駄は汚したり傷つけたりしてから履いて行かないと、いじめられる状態は無くなっていたのだ。

信じられないことだが、こうしたことも、戦争がもたらしたものではなかったかと思うのである。一つの物、少ない物の分かち合いや困っていることへの助け合いや協力。一鍋のすいとんや雑炊(ぞうすい)を、組内の人が全員で少しずつ分け合って食べる。誰もどこの家が多いとか、誰さんは余計に取ってずるいとか、文句や不満をいう人はいない。見事な譲り合いだ。

みんな一緒、みんな同じの平等意識や同胞愛が、危機に際して見事に花開いたのだった。近隣ばかりでなく、兵隊さんへの肉身同様のお世話を見るにつけ、社会が一心同体になっていたことがよくわかる。それが負けた途端に崩壊して、てんでんしのぎの世になってしまった。

国全体や社会的な面で見ても、戦争に負けて大きな犠牲は払ったが、後の世に役立つ、たくさんの物や事が生まれたのも事実だった。

戦後が終わって、昭和四十年代の高度経済成長期になると、日本の社会はがらりと変わり、人々の暮らしは一気に改善され、豊かになった。

産業は爆発的に発展し、輸出産業は笑いが止まらない。新幹線は走り、空の旅で海外へ、都市はビルラッシュ、所得倍増による新築ラッシュと三種の神器による豊かな生活、そして、やがて車社会、新薬による長寿社会へと一気に進んだ、夢のような時代となったのだった。

勿論、平和だからこその恩恵なのだが、その陰には、戦時中に培った技術や開発したことの応用が、あずかって大きかったのはいうまでもないことだった。

一例を引けば、当時世界一を誇った造船業などは、明らかに戦時中の造艦技術の応用発展によって、もたらされたものといわれる。日章丸を初めとするマンモスタンカー等の巨大船を続々と進水させ、世界から驚かれたのも、巨大戦艦の武蔵や大和を造った技術があったればこそのことだった。

同様のことは、あらゆる分野でいえることで、不謹慎な言葉かもしれないが、戦争は文明を発達させ進歩させるに大きな力を発揮するという、文明進化論を聞かされたことさえある。

特段、それを強調したり、ましてや、だから戦争は悪くないと、戦争を肯定するなどの馬鹿げたことを述べるつもりはさらさら無いが、そういう事実が現実にあったのは確かだったという点は、おさえておきたいと思うのである。

現に、戦勝国のアメリカや連合国では、飛躍的な科学技術の発達と、それに基づく産業の発展を遂げたが、その根元は戦時中の科学技術の開発や軍事産業の発達に起因するところ大といわれている。原子力産業一つとってみても、その発するところは、勝たんがために開発した大量殺戮兵器の、あの憎むべき原子爆弾の発明によるものだったのは、周知の事実である。ことほど左様に、まことに辛く悲しいことだが戦争の残した置き土産には、そうしたことがたくさんある点も、事実に偏りが無いように、記しておきたいと思う。

最後は、故郷や故国への思いや愛情、伝統文化や我国の歴史を尊重し、守ろうとする気持ちが強くあったという点である。

特に、郷土愛や国土愛には、強いものを持っていたように感じられた。故郷を思い愛する気持ちは、死をもってしても、この美しい故郷、わが産土の国土は守らねばならないとする精神は強かったし、事実、その通りの行動をしてきたのだった。

この美しい郷土を敵に踏ませてなるものかの意識が強かった。九十九里浜に上陸する敵兵とは、竹槍をもって刺し違えて死ぬ覚悟だった。女も子供も老人も、みんなそう思っていた。

夏には、白砂青松の白浜海岸には、月見草が咲き、勇気と優しさを育んでくれた。春には、レンゲ草や菜の花が咲き乱れ、小鳥たちの囀る声が、人々を元気にしてくれた。秋には星の美しい夜空の下で、コオロギや鈴虫の鳴き声に癒やされ、里の秋の実りをたくさん食べて喜んだ。冬は、北風が麦踏む子たちを丈夫に育ててくれた。悠久の大古から、滔々(とうとう)と流れきた栗山川には、白い可憐な野ばらが咲き、南条・日吉や大総の丘陵地帯には、山武杉の巨木が鬱蒼と繁る美しい自然は、愛しても愛しても愛しきれないほど、いとおしく大切なものだった。

自然からたくさんのことを教えられた。守られもした。助けてももらった。恵んでももらったし、元気づけられもした。慰め癒やされ、その上に楽しませてもらった。まだまだ恩恵はたくさん頂戴した。大事な大事な宇宙や自然の謎への誘いもしてもらい、「問い」や「疑問」をたくさん持つことができ、それがやがての人生に大いに役立った。

どこの村や町もそうだろうが、故郷とは誰にとっても、同じような感慨や愛情が湧く尊いもので、それだからこそ、当時の人々は命懸けで守ろうとしたのだった。

勿論、苦しさの余り、はたまた、今と違って科学が進歩していなかったので、行き過ぎや誤った盲信、迷信に囚われた部面もあった。

軍国主義に躍らされて、過度の信仰に走ったり、熱狂的になったりした点は、戒め改めなければならないが、純真な気持ちで心の底から郷土を愛し国土を守ろうとした当時の人々の心は、後世に引き継がれてよい点ではないかと思う。

我が故郷、横芝光町には、他町村と同様に掛け替えのない歴史がある。先人先輩たちが、粒々辛苦して生み出した伝統や文化がある。それが細々ながらも、銃後を守る人々によって、守られ引き継がれてきたことは、嬉しいことであった。

特に、南条地区の虫生集落に、鎌倉時代から伝わるという、宗教劇「鬼来迎」は、今では国の重要指定無形文化財になって、全国からの観光客を集めて盛大に行われているが、戦時中は、人手が無くなり、存続が危うくなった。それを老人や子供が必死になって守り通して、存続することができた。これなどは大変尊く喜ばしいことであった。

戦争がもたらした―その③

奇妙なことなのか、それとも当然の帰結なのか、自分でもよくわからないこととして、未だに不可解なのは、平和志向が強烈なことである。とにかく無抵抗でも戦争だけはしたくない。絶対にやるべきではないと強く思う。

「右の頬を打たれたら左も差し出せ」とは、有名な無抵抗主義の平和論者の言葉と聞くが、共鳴するところ大である。それほどあの戦争は心と体に強烈なダメージを残し、その反動がこうした平和絶対志向になったと思われる。

学生時代は正義の探究に没頭し、法哲学を学び、平和への道を真剣に模索し続けた。それも忌まわしい戦争回避のためだったのだ。

一念発奮して教職に志を抱き、小学生の指導に生涯を懸けたのも、どこか心の奥深くに、あの憎んで余りある戦争はしたくない、二度とさせない思いが強くあったからだろう。

未来を担う青少年に、あの地獄の苦しみは共有させたくない。死と破壊と滅亡のみが待つ戦争だけは、どんなことがあってもさせてはならないとする、強い決意があってのことだった。思い出してもゾッとする、卒倒しそうな憎悪体験や辛酸体験がそうさせたのだろう。

とにかく自分でもよくわからないほどの、心を突き動かすものがあってのことは確かだ。その証ことにある。

拠に、初心忘るべからずで、自分なりの平和教育を教職生活五十年の最初から最後まで貫き通した

平和の創造を求めて、アメリカ大統領、ジョン・F・ケネディが始めた平和部隊構想を、いちはやく教育に取り込んで、「青年海外協力隊」による世界平和への貢献を説く学習を主導した。これなどは、明らかに戦争忌避への教育で、昭和四十三年一月三十日に東金小学校で行った公開研究会には、全国から黒山の教師が押し寄せ、教室は立錐の余地もない参観者で溢れた。

こと程左様に、教諭時代は終始一貫して、子供たちを平和の使徒として育てるべく、全力を尽くしたのだった。この考え方は、研究者や行政官になっても、変わることなく貫き通した。

校長になってもその思いは強くなるばかりで、学校経営は国際理解・体験教育一色に塗りつぶされ、徹底した平和志向教育を行った。

特筆すべきは、小学校への英語導入教育をいち早く行い、文部省の研究開発学校の指定の下で平成六年一月二十八日に、我国で初めての英語活動による全国公開研究会を開き、千七百名もの参観者を集めた。あれからそろそろ二十余年、小学校英語は全国に普及し、平和の使徒たちを育てる上で、大きな役割を果たしている。

それらは著書『英会話をとり入れた小学校の国際体験学習』や『ここから始める小学校英語科活動』に詳しく記している。

また、韓国の本五初等学校との国際交流活動は、父兄ぐるみで毎年相互訪問しながら、これまた二十五年余も続いて今日に至っている。その他、国際交流フェスティバル等の、いくつもの学校行

事や学習活動で、子供たちは逞しく育っている。

人類はいつの日か必ず世界連邦や世界国家を建設し、一つ心で宇宙時代に乗り出す日がくる。それをもたらすのは、平和あるのみを信じて行った「国際理解教育」であり、指導であった。

戦争に影響された点を一つひとつ拾っていくうちに、遂に人生そのものに丸ごと拘っていることに気づく。考えてみれば空恐ろしいことである。まさかそこまではと、自分でも信じられずに、戸惑うことなのであるが、突き詰めていくと、やっぱりそうだったのかの思いに至るのである。

それほど戦争というものは強力なもので、一旦拘ってしまうと、がんじがらめにされ、その人の一生を、善きにつけ悪しきにつけ、左右してしまうから怖いのである。

戦争から受けたダメージが大きければ大きいほど、その反動で起こる平和志向の精神は、強く大きなものになっていくものらしく、自分の場合は、それと気づかぬままに、七十年余の日々を仕事に励み、生活を営んできた。

恐らくあの恐怖の戦時体験をお持ちの方々は、今にして同様の感慨を持ち合わせているのではなかろうか。戦争の影響の大きさに、今更ながら感嘆するばかりである。

こうして書いてくると、往時を懐かしんだり、郷愁にかられているんではないかと、誤解されかねないが、決してそうではない。

何度も書いてきたように、事実を正確に書き残そうとすると、どうしてもこういう記述になる。また、たった一回きりの人生、自分にとっては、二度とできない掛け替えのない生涯が、すべて真っ黒の全面否定では、泣いても泣ききれず諦めても諦めきれないことになってしまう。何かしらの意味を見つけなければ、あの激震激動の時代に生死を懸け、多大の犠牲を払って頑張った日々は救われない。だからこそ、僅かばかりのプラスになった面を、探し出して書いたという事情を、わかってもらいたい。

あの時代は、危機の時代であり、緊急避難を余儀なくされる毎日だった。そうした時には、あらゆることが火急的に作られたり、処理されたりしなければならない。

物事は急がば回れといわれるように、急げば粗製乱造となってろくなものができない。それでは戦争に勝てない。しかし、負けられない。負ければ生きていられないと思うと、異様な緊張感が生まれ、急ぎの中に意外性とも思われる火事場の馬鹿力や途轍もないアイデアが出たりひらめいたりするものである。

必死で戦う緊急事態の中で捨身で働く時には、想像もできないほどの極度の集中力が生まれ、そこから身を助ける知恵や力がほとばしり出るらしい。まさに神がかった話だが、すべてはそうはいかないにしても、戦時下ではそうしたことがいくつもあったように思う。

これは平時でも起こることで、今日、発明や発見、大きな問題や難問解決には、この緊張感を持った「持続的集中力」が必要といわれていることが、その力の存在や有用性を物語っている。

したがって、こうした力の発現と活用は、教育に於いても、産業に於いても、はたまた、あらゆる分野で応用して、社会や人々の生活に役立つ、創造活動に資していくべきだと思う。

しかし、それが場当たり的や付け焼き刃的な捉え方や活用では、その効果は出ない。もともと歩留まりの低い方法なるが故に、確実性は低いと考えなければならない。

それより平時にあっては、オーソドックスに、有り余る時間をふんだんに使い、切羽詰った追い込まれた緊張感ではなくて、真理を求める時に湧き起こる、武者震いするような、喜びに満ちた緊張感で、発明・発見や難問解決に当たって欲しい。正論はあくまでも、興味と関心、旺盛な好奇心と、飽く無き探究心で進むが常道で、平和時ならばそうしたことが、腰を据えてじっくりできるのでそうして欲しい。

ただ、この方式だと、そうしたことを好む人や長けた人に限られる。しかも、強固な意志と自主自律の精神や忍耐力に富んでいないと出来ない。

残念ながら、世の中にはそうした人は限られていて、あまりいない。そこで一般人の能力開発には、前述の戦時中にみられた極度の緊張状態の危機的場面を、人為的に作って用いる方法を提案する。そうすれば意外性に富んだ知力を、発掘することができるかもしれない。

いってみれば、一つのショック療法みたいなもので、それこそ思いがけずに効果を発揮するかもしれない。子供と大人では同一には考えられないが、教育現場にあった頃、勉強を厭がる子、熱心ではない子の学習過程に、どうしてもやらざるを得ない、必死の課題解決場面を作って学ばせてみたところ、思いがけない力を発揮して、驚くほどの進歩を遂げたことがあった。これなどは、戦時中に体験した、自分の学習経験にヒントを得て、応用開発した指導法であったが、一つの参考事例として供しておきたい。

話が教育の方に走ってしまったので、ついでにもう一つ述べさせてもらうなら、反面教師といおうか、戦時中に受けた暴力教育の裏返しが、平和な時代の教育にあっては求められ、志向されなければならない。鍛えるためなら暴力をもってしてもよしとする体罰教育は、絶対にやってはならないことである。

自分は教師になる前から、教師になったら、子供を叱る時は、両手を腰の後に組んで、どんなに興奮しても手出しだけは絶対にしないよう、出来ないようにしようと心掛け、実際に教師になってからはそうしてきた。

これなどは、戦後、かつての敵国だったアメリカのサンフランシスコ・シールズという野球チームが来日した際、監督さんがアンパイヤーに抗議する時にとった態度である。

聞けば、民主主義国アメリカでは、暴力は絶対禁止で、エキサイトしたゲームではこうした自制活動をとって、暴力行為を行わないようにしているとのこと。それを真似たといえばそれまでだが、自分の生い立ちに受けた、余りにも酷い非人間的な暴力教育の全面否定の意志が、こうした工夫ある行為に感心して、それを真似したというわけである。

戦争は社会の大掃除だ、戦争は時代の転換をもたらすから必要悪だ、という論がある。なるほど複雑強固に利害や因習、しがらみ等ががんじがらめに絡まり合って、固定化されてしまうと、社会は大災害、革命、戦争等の、世の中を根本からひっくり返すような荒療治がない限り、抜本的な改革はできないし、飛躍的な進歩発展の道には進めないのかもしれない。さながら、台風が襲ってきて、大きな被害をもたらすと同時に、汚れ切った町を洗い流して、綺麗にしたり、汚染した空気を清浄化してくれるように、戦争にも巨視的視点で見れば、そうした面があるのかもしれない。

しかし、だからといって三百十万人もの犠牲を払うことは、絶対に認められない。極論すれば、一人だって駄目である。どんなに良いこと、大きいこと、例え歴史の大発展をもたらすことがあったとしても、戦争だけは肯定するわけにはいかない。それほど戦争とは人間にとって、自然や宇宙にとって、罪悪なことなのだからである。その罪の個々については、本著の各項で述べてきた通りである。

戦争は始めたら最後、途中では止められない。とことん破壊し尽くされるまで終わらない。今次の大戦を見てもそうだった。中間の講和だって、ポツダム宣言受諾の際だって、主戦派が頑張って阻止してしまった。そのお陰で、原爆は落とされ、ソ連の参戦を受けて、決定的なダメージを受けてしまったのだ。

戦争は交戦国の相手だけが悪いのではない。どんなに相手が悪かろうが、それを受けて戦争をしてしまったら、その国だって悪いのだ。何故ならば、どんな理由があろうとも、国民を不幸にし、国家を衰退させたり、破滅に導いたりするからである。仮に、勝っても大きな犠牲を払い、何がしかの尊い人命を失うからである。加えて負けた国に多大の迷惑をかけ、末代までの怨恨をかってしまうからでもある。

しかし、そういうことは頭では誰もがわかっていても、大衆の勢いやマスメデアの力には抗しきれずに、戦争へと巻き込まれていってしまうのだ。勿論、そこには巧みに戦争を主導し、我が思いを遂げようとする、一部の人間がいてのことだが、世の中が戦争遂行を受け入れてしまうと、どうしようもなくなってしまう。

だから戦備や軍隊は持たないことだ。持てば使いたくなる。使わなければ何のために造ったのかわからないといわれてしまう。大金を出して造ったのにもったいない。どのくらい威力があるか、使って試してみたいという論も起こって、戦争が始まる。始まるだけでなく、この論でどんどんエスカレートする。そうすれば、雪だるまのように犠牲が増えて、国は破綻し国民は死滅して終わる。

後世の人からすれば、戦争を止められなかった一人ひとりに責任があるのではないか。それを犠牲になった、巻き添えを食ったというのは、責任逃れではないか、との意見も出よう。

確かにそれは正論かもしれないが、当時は臣民であり赤子であって、お上に盾突けば、殺されて葬られることだって、簡単にできたのだ。

平和で人権尊重の法の支配が確立している今の民主社会とは全く違った社会で、その辺のことはどんなに筆致を尽くしてもわかってもらえないかもしれない。しかし、諦めてしまったら、専守防衛だ、やれなんだともっともらしい理屈や理論が出てきて、戦争が始められてしまうかもしれない。正義の戦いだ、防衛戦争だと、どんなに正当性を主張しても、結局は相手も同じことや別のいい分をもって正当性を訴え、とどのつまりは水掛け論になって、最後は、勝った方が正しかったということになってしまう。

したがって、どんなに正しいと思っても、悔しくて我慢ができないことでも、戦争はしてはならない。それをライフワークにした国民が一人でも多くなることが、国を守り、社会を平和にし、安心して人々が生きられることになるのである。

その意味で、平和憲法は理想憲法といわれるだけに、実によくできている。大切に守って二度と戦争を起こさせないことである。

しかし、いくら立派な憲法でも、所詮は人が作ったもので、人が使うものである。人の気持ちや意志は、その時々で変わる。環境や事情によって、ころっと変わってしまう。そして、条文改訂が無くても、解釈変更で扱いがどんどん変えられてしまう。

敗戦直後に制定された当時は、自衛隊はおろか自衛権まで否定した憲法だと思っていた人がいたほどだ。それでもみんなで喜んだ。これで戦争をしなくてよい。誰もが二度と御免だと嫌った徴兵制が無くなってホッとしたものだ。だからアメリカに押しつけられようが何しようが、国民の願いにぴたりと合致した九条であり、平和憲法だったのだから、多くの国民から受け入れられ喜ばれたのだった。

本著においては、地獄の辛酸をなめた戦中戦後の人々の塗炭の苦しみをもって、戦争の罪悪面を述べてきた。その人たちが、心から戦争を憎み二度と起こしてはならぬという、不戦の誓いとしてこの憲法を受け入れ、制定したのだった。

したがって、この憲法の一条一条の条文には、平和と民主主義を志向する国民の切なる願いが込められているのである。それだけに、当時を生き抜いた人にとっては、特別の思いと生命を懸けた重みとがこもった憲法なのだ。

しかし、時代が変わり人が変われば、状況は変わって考え方や受け止め方も違ったものになるだろう。それはそれで仕方のないことであり、戦争を知らないのだから、当然のこととして認めてやらねばならないことだと思う。

そこで最後に述べておきたいことは、憲法はどうあろうと、結局は人の心の問題であって、その心が揺れたり迷ったりしてブレなければ、戦争は起こらないですむということである。

本文中で何度も書いたが、欲に目が眩んで甘い言葉に乗せられないことである。勝てば領土が広がり賠償金ももらえて国は富み、国民の暮らしは豊かになる。暫くの辛抱や我慢だと、必ずアメを持ち出して騙そうとしてくる。

他方では脅しである。国家の非常時、国防の危機に際して立ち上がらないとは何事だ。国賊だ、売国奴だ、卑怯者だとレッテルを貼られて従わされてしまう。これが世にいうムチの政策だ。殺し文句は公共だ。みんなの為、社会の為、国益の為だと大上段に振りかざされると、反対ができなくなってしまうのだ。

最後は、心情を搖さぶり情にほだして、納得させる戦法をとる。掛け替えのない親兄弟の肉身を守る。愛する国土を護る。それが男子の本懐であり任務だ。いとしい妻子が敵の手にかかって殺されてもよいのかと攻め立てれば、たいがいの人は靡いてしまう。

その上に、女々しい奴だ、臆病者だ、それでも男か、恥ずかしくないのか。みんなが兵隊になる義務を果たしているのに、お前一人逃げるは卑怯者だ。弱虫、泣虫、役立たずの穀つぶし、意気地なしとはやされ、罵られれば、大方の人は、世間の笑いに耐えられなくなって、変節してしまい、相手のいいなりになってしまう。

こうした国民心理の弱点を見事に突いてくるのが、戦争指導者の手である。国民を騙したり煽ったり脅したり、すかしたり煽てたりして、操り人形のように手玉にとって、思う方向に導いてしまう。それが最も怖いことで、それにまんまと引っ掛かってしまったのが、戦時下の我々であったのだ。

　それだけにこれからは、絶対にその手に乗らないようにしなければならない。それには、国民一人ひとりが賢くなり、個人として立派な意見と行動が堂々と取れるようになることである。言い替えれば、民主的な独立人になることである。

　具体的には、他人の言動や社会の大勢に付和雷同して追随する人間ではなく、百万の敵中にあっても、我一人敢然として頑張ることのできる、「個の確立」した人間を育てることである。そうすれば、その人たちが必ず平和憲法の崇高な理念の価値を読み解き、不戦の国造りをしてくれるものと信じるからである。

　太平洋戦争は人類史上最大の悲惨な戦争であり、原爆という最悪な兵器が使われた戦争だった。その戦争に巻き込まれた人々は、まさしく悪魔に呪われた運命を背負わされたものたちだった。絶えず死神に付きまとわれ、あっちへ行ってもこっちに来ても、死へ追い立てられる恐怖の毎日を送るという運命にさいなまれた。悪魔に翻弄された人々だった。

　生まれた国と時代が悪かった。巡り合わせが不運だった。戦後発展期や平和な国に生まれた人は、同じ人間でありながら極楽を味わい、自分たちは地獄のどん底生活を強いられた。何と不公平なことか。恨んでも恨みきれない思いだが、これればかりはいかんともしがたい。運命の神のなせる技と諦めるしかない。残念だが、今となってはそう思う外ない。

　呪われた忌ま忌ましい人生など、思い出したくもない。また、語っても詮ないこと故、自分だけの胸の内奥深くにしまって、封印してあの世へ行こうと、多くの人は思っている。自分もご多分にもれずに、今日までそう思ってきた。

どうせ語ってもわかってもらえやしない。あの悲惨さや苦しみは、体験しなければわからない。土台わかろうとしないだろう。それだったら、古傷を嘗める苦しさを味わうだけ損だ。黙ってそっとしておこうと…。

その陰には、暗に愛しい子や孫にだけは嫌な思いをさせたくない。それにあの地獄の塗炭の苦しみは味わわせたくない。兵隊にとられて、虫けらのように殺されたら、可哀想だのの思い等が、強くあってのことだった。

しかし、高齢になるにつれ、後の世を平和で安泰たらしめるためには、我々の不幸極まりない戦時体験が、草の根抑止力となって戦争防止になるのではないかと思うようになった。仮にならなくても、町の歴史に残ることは間違いないことである。

だったら書こう。みんなで書き残そう。わが町、いや日本中の体験者、できたら交戦国や太平洋戦争以外の戦争経験者にも呼び掛けて、悲惨な戦争体験の大集積記録でもって、戦争をこの世から抹殺しようと考えたのだった。

あとがき

戦争はこりごりである。二度と起こしてはならない。そのためには日本中の戦争体験者が、自分の体験を吐露し、反戦の訴えを、それぞれの我が子我が孫に、また、近所の人々に語り、書き残し、それぞれの町や村の後世に伝えることである。それが戦争防止の最大の抑止力になるのだ。このことを、特に、望み願っておきたい。

今一つ、断り、そして理解を頂きたいことは、本文中に戦争否定を述べながら、随所に肯定するような、誤解を招くおそれのある記述がある点についてである。

それは決して賛成でも肯定でもないことなのだが、戦時中に生まれた事実の中には、当時の世の中やその時代に生きた人に、はたまた、戦後の社会に役立ち貢献したものもあるという事実を述べたに過ぎない点である。

どんなに惨しく憎らしい戦争であっても、そこに生まれて出遭ってしまった人間は、不幸ではあったが、すべてが悪い人間ではない。戦争への参加は、やむを得ず仕方なく荷担させられ、強制的に信奉させられたのだ。

言いたいことは、そうした人たちにも、生きる権利やそれにまつわる生甲斐、生きる方法手段を求めることの正当性はあるはずだ。これから記載することは、それに拘ってのことである。

戦争という罪悪に巻き込まれ、一緒になって悪の道を歩まされたことは反省するが、戦争が勝利のために生み出したことの中には、一人ひとりの生存と平和になってからの生き方にプラスになったものがあり、それを利用し活用したからこそ生き延びられもし、今日の繁栄や幸福が生まれたという事実もあって、それを伝えたかったにほかならない。

まずもって述べたいことは、決して望ましいことではないが、野蛮人によるような動物虐待以上の苛酷な鍛練で、頑健であらゆる苦難に打ち克つことのできる、強靭な肉体と不屈の精神ができたのではないかという点についてである。

それが、あの苛酷な時代を生き抜く力になり、はたまた、後の世の窮乏を撥ね除け、奇蹟とも思われる復興を成し遂げる原動力になったのではないか。もしそうだとしたら、残念ながら、それは戦争がもたらしたものと見なさざるを得ない。そうしたことが、拾い出してみると結構あり、それを書いたのだった。

思うに、それをまで否定されたら、あの時代に生きた人間は一人として救われず、すべてが罪人扱いされてしまう。それでは我々は立つ瀬がない。そこを誤解せずに、わかってもらえるように強調したまでのことである。

人間は逆境の中で進歩する。この戦争には、そうした一面があったのも確かなことだった。逆境に学び逆境を順境に変える底力を人間は有す、ということの証明にもなった戦争だった。

平和ボケで進歩が遅滞する成熟社会には、反面教師にもなり得ることだといったら、戦争を知らない世代から総スカンを食うだろう。それをいうつもりはない。だが、戦時体験者にはハングリー精神が、偉大な力を生むという体験知を有する人が多い点を知らせたいだけだ。

それ以上に、身近で大切なことは、やたらに付和雷同したり、天下の大勢に流されたりしないことである。一部の戦争したがり屋を除いては、こういう時に限って、国民の大半は何も知らされず、手もなく騙され、煽動され、洗脳までされて、戦争へと駆り立てられてしまうのだ。「見ざる、聞かざる、言わざる」を暗黙のうちに強要され、戦争主導者に思いのままに操られてしまう。これが怖いのだ。

長いものには巻かれろ。寄らば大樹の陰に。流れに逆っては損。すべてはお上頼み。何より孤立が怖い。袋叩きや村八分されたら大変。強い者、勝ち馬に乗れ。バスに乗り遅れるな。日本人のこうした心理が極めて危険なのだ。

いつまた戦争正当化論者が現れないとも限らない。声高な脅しまがいのアジテーションに弱い日本人は、手も無く捻られ、泣き寝入りさせられてしまうのだ。我々がそうだった。

国防論、専守防衛、正当防衛等々、戦争勃発の理由や理屈はたくさんあろう。しかし、それらがどんなに正しかろうと、死んでしまってはおしまいだ。

戦争となれば、勝とうが負けようが、双方に地獄の苦しみがくるのだ。殺死傷の苦痛の上に、赤貧洗うが如き塗炭の苦しみに悩まされ、すべては廃墟に化して無の世界に陥るのだ。それをまざまざと見せつけ思い知らされたのがこの戦争であり、我々だった。

警告といえば、武器を持てば使いたくなる人が出るものだ。そうでなくても、血気にはやって戦いを好む人が出るのもこの世の中だ。ましてや他人に戦わせて、自らは生き延びて、ボロ儲けしようとする悪徳人間もいるのだ。最も困り怖いのは、やられたらやり返すのが何故悪いとして、仇討ちを正当化する思想が蔓延し、それに乗せられて安易に戦争に走ってしまう点である。探せばまだまだあろう。

しかし、あの悲惨な時代を経験した人間は、すべての人が、理由はどうあれ、戦争はしてはならないと、思っているのではなかろうか。そのことだけは、胸に止めおいてもらいたい。

その上で、繰り返しになるが、戦争体験者は、生きているうちに反戦記を残し、人類を滅亡の淵から救う営みを、すべての人がこぞってすべきと思うがどうだろう。

それが、不幸にして戦火に倒れ、戦陣に散った同胞への、せめてもの責務ではなかろうか。そんな思いを強く抱くものである。

生まれた村、育った町、愛する郷土への恩返しは、再びこの美しくて平和な我が村、我が町を戦場にしないことである。そのために、この小著が役立てば、この上ない喜びである。

令和元年（二〇一九年）盛夏　　椎名 仁 著す

椎名　仁（しいな　じん）

昭和8年（1933年）、千葉県生まれ
千葉大学卒
千葉県総合教育センター次長
千葉県東金市立鴇嶺小学校長
文部省調査研究協力者
文部省学術審議会専門委員
全国教育研究所連盟委員
日本国際理解教育学会常任理事
日本生活科教育学会常任理事
日本教育工学研究協会理事
千葉県教育研究会会長
九十九里教育工学研究会会長
千葉大学講師

我が町にも戦争があった

2020年3月10日　第1刷発行 ©

著　者――椎名　仁
発行者――久保 則之
発行所――あけび書房株式会社
102-0073　東京都千代田区九段北 1-9-5
☎03-3234-2571 Fax 03-3234-2609
akebi@s.email.ne.jp　http://www.akebi.co.jp

組版・印刷・製本／モリモト印刷

ISBN978-4-87154-174-9 C0095